invert［インヴァート］ 城塚翡翠倒叙集

相澤沙呼

敬台灣的讀者們：探偵の推理を推理することができますか？

相澤沙呼

invert
［インヴァート］

Contents

＊本作品內容涉及前作《medium 靈媒偵探城塚翡翠》結局，尚未閱讀者請慎思。

第一話

雲端上的雨過天晴

「你真的不願意重新考慮嗎？」

狛木繁人抱著最後一絲希望，口氣雖然平淡，但聲音似乎有些顫抖，所幸吉田直政並沒有察覺，繼續在廚房裡忙碌著。

「你來找我就為了說這句話？」

吉田的口氣中帶著訕笑，由於他一直站在吧檯那頭，而且背對著狛木，從狛木的位置無法看見他的表情。

兩人相識很多年，狛木從沒聽吉田說過料理是他的興趣。狛木站在客廳中央，一時不知如何是好，只能愣愣地看著廚房。

流理槽裡堆著還沒有洗的碗盤，調味料只有七味辣粉，看起來實在不像是擅長料理的男人平日所使用的廚房。然而，吉田卻一直站在瓦斯爐前，以鍋子煮著東西。

狛木見吉田似乎並不打算正面回答自己的問題，只好壓抑住心中的焦躁，換了個話題。

「好臭，你到底在煮什麼？」柏木不斷聞到廚房裡傳來的刺鼻臭味。

「中藥啦！因為某人的關係，腳到現在還是會痛，昨天中醫師幫我換了另一帖藥，吃了覺得很有效。」

吉田依然背對著，笑著調侃狛木。

狛木沉默不語，吉田的腳經常感到疼痛，自己確實也得負一部分的責任。

沒錯，一切的悲劇就是從那時候開始。自從那一天起，自己的頭頂上便彷彿籠罩著厚厚的雲層。而那雲層從來沒有散去的一天，令狛木的人生一直活在陰影之中。

不過，那也只到今天為止了……

「那個，」狛木嘆了口氣，回到原本的話題上，「你真的不打算改變主意嗎？」

「我不會改變主意的。」吉田終於轉過頭來，只見他的嘴角微微上揚。「我要賣掉那個服務，這是已經決定的事情。賣給其他企業，比較有賺頭。」

「〈皮克塔〉是我一手企劃及開發出來的服務，只要耐著性子再等上一段日子，就會開始獲利。我不能讓你就這樣把它拱手交給別人……」

「決定權並不在你手上，我才是公司的負責人。」

「就算你是負責人，也不能為所欲為。」

「其他人也贊成我的想法，這項決定會在下星期的會議上正式通過。」

「就算要賣，至少也應該掛上我的名字……」

「掛你的名字？」吉田那雙藏在眼鏡背後的黑眸，閃過些許的譏諷。「我們早就已經用我的名字對外宣傳了，像你這種沒沒無聞的小工程師，是要怎麼在社會上引起話題討論？『〈皮克塔〉是由即將開創新時代的天才程式設計師吉田直政，所主導的嶄新服務……』若不是這樣的宣傳口號，絕對不可能引發如此熱烈的回響，更不會有企業願意砸錢把整個服務買走吧！」

狛木一時啞口無言，光從吉田毫不知恥地稱自己為天才，便不難看出這種人的人格。

吉田一邊說個不停，一邊從冰箱裡拿出了一樣東西，那是一瓶有著黃色包裝的寶特瓶，似乎是碳酸飲料，接著他走出廚房，將那瓶飲料遞給狛木。

「這給你，冷靜一下吧！」

狛木錯愕地伸手接過。

「你從以前就是這樣……總是搶走所有的好處……」

「我可告訴你，公司能有今天的規模，全靠我經營有方。你就只會寫程式，其他的事情一竅不通。到目前為止，我的判斷從來不曾出錯，你只要乖乖聽令行事就好了。」

吉田說完，轉身想要回到廚房，狛木下定決心似地朝著吉田的背影開口。

「你再這麼自私下去，可別怪我跳槽。」

「你要跳槽？」吉田嗤笑了起來。「別作夢了，像你這種連溝通都不會的自閉傢伙，有哪一家企業願意錄用你？」

狛木默默地將碳酸飲料放在客廳的矮桌上。吉田似乎不是個愛打掃的人，桌上積滿了灰塵，就跟他在公司的辦公桌一樣。

一個連自己的住處都無法維持整潔的人，竟然還有臉談什麼溝通能力？狛木壓抑下滿腔的怒火，從口袋中取出手機，確定現在的時間。

晚上七點五十八分！夠久了！忍耐到今天，已經夠久了！

狛木從放在腳邊的背包裡，迅速取出了那樣東西——一把沉重的扳手，上頭包了一層泡棉，這是為了防止傷口的形狀過於明顯。

「吉田。」狛木對著正要走進廚房的吉田喊道。

「幹什麼?」吉田轉過了頭來。

下一瞬間,狛木已奮力舉起手中的凶器,朝著吉田的頭頂快速揮落。

由於太過緊張的關係,狛木並沒有聽見敲擊聲,耳中只聽見自己血液的奔流聲,不斷地轟隆作響,他甚至不確定吉田有沒有發出慘叫。

當狛木回過神來,吉田已經跪在地上,只見他一隻手按著自己的臉,黑框眼鏡被推到了額頭上,五官因疼痛而扭曲,抬頭看著狛木的眼神中充滿了驚恐之色。

一句話也沒說,下一秒,吉田已整個人癱倒在地上。

他已經死了嗎?抑或……只是昏厥而已?

因為過度激動的關係,狛木喘個不停。他先做了幾次深呼吸,調勻了氣息之後,把凶器塞進腳邊的背包裡,接著從背包的外側口袋取出一雙塑膠手套戴上。

時間不多,不能再拖拖拉拉。狛木翻轉吉田的身體,讓他呈仰躺姿勢,確認他的呼吸。

還有一絲氣息!太好了,就跟當初的預期一樣。

畢竟現實生活和電影情節不同,要殺死一個人並沒有那麼容易,當然也有可能是狛木運氣特別好。如果剛剛那一擊就將吉田殺死,接下來就得執行破綻比較多的B計畫。

狛木先摘下吉田的眼鏡，放在客廳的矮桌上，再從背包中取出塑膠袋，套在吉田的頭上，為了避免吉田窒息而死，刻意露出口鼻。這是為了確保鮮血不會滴在地板上，雖然從額頭傷口流出的血量並不多，為了保險起見，這麼做是必要的。

狛木奮力將吉田拖進浴室，一如當初預期，這個動作相當吃力。吉田體格並不算壯碩，但經常使用客廳的復健用跑步機，因此肌肉頗為結實。相較之下，狛木自己則因為老是坐在辦公桌前打字的緣故，有些運動不足。

狛木好幾次停下來調整呼吸，費了九牛二虎之力，才終於把吉田拖進浴室。所幸過程中並沒有發生吉田恢復意識的意外狀況。**今天的運氣相當不錯，或許這是為了補償自己過去的不幸人生吧！**狛木不禁如此思忖。

狛木先在更衣間裡脫去吉田的衣服，這也是個相當麻煩的步驟，幸好進行得還算順利。吉田的襯衫、襪子、內褲都被丟進更衣間裡的洗衣機，牛仔褲則折疊整齊放在衣籠裡。狛木從全身一絲不掛的吉田頭上取下塑膠袋，再度將他扛起，把他的額頭抵在浴缸的邊緣，使浴缸邊上沾染血跡，然後將吉田的上半身推入空的浴缸內。此刻的吉田臀部還露在浴缸外，看起來相當可笑。

如此窩囊的模樣，就是這個男人的下場。儘管不知道吉田的遺體會被誰發現，狛木光想像那畫面，臉上忍不住露出了笑意。

接著，狛木操縱著電子熱水器的面板，打算在浴缸裡放水，他早已事先確認過這個型號的電子熱水器，並從網路上下載說明書詳讀過。熱水器發出運轉聲，開始在浴缸裡放出熱水，不一會，熱水已蓋過了吉田的口鼻。

為了避免吉田中途醒來，過程中狛木一直按壓著吉田的身體，不過吉田直到最後都沒有甦醒的跡象。只見吉田的身體從微微顫動，到最後變成完全靜止不動。狛木確認吉田已溺斃，便走出浴室，關上浴室的門，開始尋找吉田的智慧型手機，因為吉田的手機並沒有在牛仔褲的口袋裡。

狛木回到客廳搜尋了片刻，最後是在矮桌上的眼鏡盒及眼鏡布旁邊發現手機。狛木拿著吉田的手機及眼鏡重新回到更衣間，並從洗衣機上取來一條毛巾，將毛巾摺好之後把手機及眼鏡放於上頭。

狛木再度回到客廳，進行最後確認。終於完成了第一階段的最重要步驟。狛木感到心情輕鬆不少，或許因為這個緣故，原本麻木的五感開始恢復正常。

這時，狛木聞到了一股刺鼻的異味，廚房裡不斷傳來詭異的臭味及沸騰聲。狛木這才驚覺，吉田的中藥還在鍋裡滾煮，火並沒有關掉。幸好及時發現。狛木嚇出了幾滴冷汗，趕緊走進廚房，關掉瓦斯爐。陶鍋裡滿滿是可怕的黑色液體，再配上那刺鼻的惡臭，令狛木連連作嘔，佩服吉田竟然能喝下這種東西。

然後，狛木小心翼翼地擦拭掉那瓶碳酸飲料上的指紋，當初自己不小心接過了飲料，可說是一大疏忽，所幸只碰了瓶身的上半部，只要擦掉上半部的指紋即可。如果擦拭整個瓶子，會連吉田的指紋也全部擦掉，現下應該僅剩下半部吉田的指紋。

狛木也曾經考慮過乾脆將這瓶飲料帶走，最後還是決定擦去上半部的指紋後，將它放回冰箱裡。盡可能不動現場的任何東西，這是最大的原則。

此時，季節剛進入夏天，狛木的額頭上冒出了汗水，他取出事先準備好的毛巾，仔細把汗給擦拭掉。狛木兩個月前曾經以朋友的身分來到吉田的住處，所以就算屋裡有自己的毛髮，也不至於引人懷疑，但狛木還是相當謹慎，不敢留下任何可以採驗DNA的東西。

狛木縝密地回想到目前為止是否有疏漏之處？照理來說，這個計畫應該沒有任何破綻。

狛木在腦海中列出了一條條的檢查項目，就好像是在對寫好的程式進行測試，每確認一個項目順利完成，就打上代表成功的綠色標記。

最後，狛木走進浴室看了一眼。吉田依然維持著上半身栽進浴缸的姿勢，浴缸也已積了一半的熱水，吉田顯然已經死透了。

「吉田，」狛木整個人充滿著亢奮，「從今天起，我自由了！」

＊＊＊

狛木坐在辦公桌前的椅子上，沉浸於成功的喜悅之中，久久不能自已。

一切都結束了，沒什麼好擔心的。沒有了吉田，接下來的人生一定會非常順遂。只要能夠瞞過警察的眼睛……

這時，智慧型手機響起了通訊軟體的來電鈴聲。狛木不由得全身一震，忐忑地看了來電者，才稍微恢復了冷靜，調勻呼吸、挺直腰桿之後，他按下了通話鍵。

「我是狛木。」

『啊！狛木，太好了，聯絡上你了……』

來電者是須鄉，口氣顯得相當慌張。

「發生什麼事了嗎？」

『我一直收到警訊，跟我說伺服器上的ＡＰＰ因不明原因掛掉了。我嘗試過重新啟動，但還是馬上又掛掉。』

「剛好就在這個時候……」

『剛好就在這個時候？什麼意思？』須鄉問道。

「沒什麼，我是指都這麼晚了，大家也都回家了，ＡＰＰ才掛掉。」狛木笑著辯道。

『狛木，你也已經回家了？』

「沒有，我還在公司。」狛木邊說，邊將手機轉成擴音模式，轉頭面對辦公桌。

『我是不是也應該要回公司？』

「不用啦！須鄉，你負責的是基礎架構，用家裡的電腦就可以連上伺服器，不就是為了應付像這樣的狀況。你先研究看看問題到底出在哪裡？我在公司確認儲存庫*的狀況，先跑一些測試。呃，你那邊可以確認是什麼樣的執行錯誤嗎？」

＊注解：儲存庫（repository），是指在磁碟儲存上的資料結構，其中包含了檔案、目錄以及元資料。

『你看一下Slack*，上頭有堆疊追蹤*的紀錄。說真的，幸好是在睡覺前發現。要是睡著之後才發生問題，後果可就不堪設想了。我們這服務最近使用者越來越多，才正要開始上軌道呢！』

「我知道了，原來是這個執行錯誤導致APP掛掉，似乎不是伺服器連線超過負荷，希望能夠趕快修好。」

『怎麼會突然出現這樣的執行錯誤？』

「原因可能出在上星期的版本更新吧！除了追加新機能之外，還升級了幾個函式庫*的版本，或許是那些部分出了問題。」

狛木一邊與須鄉交談，一邊移開黑色辦公桌上的鍵盤，從背包裡取出筆記型電腦的布套，再將筆電從布套裡抽出。電話另一頭不斷傳來須鄉找不到錯誤原因的咕噥聲，狛木把筆電放在原本擺放鍵盤的位置上。

桌面上顯得相當擁擠，雖然桌子很大，左半邊卻堆滿了各種文件資料，像屋簷一樣遮蔽了桌面的大部分空間。電費帳單、電信公司的明細，以及大信封袋等等雜七雜八的東西層層堆疊，令狛木心裡有股想要把這張桌子好好整理乾淨的衝動。

狛木翻開筆記型電腦，調整了一下位置，接著取出網路攝影機，安裝在電腦螢幕上方後側，由於沒有合適的固定點，只能使用膠帶固定。

這種獨立式的無線網路攝影機，不同於筆記型電腦上所附的攝影鏡頭，不僅可以調整視角，而且沒有線的干擾，使用起來相當方便。

狛木等到電腦連上Wi-Fi之後，開始操作起電腦。

「這個，」狛木看著編輯器上的原始碼，發出了類似呻吟的聲音，「看起來像是受到了CSRF*的攻擊，出現預期之外的處理程序，導致接下來每個環節都出問題。只是怎麼會發生這種事？唔，看來要完全找出原因並不容易。須鄉，你先發出臨時維護通知吧！還有，如果你方便的話，能不能跟我視訊通話？」

---

*注解：Slack，是一款雲端版的即時通訊軟體。
*注解：堆疊追踪（stack trace），在電腦科學領域，是對程式執行過程中，某個時間點上堆疊框資訊的描述，程式設計師通常在互動式除錯或事發後除錯中使用。
*注解：函式庫（library），是在電腦科學中用於開發軟體的子程式集合。
*注解：跨站請求偽造（Cross-site request forgery，縮寫為 CSRF），是一種挾制使用者在當前已登入的 Web 應用程式上，執行非本意的操作的惡意攻擊。

『咦？視訊通話？』

「這處理起來會很花時間，但我現在好想睡。」狛木苦笑著解釋道：「我需要透過被監督來消除睡意。」

『噢，好啊！』須鄉也笑了起來。『我們分工合作，趕快把問題解決吧！』

「我會先挑出需要分頭修正的檔案，你只要聽我的命令去執行就行了。等到修正結束之後，再請你提出Pull Request，我們立刻進行Merge＊。」

狛木解釋的同時，啟動了筆記型電腦內的通訊軟體，開啟視訊通話模式，呼叫須鄉的帳號，沒多久，畫面中央出現了一臉愛睏模樣的須鄉。

『這麼晚還在公司，真是辛苦了。』畫面中的須鄉慰問後，對著鏡頭左右張望了起來，似乎想要從畫面上確認辦公室內的狀況。『辦公室只剩你一個人？』

「嗯，只剩我一個，大家都回去了。」狛木轉頭看了一眼，無奈地回答。

『幸好你還沒走，程式碼的修正只能在公司內進行。要是連一個人都不在，我就得回辦公室一趟了。』

「是啊！這個工作只能在公司裡進行。」狛木點了點頭附合。

＊＊＊

傑姆雷爾公司的代表董事兼社長吉田直政過世的消息，在業界引起了一陣不小的騷動。雖然這只是一家小型的ＩＴ新創企業，卻具備了先進的網站服務營運手法，以及高品質的ＡＰＰ軟體承包開發能力，因此相當受到注目。再加上吉田直政在社群網站及軟體上擁有相當高的知名度，他的驟逝令不少公司內外的相關人士，對傑姆雷爾的未來感到憂心。

整個公司確實陷入了一片混亂的狀態，但狛木預期這種混亂狀態不會持續太久，馬上就會恢復秩序。

到目前為止，公司的營運方針完全由吉田所掌控，不過吉田的才能僅在企業經營方面，他幾乎不具備系統工程師的能力。這幾年來，他所寫出的程式寥寥可數，這可是只有公司內部員工才知道的祕密。

正因為這個緣故，傑姆雷爾有一大群以狛木為首的優秀系統工程師。至於經營方面，也

＊注解：Pull Request 是一種通知機制。在一般情況下，當開發者完成一個功能時，開發者需要將此功能合併（Merge）回專屬的分支，由專案的維護者或是工程師一起合作檢查。

還有副社長生沼可以負責，因此狛木認為公司營運完全不會有任何問題。

不僅如此，接下來業績還會蒸蒸日上。沒錯，只要狛木自己所開發的〈皮克塔〉服務，能夠上軌道的話……

吉田在遭到殺害的隔天，遺體就被人發現了。這一天，警方進行了大陣仗的調查行動，只不過並沒有維持太長的時間。狛木遭到警察的約談，從頭到尾也只有一次而已。這場約談是在公司的小會議室內進行，負責的是一位姓「岩地道」的警部補，那氣勢十足的姓氏令狛木留下了深刻印象。

「慎重起見，我想請教一下，昨晚七點到九點之間，你人在哪裡？」岩地道詰問道。

「你這麼問，」狛木盡可能以自然的語氣，說出事先想好的臺詞，「是想要確認我的不在場證明嗎？等等，這麼說來，吉田是遭到了殺害？」

「不，你誤會了。根據檢視官*的推斷，這是一起意外事故。」

滿臉橫肉的岩地道露出了極不協調的爽朗笑容。

「他在洗澡時滑了一跤，運氣很不好，腦袋撞到了浴缸。或許是因為吉田的腳有舊傷，才會發生這樣的意外吧！他的腦袋這麼一撞，失去了意識，上半身栽進浴缸裡，竟然就這麼溺死了。雖然是意外事故，但為了慎重起見，我們還是會向所有相關人士確認不在場證明。我們在寫報告書時，依規定這個部分不能不提。」

「好吧！晚上七點到九點之間嗎？嗯，那時我人在公司。」狛木裝出回想的表情。

「有人能替你作證嗎？」

「那時候公司裡一個人也沒有吧……啊！等等，你可以去問系統工程師須鄉，我從八點左右，一直跟他進行視訊通話。啊！對了，而且我在七點左右，曾經到公司旁邊的便利商店買東西，那裡的攝影機應該有拍到我才對。從八點到十一點，我一邊和須鄉視訊通話，一邊處理公司的事。結束通話之後，我還在公司留了一下，直到十二點過後才離開。」

「原來如此，從這裡到吉田的住處單程就要花上一個小時的時間，就算吉田真的是他殺，你也擁有不在場證明。」

狛木原本預期會被追問細節，沒想到警察再也不曾詢問自己任何其他問題。狛木一方面感到鬆了口氣，一方面卻也有種「沒想到這麼簡單」的感覺。

*注解：檢視官，是指針對死因不明的屍體進行初步勘驗的警職人員，有別於進行精密解剖的解剖醫，通常由資深警官擔任。

不過，狛木認為自己所安排的不在場證明，非常強而有力。因為在吉田遭殺害的時間裡，自己正在做著「只有在公司裡才能做的工作」。不僅紀錄可以查得到，還有其他工程師可以為自己作證。然而，當看到警察如此草率了事，或許打從一開始就不需要安排如此嚴謹的不在場證明。

這起案子似乎被當成了意外事故處理，接下來的數天時間，狛木完全沒看到警察出現在自己的生活周遭。

＊＊＊

狛木完全沒預料到自己竟然會失眠，除了擔心罪行曝光的恐懼之外，殺人的罪惡感，也一點一滴地影響著日常。

狛木與吉田直政的關係，可以回溯到國小時期。

小時候的吉田，簡單來說就是個孩子王。當時的吉田不僅體格高大，性格十分開朗陽光，與狛木可說是截然相反。吉田有時相當粗暴，發起飆來連老師也擋不住，或許是外型長得不錯的關係，在同學之間人緣很好，身旁總是跟著一大群孩子。

在吉田的眼裡，狛木只不過是圍繞在自己身邊的孩子之一；但在狛木的眼裡，吉田卻是忌妒的對象。狛木一直想不通，吉田明明是個粗魯又蠻橫的人，為什麼身邊總是有這麼多的好朋友？即使到了長大之後，這個疑問依然存在於狛木的心中。

國中時期，因為某件事情，狛木與吉田的關係有了非常大的變化。

在某一年的學校文化祭，進行準備工作時，由於狛木的疏忽，吉田的腳受了頗為嚴重的傷。從此之後，吉田的腳變得有些不太靈活，雖然走路不成問題，但據說每走一步都會隱隱作痛。不管是校方還是雙方家長，都作出了「這不是狛木的錯」的判斷，狛木卻認為是自己不夠謹慎小心，感到相當自責。

吉田剛開始表現出一副毫不在意的態度，一陣子之後，漸漸會在私底下埋怨狛木，敵意也越來越強烈，後來甚至會當著班上同學的面羞辱狛木，或是把狛木當成小弟使喚。而狛木因為自責的關係，從來不曾反抗吉田。教室裡的大多數同學也覺得狛木有錯在先，對他抱持著反感。在接下來的日子裡，狛木幾乎成了吉田的忠實奴僕。

長大之後，吉田創辦了〈傑姆雷爾〉公司，要求狛木一起加入，狛木因為心中的陰影而無法拒絕。〈傑姆雷爾〉因狛木設計出許多優秀的程式，而經營得相當順利，吉田卻獨佔所有的成果。吉田甚至對外宣稱所有的程式都是自己寫出來的，狛木也因此淪落為吉田背後的幽靈寫手。

吉田一天到晚斥罵、羞辱狛木，還將他所寫的程式佔為己有。狛木永遠只是一個沒沒無聞的小職員，吉田卻已成為世人眼中的天才程式設計師。

狛木不願意再忍受這一切。

殺害吉田的行為，從來不曾讓狛木感到後悔。當狛木看見吉田慘死在浴室，上半身栽在浴缸內的模樣時，心情只能用如釋重負來形容。

然而，自從殺了吉田之後，狛木不管工作再怎麼疲累，還是得在床上躺非常久才能入睡，不僅嚴重失眠，還經常做惡夢。每一場惡夢的內容，都與那天的事情有關——攻擊吉田頭部時的手掌觸感、整顆頭顱沒入熱水中的可悲模樣、湮滅證據的種種行徑……

在那夢境裡，狛木往浴室裡一看，總是會發現吉田的屍體不翼而飛，當轉過頭時，便會發現滿臉是血的吉田就站在眼前，默默地看著自己。

狛木從惡夢中驚醒，身體卻動彈不得，沒辦法馬上起身。擔心自己會窒息而死的恐懼，讓狛木想拚命掙扎，手腳還是一動也不能動。他隱約感覺到有人站在床邊看著自己，但無法轉頭過去確認，連視線也不能移動。

這不可能，自己的房間裡，絕對不可能有其他人。狛木甩開心中的恐懼，藉由吶喊爆發出全身的力氣，陡然從床上彈起。他全身汗流浹背，定眼一看，房間裡的電燈是開著的狀態，拿起手機一瞧，現在的時間是晚上八點多……這正是當初殺死吉田的時間。

實在是太荒唐了，現下不要胡思亂想。狛木努力將心中的雜念拋到腦後。

由於睡眠不足的關係，這天狛木一到下班時間便離開公司，回到家後馬上就躺在床上睡著，卻因為做了惡夢，睡不到一個小時便驚醒。如果能夠一覺到天亮，不知該有多好。

狛木所住的公寓距離大馬路很遠，周遭相當安靜，完全聽不見汽車聲。當初狛木正是看上了這點，才選擇這棟公寓，如今反而害怕起這寂靜的感覺。

一點聲音都聽不見，讓狛木有種難以呼吸的窒息感。明明什麼聲音也沒有，卻依稀感覺有人站在身邊……

狛木笑了，斥責是自己太多心。他下了床，拿起床邊矮桌上的寶特瓶裝碳酸飲料，灌了一大口。昨天從冰箱裡拿出來後，就一直放在桌上沒有收起來，此時喝起來不僅微溫，還完全沒有氣了。

為了確認房間裡沒有人，狛木開始到處巡視，而小套房裡能躲人的地方，也只有廁所及浴室而已。果然一個人也沒有。仔細想想，誰會躲在自己的房間裡？難道是有小偷趁自己在睡覺時溜了進來？別再胡思亂想了。

就在這個瞬間，門口忽然傳來對講機的鈴聲，狛木頓時嚇得心臟猛烈收縮。這種時間，有誰會來按門鈴？難道是警察？

狛木躡手躡腳地走到門邊，確認對講機上的攝影機畫面，出現在畫面上的人物，與狛木原本的預期完全不同。

那是個年輕的女人，一頭醒目的波浪捲米色調頭髮，臉上戴著大框眼鏡。由於畫質不佳，無法看清楚相貌，只能隱約確認女人的五官頗為端正清秀。她身上穿著一件低胸洋裝，露出了兩邊的鎖骨，肩上還披著漂亮的刺繡針織外套。

像這樣的年輕女人，怎麼會來按自己家的門鈴？難道是某種宗教的傳教士？

女人又按了一次對講機門鈴，她露出不知如何是好的表情。

「抱歉，這麼晚來打擾，我是今天搬到隔壁的人。請問有沒有人在家？」

狛木仔細回想，昨天確實看見搬家公司的大卡車。原來是隔壁房間有人搬了進來，這年頭很少有年輕女性會像這樣特地跟鄰居打招呼。

狛木見對方客客氣氣，也不好裝作不在家，於是開了門。

「你好。」女人對著狛木低頭鞠躬。

從螢幕上看來還沒什麼，面對面相見後，狛木才發現這女人簡直是絕色美女。

她年紀約莫二十五歲，或許是混血兒，看起來有點外國血統。皮膚白皙，五官輪廓頗深，藏在眼鏡後頭的一雙大眼有著茶褐色瞳孔，閃爍著嬌豔迷人的神采。她抬頭仰望著狛木，紅色大鏡框的眼鏡無法掩蓋完美無瑕的容貌，反而成了更加凸顯其可愛魅力的點綴品。

像這樣的女性，通常只會出現在電視上，若不是女偶像，就是女主播。如今竟然站在自己的眼前，狛木看得幾乎忘了呼吸，有種彷彿還在做夢的錯覺。

「抱歉，在您休息的時候前來打擾。敝姓城塚，剛搬到隔壁。」

一對烏亮的圓眸凝視著狛木，似乎正在等著狛木回應。

狛木不敢與她四目相交，急忙將臉轉向一邊。

「呃……」狛木緊張地結結巴巴。「那個……妳好……」

事情發生得太突然，讓狛木慌了手腳。

他從以前就有這樣的毛病，和不認識的人說話時會非常緊張，一句話也說不好；對方若是年輕女性，情況會更加嚴重。從小到大因為這樣，不知承受了多少揶揄。他想到眼前的少女可能也在暗自竊笑，不由得漲紅了臉。

然而，自稱姓城塚的女人並沒有露出那樣的表情。

「如果你不介意的話，可以請問您貴姓？」她溫柔地笑問道。。

「啊……失禮了，敝姓狛木。」

「狛木先生。」少女露出了清爽的笑容。「今後還請您多多關照。啊！請放心，我並沒有用巨大音量聽音樂或打電動的習慣，在這裡也不會有什麼朋友來訪，所以平常應該都會很安靜。啊！不過我經常看電影，如果吵到了您，請務必告訴我。」

「呃……好……」

「對不起，我在東京沒有什麼朋友。我媽媽告訴我，一定要和鄰居打好關係，發生事情時才能互相幫助。對了，這是我家種的蘋果，如果你不嫌棄的話……」城塚一邊說，一邊急忙遞出手中的茶色紙袋，但或許是施力過猛的關係，紙袋驟然滑落，裡頭的幾顆蘋果滾了出來，砸到地上。「哇哇哇！」

城塚連忙蹲下來撿拾蘋果，慌亂中蘋果被她的指尖一推，反而滾得更遠了。

狛木整個人傻住，由於城塚身上穿著質地單薄的白色低胸洋裝，白嫩的胸脯及漂亮的鎖骨深深吸引了狛木的視線，他愣怔地盯著城塚。

驀然間，狛木嗅到一股不同於蘋果香氣的甜膩氣味，狛木趕緊將視線從敞開的領口移開，低頭幫忙撿拾蘋果。將蘋果交給城塚時，狛木也是盡量避開了視線。

「對不起，我真的是太冒失了。」城塚接過蘋果歉疚道。

「不用客氣……」

什麼事情不用客氣，狛木也說不上來，只是順口迸出了這樣的回答。

狛木朝地上最後一顆蘋果伸出手，就在手掌碰觸到蘋果的瞬間，城塚雪白的纖手竟疊了上來，狛木彷彿感覺到有一股電流通過全身。

「啊！對不起。」城塚趕緊縮回了手。

「呃，不用客氣、不用客氣……」狛木別過頭站起來，遞出蘋果，拚命裝得若無其事。

「蘋果髒了，我換一些新的給您。」

「不用了，洗一洗還是可以吃。」

「真的嗎？」

狛木聞言猛然轉回頭一瞧，只見城塚微微歪著頭，眼鏡後的一雙妙目凝視著狛木，似乎顯得相當不安。

「嗯，我喜歡吃蘋果，謝謝妳。」

「那真是太好了。」

城塚露出了花朵般的燦爛笑容，那笑容美豔得令狛木無法直視，只能狼狽地再度將頭轉向一邊，搔了搔後腦杓。

「狛木先生，抱歉！」城塚的口氣突然變得有些緊張，令狛木不禁一愣，只見她推了推眼鏡，一臉嚴肅地看著狛木背後，怯怯地問道：「我想問個奇怪的問題……您現在家裡有家人或朋友嗎？」

「咦？」狛木也忍不住往背後睨了一眼，房間裡當然一個人也沒有。「沒有吧！只有我一個人。」

為什麼她會問這種問題？

「啊！是嗎？」城塚微微露出靦腆的笑容。「我好像聽見有人在說話，是電視嗎？」

「我沒開電視，大概是其他住戶的聲音吧！」

這是怎麼一回事？狛木的心頭閃過了一抹不安，但馬上振作起精神，畢竟眼前有一張充滿魅力的笑顏。

「啊！那可能是我搞錯了。」城塚看似釋懷地笑道：「很抱歉，在這種時間打擾您，以後請多多關照，晚安。」

她說完，低頭鞠了個躬，便轉身離去。

這突如其來的狀況，令狛木愣愣地站在門口，一時無法回神。幾秒鐘後，隔壁房間傳來輕輕扣上門鎖的聲音，狛木才默默地鎖上門，回到房間裡。當他把裝了蘋果的紙袋放在桌上後，狛木又站著發起了愣。

城塚！狛木在心中呢喃著。那是個有點冒失、有點古怪的女孩，城塚應該是姓，不知道她的名字是什麼？她剛剛說了「以後請多多關照」，這是否意味著往後還有很多機會可以見面？

狛木低頭看著自己的手，聽見自己的急促的心跳聲。

這隻手剛剛竟然和她那白皙、纖細的手指碰觸在一起了。

狛木從小不曾有這樣的機會，能和可愛的女孩近距離說話，更別說成為鄰居。

自從殺了那傢伙之後，自己的運氣似乎變好了……

狛木清楚地感覺到過去籠罩著人生的烏雲終於飄走，雨過天晴的陽光探出頭了。

＊＊＊

狛木很快便知道了城塚的名字，就在第一次見面的兩天後。

每天早上，狛木在上班前總是會到車站前的咖啡廳吃早餐。一來自己做早餐實在太麻煩，二來任職的公司在時間上比一般企業自由了些，不必趕著上班。

這一天，狛木一如往常坐在咖啡廳的角落，吃著早晨的套餐，喝著咖啡，手上拿著智慧型手機，瀏覽關於最新技術的資訊，以及確認自己也是貢獻者*的開放原始碼之最新進展。這些是狛木每天的例行公事。

「咦？狛木先生？」

身旁倏忽傳來明亮又輕柔的聲音，狛木訝異地抬起頭一看，翡翠就站在眼前，手上端著托盤。

沒錯，她叫做城塚翡翠。她告訴狛木，自己正在附近散步，順便尋找可以吃早餐的地點。她主動詢問狛木能否一起坐，狛木心中雖然十分驚慌，還是欣然答應了。

翡翠一坐下來，就吱吱喳喳地說個不停。她告訴狛木，最近正在找工作，還提到去年剛到東京時，在一家連狛木也曾聽過的知名貿易公司上班，後來那家公司倒閉了，只好趕緊找其他的工作。原本她住在距離公司很近的公寓，沒有工作之後，付不出高額的租金，只好搬到現在這個地方。她說曾考慮過乾脆回鄉下老家，但從小就憧憬東京的都市生活，決定再打拼一陣子看看。她在說這些話時，一雙靈動的大眼，閃爍著天真無邪的神韻。

剛開始，面對毫無心機大談往事的翡翠，狛木感到有些難以招架，如何與這樣的年輕女性相處，他完全沒有概念。而且翡翠說話時，視線始終專注地盯著狛木，由於他過去不曾被年輕女性如此對待過，從頭到尾一直紅著臉，不知該如何掩飾。

不過另一方面，狛木也猜想或許正是自己的老實模樣，讓翡翠卸下了心防。吉田常笑狛木是個無聊又無趣的男人，但他認為至少在穿著打扮上自己還算講究，外表並不邋遢。

＊注解：貢獻者（Contributor），最常見被定義為，相繼在後對程式的除錯、更新，以及改版等付出心血努力的修改者。

翡翠剛失去工作，心裡一定很不安吧！她此時或許只當自己是鄰居，日子久了，搞不好有機會讓關係更進一步。狛木思忖著。

「狛木先生，你常來這家店嗎？」

「嗯，每天上班前，我都會在這裡吃早餐，因為我完全不會料理。」

「哇，太好了，那以後我能跟你一起吃早餐嗎？」翡翠合攏手掌，微微歪著頭問道。

「呃……當、當然……」

果然殺了吉田之後，運氣開始變好了。早知如此，應該早點下手才對。

從這一天起，狛木不管前一晚再怎麼失眠，還是能抱著雀躍的心情迎接早晨。他每天會提早三十分鐘起床，仔細剃鬍子及刷牙，還拿出了幾個月前從美容院購入後幾乎沒用過的髮膠，抓出帥氣的髮型，對著鏡子再三確認，最後模仿吉田穿上昂貴的襯衫才出門。

每天都是狛木先到咖啡廳，雖然每天早上一同用餐的時間只有不到二十分鐘，對他來說，卻是最幸福的時光。翡翠笑著說「早安」的表情，在狛木的眼裡是如此光彩奪目。

翡翠是個非常注重打扮的少女，觀察她每一天的服裝變化，也是狛木的樂趣之一。她有時會戴上眼鏡，有時則否；不戴眼鏡時的她，更是美得讓人嘆為觀止，令狛木不敢直視。雖然狛木對流行服飾毫無概念，但就算翡翠自稱是模特兒，狛木也不會有絲毫懷疑。

翡翠的外貌就是如此耀眼而突出，總是吸引所有人的目光，與她同坐一桌，狛木可以清楚感覺到來自周遭的視線。對於從來不曾與女性交往過的狛木來說，那些視線能夠為自己帶來極大的優越感。

翡翠說她每天吃完早餐後，都會到圖書館看書，她打算考一些證照。即使相處的時光相當短暫，每天早上能和翡翠一同用餐，看著她那溫柔的笑容，聆聽她說些無關緊要的瑣事，最後等草她對自己說：「上班路上小心。」這些都讓狛木感到無比的幸福。

「像你這麼無趣的人，一輩子都不可能交到女朋友。」

狛木有時還是會想起，吉田曾對他說過好幾次的嘲諷。

在工作上，偶爾還是有機會認識一些女性，只不過每個狛木暗中欣賞的女性，最後都被吉田搶走。吉田不僅長得英俊，口才還很好，可說是個典型的花花公子。

幸好以後不必再擔這種心了。狛木不禁暗想著。因為吉田已經不在了，那個不斷壓榨他人才能、奪走他人機會的可怕惡魔已經死了。狛木不用擔心眼前的可愛鄰居會被他搶走，不，就算是吉田，應該也不曾跟這麼美麗的女性交往過。

然則，狛木心中卻有另一個煩惱，那就是他完全不知道該如何取悅女人，或許自己真的是個無趣的男人吧！

翡翠是個很喜歡說話的女孩，不管是從前工作上的不滿及抱怨，還是來自鄉下雙親的壓力，她都可以說得詼諧逗趣，讓狛木聽得津津有味。但是狛木自己卻找不到任何話題可以和翡翠閒聊，這讓他感到相當懊惱。

幸好翡翠對於狛木的一些生活瑣事，也會展現出相當大的興趣。例如，她會問「**昨天晚上吃了什麼？**」或是「**昨天加班到很晚嗎？**」等等。就算狛木只能說出一些枯燥乏味的答案，她也會嗤嗤笑個不停，讓對話變得快樂又有趣。不過，每次都是翡翠在提供話題，這讓狛木感到相當不安，他不知道該如何和女性開心交談，擔心翡翠總有一天會感到乏味。

都怪那個惡魔，奪走了自己與女性交往的機會，到底該怎麼辦才好？如果有一天，翡翠的話題都聊完了，相處的氣氛變得沉悶又尷尬，這段快樂的時光可能就會從此劃下句點。而且過一段日子如果翡翠開始認真找工作，或是找到了工作，兩人也會失去見面的機會。就算是鄰居，一旦喪失了親近的契機，也會漸漸變得疏遠。

「狛木先生？」

就在不知道是第幾天的早上。

這一天，翡翠不停說著她前一晚在串流影片網站上所看的一部老電影，只是狛木對電影沒有什麼興趣，一年也不見得會上電影院一次，當然沒有辦法炒熱這個話題，只能說些敷衍了事的回應。

「請問，你是不是沒什麼興趣？」翡翠微歪著腦袋，神情不安地看著狛木。

「不，沒那回事……呃……」狛木搔著後腦杓，拚命想擠出話題。「那個……聽起來很有意思。城塚小姐經常上電影院嗎？例如……和男朋友約會時……」

狛木說完，馬上感到後悔，不該說出後面那一句，但自己實在很想排除這個不安。

「男朋友？」翡翠眨眨眼，好似聽見什麼難以理解的話，片刻後，她才像是理解般地垂下頭，說道：「那個，其實我，每次和男生交往，都是一下子就分手了……」

「真的嗎？不可能吧？」

天底下真的有男人會甩掉這樣的女朋友？狛木一副難以置信的表情看著翡翠。

「其實……我有一點奇怪……」

確實有一點！狛木差點就要脫口說出，幸好話到嘴邊又嚥了回去。

像翡翠這麼單純、沒有心機的女性，在這個世上恐怕不多，雖然個性有些冒冒失失，但這或許也算是她的魅力之一。狛木甚至有些為她擔心，怕她被吉田那種壞男人騙了。

「怎麼個奇怪法？」

「那個，你不能笑我……」

「我不會笑的。」

「其實……我有通靈的能力。」

「通靈？」

「是啊！我從小就有這個能力，認識我的人都因為這樣……不想跟我來往。」

狛木一時啞然無言，整個人僵住了。對於這類怪力亂神的事，他雖不到完全不相信的程度，卻也是半信半疑。

「你是不是也覺得很可怕？」翡翠一副垂頭喪氣的模樣，與剛才開朗神態截然不同。

或許這件事讓她從小吃了不少苦頭吧！狛木思忖著。

「我不覺得有什麼可怕。」

「真的嗎？那就好……」

翡翠說完，臉上帶著遲疑的神情看著狛木，狛木感到一頭霧水，她突然像是下定了決心似地，隔著桌子將身體微微湊了過來，狛木聞到她身上的甜香，不由得全身緊繃。

「狛木先生……請問你最近是不是有家人或朋友過世了？」

「咦？」狛木原本正端起咖啡，聽了這沒來由的一句話，整個人愣然愣住了。

狛木一顆心七上八下，眼神左右飄移了起來，慶幸自己本來就不敢直視翡翠，或許她沒有察覺。沒想到，翡翠又一鼓作氣地開口解釋。

「當初第一次到府上拜訪的時候，我看見你背後站著一個男人，那個男人好像想要說話，卻什麼也沒說出口……」

這是什麼意思？狛木感覺到一股寒意竄上心頭，腦海裡驀然湧現當時的記憶——翡翠站在門口，臉上露出錯愕的表情，她的視線確實看著自己的背後，後來還詢問自己：「家裡是不是有家人或朋友？」

「你的手在發抖……對不起，讓你害怕了。」

狛木聽翡翠這麼一說，才察覺手中咖啡的表面不斷泛出漣漪，趕緊將咖啡杯放回杯碟上。在做這個動作時，狛木也感覺到自己的手指正微微顫抖。

「呃……請問那個男人……是個什麼樣的人？」狛木忍不住問道。

「臉上戴著眼鏡，手上拿著一瓶黃色包裝的寶特瓶……或許有什麼特別的意義吧！」

寶特瓶？為什麼會拿著那種東西？不，等等……吉田死前確實曾經從冰箱裡拿出一瓶碳酸飲料。這麼說來，那個男人真的就是臨死前的吉田？不會的……絕對不可能……但是……天底下絕對沒有人知道寶特瓶的事。狛木感覺到一陣涼意自背脊慢慢往上爬升，每天晚上所看見的惡夢景象，清晰地浮現在腦海。

眼前這個女人真的有通靈能力……

「那個男人似乎有話想要對你說，但我不知道他想要說什麼？」

「呃，妳確定那是個男人？」

「是啊！你想得到那是誰嗎？」翡翠一對美眸凝睇著狛木。

狛木感覺全身冒出了冷汗。該怎麼辦才好？要怎麼回答這個問題？雖然可以推得一乾二淨，但是……

翡翠目不轉睛地看著狛木，那眼神帶著三分的擔憂遭到狛木徹底否認的怯意，至少在狛木的眼裡看來是如此。

「是這樣的……上個月，我有一個朋友過世了。」

狛木嘆了口氣，勉強擠出這句話。這麼說應該不會有任何問題吧！她總不可能猜到那個男人是被自己殺了。

「原來如此。」翡翠露出恍然大悟的表情，點了點頭。「請問那位朋友叫什麼名字？」

「他姓吉田，叫吉田直政，是我公司的社長。」

「他是社長？」

「是啊！不過，我跟他是認識很多年的老朋友。根據警察的調查，他是在浴室裡摔倒，撞傷了頭，上半身栽進浴缸裡，就這麼溺死了。」

「原來是這樣……」翡翠低下了頭，過了好半晌，她倏然又抬頭說道：「這或許並不是一起單純的意外事故。」

霎時間，狛木有種全天下的聲音都消失了的錯覺，清晨的咖啡廳彷彿變得鴉雀無聲，所有的嘈雜聲音都聽不見了。

不是一起單純的意外事故？

「不可能吧！」

狛木勉強擠出了笑容，想必此時自己的臉色一定相當難看吧！然而，翡翠似乎完全沒有察覺狛木的異狀。

「雖然我現在看不見吉田先生，不過我記得他當時的表情充滿了怨恨……我猜他一定是想要告訴你一些事情。」

「想要告訴我一些事情？」

狛木見翡翠說得一臉認真，內心只想要趕快逃離現場。此時逃避沒有任何意義，更何況……說穿了，不過是一個少女自稱的通靈能力，沒有必要那麼害怕……

狛木看著翡翠，嚥了一口唾沫。

「吉田先生或許是遭到了殺害，所以……吉田先生希望你幫忙揪出凶手。」

翡翠那純真的雙眸與最後說出的話，莫名帶給狛木一股奇妙的安心感。

沒錯，就算翡翠真的擁有通靈能力，也不會知道殺人凶手就在眼前。

「要我幫忙……揪出凶手？」狛木硬是扯了扯僵硬的嘴角。

「殺人什麼的……是不是有點想太多了？」

「或、或許吧……」

狛木拿起了杯碟裡的銀色小湯匙，伸到僅剩一點咖啡的杯裡攪拌。由於沒有加入奶精或砂糖，這個動作沒有任何意義，但他需要做一點事情來化解心中的緊張。

狛木不希望被翡翠看出自己的手指還在微顫，所幸像翡翠這種天真又冒失的少女，絕對不會有那麼敏銳的觀察力。

「狛木先生，我想懇求你一件事……」翡翠真摯地仰望著狛木，那水汪汪的圓眸，彷彿有股可以吸入一切的魔力。「我只要遇到這種事，就無法置之不理。因為除了我之外，應該沒有人能夠伸出援手……希望你能幫助我一起，找出吉田先生想要告訴你的真相……」

幫忙找出……吉田想要告知的真相？

狛木心裡很清楚，吉田想要告知的真相是什麼——那就是「**殺死我的人就是這傢伙**」，這就是吉田想要傳達的事情。

吉田的死因一直被警察認定為意外事故，他一定是覺得很不甘心，想要試著透過擁有通靈能力的翡翠，將真相告訴世人。

狛木不禁感到有些懊惱，那傢伙明明已經死了，還來干擾自己的人生。

「呃……妳冷靜一點。」狛木笑著將湯匙從杯中取出，鎮定地放在杯碟上。「吉田真的是死於意外，就連警察都這麼說了，絕對不會有錯的。儘管妳有通靈能力，我還是覺得妳可能是太多心了……」

「或許……你說得沒錯……」翡翠眨了眨秋水般的盈眸，頹然地垂下了頭，波浪捲的髮絲有氣無力地微微搖擺，突顯出她心中的沮喪。「對不起，你一定覺得我這個女人腦筋有問題吧……」

翡翠將原本向前傾的身體縮了回去，接著拉開椅子，拿起放在椅背上的手提包。

「狛木先生，或許是因為你總是很認真地聽我說話，讓我有些太得意忘形了……我原本以為你會相信我……」她站了起來，朝狛木鞠了個躬。「謝謝你這陣子陪我吃飯。」

說完，翡翠離開桌邊，轉身朝著店外走去。

狛木一臉茫然地呆坐在位子上。**自己背叛了她的期待！**他心裡顫顫地想著。**以後再也見不到她了！**他心中有著這樣的預感。

好想要跟這個美麗的少女在一起，**無論如何絕對不能失去這個機會！**吉田那一臉訕笑的表情在腦海一閃而逝。**好想要讓那傢伙刮目相看！**

難得的雨後天晴，無論如何絕對不能讓好運流走，機會總是稍縱即逝。

「城塚小姐！」狛木朝著走入人群中的少女背影大喊。

翡翠那嬌柔的肩膀微微一顫，卻沒有轉過頭來。

「我、我想要幫助妳……請告訴我該怎麼做……」狛木迫不及待地說道。

＊＊＊

兩人一同搭上了電車，翡翠談起了自己小時候的遭遇。

翡翠說，自己從小就具有通靈能力，能夠看見別人看不見的東西，但是哪些東西是真實存在，哪些東西只有自己才看得見，她一直不知道該怎麼判斷。直到現在，這個問題依然困擾著自己。

因此當初次見面時，翡翠才會問狛木家裡是不是有家人或朋友？正因為翡翠經常詢問類似這樣的問題，周遭的朋友們都漸漸與她保持距離；就算是在故鄉，也只有家人願意接納她，朋友一個個疏遠，到頭來一個也不剩。翡翠來到東京之後，本來認為這是個重新開始的好機會，卻還是沒有辦法隱藏能力，這讓她感到相當孤獨寂寞。

翡翠認為拯救無法解脫的靈魂，是自己的使命。到目前為止，她已經好幾次感受到靈魂的訴求，並試著想辦法實現靈魂的心願。

翡翠還告訴狛木，吉田的靈魂長期滯留在狛木的房間裡，由於她的房間就在隔壁，吉田的靈魂甚至好幾次出現在自己的枕邊。

「每當吉田先生出現在我的夢裡時，手上總是拿著一個寶特瓶，我相信那寶特瓶一定有特別的意義。」

「特別的……意義？」

「例如……」翡翠沉吟了半晌後，說道：「那寶特瓶可以證明他是遭到殺害，並非是意外事故。」

那寶特瓶是證明吉田遭到殺害的證據？甚至可能是……指認凶手的證據？

狛木坐在電車裡，心裡感到忐忑不安，幾乎快要窒息。

當初吉田確實拿了那個寶特瓶給自己，自己也伸手接了過來。**難道是沒有擦乾淨？瓶蓋嗎？還是瓶底？當初真的把這些地方的指紋都擦掉了嗎？**

如今兩人正要前往的地點，正是吉田生前所住的公寓，因為翡翠堅持想要親眼看一看死亡現場。雖然警察早已完成公寓內的現場採證作業，並解除了封鎖，翡翠還是懇求狛木向吉田的家屬商借公寓鑰匙。

事實上，那間公寓是以公司的名義買的，而狛木具有董事身分，可直接從公司借出鑰匙，不必透過死者家屬。當然狛木也可以用「無法借到鑰匙」為由，婉拒翡翠的要求，不過狛木最後還是決定提供協助。因為他認為這是一個好機會，如果那個寶特瓶真的是殺人證據，可以趁機將證據湮滅。

晚上六點多，狛木帶著翡翠進入了公寓的大廳。這棟公寓的入口並沒有任何安全管理機制，任何人都可以自由進出。兩人搭電梯到達目的樓層之後，狛木取出從公司借來的鑰匙，打開了門。

屋內是頗為寬敞的一房一廳格局，當初吉田想要增加屋內的寬闊感，因而拆掉了客廳及房間之間的兩扇門板。這棟公寓本身並不大，建築物頗為老舊，距離公司也很遠，不過前往東京都心的交通十分方便，再加上室內空間寬敞，因此吉田相當中意。其實吉田並不常到公司，許多工作都是透過網路進行聯繫，所以他並不在意距離公司的遠近。

事實上，這棟公寓的狀況，也是促使狛木執行殺人計畫的誘因之一。如果這是一棟安全性相當高的公寓，計畫必定無法成功。雖然入口大廳及電梯裝有攝影機，只要利用公寓後方機踏車停放區旁邊的緊急逃生梯，就可以在不被攝影機拍到的情況下進入公寓內。狛木來過這棟公寓好幾次，才察覺到這一點，而且當初殺害吉田後，狛木正是以公司鑰匙將門鎖上，從緊急逃生梯從容離開。

兩人在門口處脫下鞋子，走進了屋內，狛木猶豫過該不該穿拖鞋，最後還是決定不穿。

今天翡翠上半身穿著相當清涼的無袖上衣，下半身則是胭脂色的短裙及絲襪，臉上戴著與狛木第一次見面時相同的紅色鏡框眼鏡。

「打擾了！」翡翠她進屋內的同時，惴惴不安地低喃道。

「有沒有感覺到什麼不對勁？」狛木謹慎地問道。

翡翠搖了搖頭。

「這屋裡有寶特瓶嗎？」

「我也不知道。」

兩人一同走進客廳，狛木打開客廳電燈，推開窗戶，並拉開一點窗簾。由於季節已進入初夏，屋內頗為悶熱。他轉頭一看，發現翡翠正探頭朝房間裡張望，似乎在尋找寶特瓶。

驀然，翡翠像是想起了什麼，雙手一拍。

「啊！冰箱。」說完，她走向客廳吧檯，打開了小型冰箱。

狛木假裝若無其事地走到她身後。

「啊！狛木先生，一定就是這個！」

翡翠轉過來的臉上，洋溢著興奮的神采，她隔著手帕拿起一瓶寶特瓶裝的碳酸飲料。

殺人的證據……

「我看看。」狛木故意空手抓住那寶特瓶。

原本翡翠隔著手帕提起瓶蓋，被狛木伸手搶過之後，手帕輕飄飄地落在地上。

「哇！不行！狛木先生，這樣會留下指紋的！」

「咦？」

狛木裝出錯愕的表情，接著刻意露出驚惶的模樣，急忙改成以手指捏著寶特瓶的邊緣。

那寶特瓶或許是因為放在冰箱裡的原故，瓶身有些濕滑。狛木並不確定這樣是否會留下指紋，或許警察還是有辦法採集也不一定，而且瓶蓋並沒有濕，應該會留下指紋才對。

然而，不管能不能採到指紋，狛木這麼一抓，就算上頭驗出自己的指紋，也成了理所當然的事情。

殺人的證據，就這麼被湮滅了。

「真抱歉！只不過警方的調查工作已經結束了，就算拿著這寶特瓶去找警方，也不會特地幫我們採驗指紋吧？」

狛木一邊望向翡翠笑著說，一邊將那觸手冰涼的寶特瓶放在流理臺旁。

翡翠並沒有看著他，美麗的雙眸依然盯著冰箱裡的東西。

「啊，抱歉！我真是糊塗……應該是這一瓶才對。」翡翠輕吐舌頭，以拳頭輕敲自己的額頭，再次隔著手帕捏著另一瓶寶特瓶的瓶蓋，將寶特瓶從冰箱裡拿了出來。「我看見的是這種包裝的碳酸飲料，剛剛是我搞錯了。」

狛木一時目瞪口呆，怔愕地盯著翡翠手上的寶特瓶。

殺害吉田之前，自己摸到的寶特瓶確實是這一瓶，不是剛剛那一瓶。

換句話說，這才是殺人的證據……

「狛木先生，這次你要小心點，千萬不能再留下指紋了。」

翡翠笑容可掬，口氣簡直像是電影裡的老師在警告孩童。

「呃，對……要小心點……」

沒想到翡翠的冒失，竟然會成為湮滅證據的阻礙。不小心留下指紋的手法已經用過一次，沒辦法再用第二次，看來只能趁翡翠不注意時，拿手帕把指紋擦掉了。

不，等等……根本沒有必要心急。警方的調查工作早已結束了，就算一個擁有通靈能力的少女手中握有證據，也不能改變什麼。難道要告訴警察：「**我靠著通靈能力發現這個寶特瓶是證據**」？警察絕對不會相信吧！

「現在要怎麼處理這個東西？」狛木裝出若無其事的口吻問道。

「只要狛木先生及傑姆雷爾公司的人同意，我想將它帶走。民間有很多機構可以幫忙進行指紋的採驗及鑑定，只不過要花錢就是了。」

「要、要做到這個地步嗎？」狛木不由得一臉錯愕。

「不見得要這麼做，只是保險起見而已。最近因為吉田先生的關係，我一直睡得不太安穩，要是能讓他別再出現在我的夢裡，花點小錢也沒什麼。」

翡翠說完，露出無奈的苦笑。

「原來如此……」狛木理解地附和道。

自己也常因此而驚醒，翡翠既然能通靈，或許做惡夢的情況更加嚴重也不一定。

「接著，我們看看浴室吧……在哪裡呢？」翡翠歪頭嘀咕道。

現在該拿那個寶特瓶怎麼辦？置之不理真的不會有問題嗎？狛木暗自煩惱著。

「浴室在這邊。」狛木點頭，若有所思地說道。

翡翠將狛木觸摸過的寶特瓶放回冰箱裡，再把能作為殺人證據的寶特瓶置於流理臺旁。

狛木以眼角餘光確認了寶特瓶的位置之後離開客廳，來到內廊上。他打開更衣間的門，朝浴室看了一眼，浴室裡當然沒有人，門也沒有關上。

「咦？」

背後極近距離處響起翡翠的聲音，令狛木不禁嚇了一跳，轉頭一看，翡翠竟然緊跟在自己的身後。當然她跟在後頭並沒有什麼不對，只是距離實在太近了。

當初在電車裡也是這樣，翡翠緊貼著狛木而坐，兩人手臂相觸，她自己完全不在意，卻讓狛木一顆心噗通亂跳。

「怎、怎麼了？」

「啊！沒什麼。我只是有點好奇，你為什麼知道浴室在哪裡？」

狛木清楚感覺到自己的表情變得僵硬，但是仔細想想，自己知道屋裡的格局，並不是什麼不合理的事。

「呃……因為這是以公司名義買的房子，當初剛成立公司時，我們常在這裡喝酒，所以才知道浴室的位置。」

「原來如此！你真厲害，我超容易迷路，就算去朋友家，每借一次廁所就迷路一次。」

翡翠絲毫沒有起疑，露出了羞赧的微笑。

「因為這屋子不大，一下子就記住了。」

說得好像一針見血，其實幾乎等同是廢話，不過狛木也覺得盡可能別再引起她的疑竇。

「有沒有感覺到什麼？」狛木問道。

「我好像聽到了水的聲音……」

「咦？」

「類似濁流的水聲……每次吉田先生出現在夢境中，我都會聽見這樣的水聲……現在又聽見了……」

翡翠一臉認真地看著浴室。

水聲……難道是吉田的上半身栽進浴缸裡時，耳中聽見的注水聲？

「應該……是妳的錯覺吧？吉田是滑了一跤，頭部栽進浴缸溺死的，應該不會聽見什麼注水聲才對。」

「嗯……？啊！注水聲……」

「咦？」

「沒錯，正是注水聲！狛木先生，你真厲害！」

「什、什麼意思？」

翡翠以雙手緊緊包住狛木的手掌，雙眸閃爍著興奮的神采。

「我一直想不出來，那是什麼樣的水聲，本來還猜想是蓮蓬頭的噴灑聲。你說得沒錯，那是注水的聲音。吉田先生臨死之前，一定是聽見了注水的水聲。這麼說起來，他剛昏厥時，浴缸裡可能沒有水，後來才有人在浴缸裡注滿水……」

狛木心頭又是一驚，察覺到自己竟然說了不該說的話。

翡翠原本說的只是「水聲」，自己卻擅自改成了「注水聲」。更糟糕的是自己的一句話竟然讓翡翠想通了現場狀況，簡直像是福爾摩斯因華生的一句話而產生了靈感。

「如果是這樣的話，吉田先生真的是被殺死的！」

翡翠洋洋得意地仰頭看著狛木，那閃閃發亮的俏麗雙眸，讓狛木心虛地別過了視線。正因為她猜中了真相，讓狛木一時不知如何回應。

「呃，這聽起來頗有道理……但妳剛剛說的蓮蓬頭灑水聲，不也挺有可能嗎？」

「唔……真的嗎？」

翡翠瞬間又變得自信全失，有如洩了氣的皮球，畢竟只是半吊子的門外漢偵探，對自己的推理缺乏自信。

「對了，城塚小姐，這個……」狛木看著被翡翠以雙手握住的手掌，心頭小鹿亂撞。

「哇！對不起！我真是的……」翡翠趕緊鬆開自己的手。

「沒關係。」

兩人看完了浴室，又回到客廳，或許是因為氣氛尷尬的關係，兩人分別走向不同的角落。翡翠似乎還在找尋著死因是他殺的證據，在擺著電腦桌的房間及客廳之間左右張望。

狛木在一旁看著翡翠的一舉一動，心裡卻牽掛著廚房的那個寶特瓶。如果可以的話，最好趁翡翠不注意時，想辦法對那寶特瓶動手腳。一旦被她帶走，就沒辦法湮滅證據了。

要是她真的拿著寶特瓶去找警察，上頭驗出了自己的指紋……

「請問……這是什麼？」翡翠突然問道。

狛木轉頭一看，翡翠的前方是一座白板，尺寸相當大，底下有滾輪，就擺在客廳的牆邊，她正一臉狐疑地看著白板上的文字及圖形。

「吉田在整理思緒時，經常會使用這座白板。例如，要構思一個新企劃，就會把想到的各種點子寫在白板上，這種手法稱作『思維導圖*』。」

狛木一邊回味著手上的溫柔觸感，一邊說道。

「程式設計師也會使用白板這種原始的工具？」

「吉田其實不算是程式設計師，而是一個企業經營者……不過話說回來，我們公司的程式設計師也十分愛用白板，這或許是我們公司的特色吧！例如，當我們要整理及構思ＵＭＬ*的類別圖*和序列圖*……呃，簡單來說，就是代表程式結構及流程的示意圖時，幾乎都會使用到。」

「哇，一聽就知道很了不起。」翡翠一臉興奮地轉過頭。

「咦？真的嗎？」

「這座白板一直擺在這裡嗎？」

「應該吧！至少我每次來，它都擺在這裡……」

翡翠探頭望向白板的背面。

「這一面也畫了圖，只是看不太清楚了。吉田先生是個在家裡也熱心工作的人嗎？」

「這個嘛……」狛木嗤笑了出來。「我不太想說過世朋友的壞話，但他其實對程式設計並沒有太大的興趣。對他來說，這些都只是賺錢的工具而已。」

「咦？真的嗎？」

正仔細查看白板背面的翡翠，露出了些許詫異的神情。

狛木不禁有些後悔，畢竟翡翠正想要幫助吉田的靈魂，在這個節骨眼實在不應該說吉田的壞話。為了避免被看穿心思，狛木不敢再胡亂開口。

＊注解：思維導圖（mind map），又稱心智圖、腦力激盪圖，是一種用圖像整理信息的圖解。

＊注解：UML（Unified Modeling Language，統一塑模語言），是建構模型的專用語言，可透過其規定之各類圖形及文字，表示分析設計之成果。例如：類別圖、循序圖、活動圖等。

＊注解：類別圖（Class Diagram），是UML的一種，透過一個系統中的物件、物件的屬性、物件擁有的方法和物件與物件之間的關係，來描述其結構。

＊注解：序列圖（Sequence Diagram），亦稱為循序圖、時序圖，是一種UML行為圖，描述物件在時間序列中的交叉作用。

翡翠走向客廳的另一頭，又開始東翻西找。狛木趁著翡翠背對自己，慢慢朝著流理臺邊的寶特瓶靠近。

剛剛翡翠才提醒過不能摸，這時如果再施「不小心摸到」的伎倆，反而會引來翡翠的懷疑。既然如此，最好的方法就是，偷偷拿布把上頭的指紋全部擦掉。縱使這麼做會把吉田的指紋也抹去，但或許警方會認為是瓶身上的水珠破壞了指紋。

這時，翡翠背對著狛木，在白板旁蹲了下來。

趁現在！狛木迅速進入廚房，走到寶特瓶旁。得找一條布才行！偏偏廚房裡一條毛巾或抹布都找不到，放眼望去，連個廚房紙巾也沒看到。瓦斯爐上那時熬煮中藥的陶鍋已不見蹤影，可能被警察或吉田的家人清掉了吧！難道是他們在清理時，把抹布、毛巾也都帶走了？要不然就是吉田生活太散漫，廚房裡連抹布也沒放。

轉頭看了一眼翡翠，她依舊背對著廚房。狛木迫於無奈，決定使用自己的手帕，反正這是在量販店買來的便宜手帕，就算警察在寶特瓶上採到纖維，也無法由此鎖定自己。

狛木悄悄將手移到牛仔褲後頭，伸進口袋裡一摸，卻什麼也沒摸到。

翡翠猝然站了起來，但還是背對著狛木。

狛木掏遍了身上每個口袋，甚至連肩揹包也翻開來看，就是找不到手帕，不知塞到哪裡去了。狛木越想越不對勁，自己明明有帶手帕出門，剛剛在電車上還掏出來擦汗。如果不趕快找到，翡翠就要轉過頭來了！偏偏手帕就是不在任何一隻口袋裡。到底放到哪裡去了？

「咦？你在找什麼？」

突如其來的聲音，讓狛木嚇得差點跳起來，一轉過頭，發現翡翠就站在自己的背後，正歪著頭，一臉狐疑地看著自己。

「啊！沒有……那個……」或許翻找口袋的動作在翡翠的眼裡相當滑稽也不一定。「糟了，我竟然忘了！」

翡翠似乎想起了什麼，雙手一拍，接著打開自己的小提包，取出了一樣東西……

那正是狛木的手帕。

「來。」翡翠笑臉盈盈地遞出手帕。

「呃，請問……」狛木一臉錯愕地伸手接過。

「下電車時，你的手帕掉到地上，我幫你撿起來了。一路上我只顧著跟上你的腳步，竟然忘了要還給你。」

「噢，原來是這麼回事，謝謝妳吔！」

「不客氣。」翡翠露出溫柔的微笑。

狛木心中惴惴，擔心自己的舉動已經遭到懷疑。轉念一想，他也只是在找手帕而已，這根本稱不上什麼可疑的舉動。

翡翠轉身朝著房間內探頭探腦，不知在找尋什麼。就趁現在！於是狛木伸手拿起寶特瓶，以手帕包住，擦拭上頭有可能沾到指紋的地方。由於寶特瓶上有水珠的關係，整條手帕變得濕答答，不過也管不了那麼多了。

「啊！狛木先生！」

翡翠突如其來的叫喚聲，讓狛木的身體有如凍結了一般。剛剛明明還在房間裡的她，此刻正走了過來。

「抱歉，剛剛的手帕能不能借我一下？」翡翠問道。

「咦？手、手帕嗎？」

狛木的手上還抓著包著手帕的寶特瓶，他趕緊將寶特瓶移到身後，以身體擋住，不讓翡翠瞧見。

「我找到一樣東西，或許能夠當作證物，只是我自己的手帕剛剛用來抓寶特瓶，已經完全濕透了。」

「呃……那個……可是……」

狛木一時手足無措，眼神左右飄移，腦袋亂成了一團，額頭不斷冒出汗滴。

「咦？你怎麼流那麼多汗？」翡翠走到狛木的面前，一臉關心地抬頭望著他。「還好嗎？是不是很熱？要不要把窗戶再打開一些？」

「啊！對……流汗！我流了很多汗，所以剛才在找手帕。我是個很會流汗的人，現在手帕都濕了，實在不太好意思借給妳……」

咚！地板傳來沉重的撞擊聲。

翡翠與狛木四目相對，各自停下動作，不僅呼吸停止了，彷彿連時間也暫停了。

那寶特瓶從狛木的手中滑落，摔在地板上。

狛木嚥了口唾沫，兩眼筆直地瞪著翡翠那眼鏡後的一雙眸子，彷彿只要一移開視線，一切就完了。沒錯，一切就完了。

狛木感覺兩人對望的時間，長達了數十分鐘。

「咦！」翡翠傻裡傻氣地歪著頭，問道：「那是什麼聲音？」

「呃，我也不知道。」狛木望向天花板。「或許是小孩在玩鬧吧！我記得樓上的住戶有小孩，吉田曾抱怨每到暑假就很吵。」

「那好像是東西掉在地上的聲音吔！」

「可能是在玩球吧……對了，妳說的證物是什麼？」

「啊！對。」翡翠雙手一拍，轉身朝房間走去。

看來似乎沒有被發現。狛木鬆了一口氣，趁著翡翠走進房間，狛木隔著手帕將寶特瓶拾起，放回原本的位置。雖然嚇出了一身冷汗，好歹已擦去指紋，目的算是達到了。

翡翠走了回來，只見她的手上捧著一張面紙，似乎是用來代替手帕，面紙上頭放著一張小小的收據。

「你看看這個。」

「這是什麼？」

收據上寫著居家用品店的名稱，那家店就在這附近。

這種東西為什麼能當作證物？收據上的品項，寫著：綠色小地毯；尺寸：中。

「這上頭寫的綠色小地毯，應該就是客廳那張地毯吧？」

「啊！嗯，應該是吧！」

狛木點點頭，望向地板，客廳的中央鋪著一條綠色的長毛地毯。

「購買的日期，是吉田先生過世的兩天前。」翡翠指著收據上的日期說道。

狛木一看那收據，確實是如此。仔細回想，犯案的兩個月前造訪吉田家時，地板上的地毯確實是不同的顏色。或許是不小心打翻了咖啡之類的飲料，所以換掉了吧！

「那有什麼問題嗎？」狛木好奇地反問。

「很有問題。」翡翠以食指抵著額頭，說道：「非常有問題。」

「哪裡有問題？」狛木盡可能不表現出心中的焦躁。

「請看看這座白板。」翡翠走向白板，在白板旁邊蹲了下來。「白板的滾輪上，纏著一些地毯的毛。」

狛木走上前一看，不禁喉嚨一緊。

「呃，那又怎麼樣？」狛木嘴上雖這麼問，心裡卻很清楚這代表的意義。

「最近一定有人移動過這座白板，並從地毯上面通過。例如，把白板從客廳推到了房間……我猜一定是凶手為了某種目的而做了這件事！」

翡翠的推測相當正確，這座白板確實曾經被人從客廳推進房裡，後來又被推回原位。一定就是在那個時候，地毯的毛纏到了滾輪上。而推動白板的人，正是狛木自己。他完全沒想到，滾輪竟然會纏上吉田剛買的地毯的毛。

狛木極力隱藏心中的驚愕，裝出若無其事的表情。

「或許只是吉田想要更動屋裡的擺設。」

「唔，這也不是不可能……」

翡翠似乎很希望狛木能附和她的推測，只見她一副垂頭喪氣的模樣，似乎相當沮喪。

「而且凶手為什麼要做這件事？推動白板要做什麼？城塚小姐，我總覺得是妳想太多了。吉田真的是死於意外，不是什麼他殺。他的靈魂或許是想要交代一些其他的事情，例如，想要拜託我好好經營公司之類……」

「嗯，或許吧……」翡翠一臉落寞地垂下了頭。

幸好有驚無險。狛木不禁暗想。

就算翡翠具有通靈能力，畢竟不是專業的偵探。她確實有一點小聰明，但無法找出真相，一切都只像是扮家家酒。可以作為證據的寶特瓶，如今也已失去了佐證能力，接下來就只要等她自己放棄，這件事情就能落幕了。

對狛木來說，這也是一親芳澤的好機會。只要不斷對她展現同情，強調對她的認同，就算自己只是個枯燥乏味的男人，也有機會贏得美人心。

不，應該說只有自己才做得到，沒錯，這一切都是命運的安排。狛木感受到自己的人生開始雨過天晴，翡翠就像是沐浴在雨後陽光下的燦爛花朵，一切都是水到渠成的事。

唯有自己，才能夠獲得這一切。正因為擁有過人的智慧及最先進的專業技術，才能夠實現完全犯罪*。只有自己才配得上這樣的美女，而不是吉田那種外表好看的草包。

「已經很晚了，我們該走了。」狛木說道。

翡翠頹然地點了點頭，她無精打采地走到流理臺旁邊，從手提包中取出一枚夾鏈袋。狛木不禁有些吃驚，這女孩竟然連這種東西都準備好了。

---

*注解：完全犯罪，或稱為「完美犯罪」，推理小說領域中經常使用的術語，指犯案手法相當高明，能夠讓偵辦人員查不出凶手或找不到犯罪證據。

翡翠隔著手帕拿起了寶特瓶，放入那透明的夾鏈袋中。

「咦？」翡翠似乎又發現了什麼，歪著頭望著袋裡的寶特瓶。

「妳又發現什麼了？」

該不會自己動的手腳被她看穿了吧？因為擦拭過的關係，瓶身的水珠都消失了，難道翡翠是察覺了這一點？狛木正如此忖度時，翡翠卻說出了完全不相關的話。

「你看，蓋子被人打開過。」

「咦？」狛木慌忙將臉湊過去細看。

翡翠說得沒錯，那瓶蓋並非未開過的狀態，瓶蓋與扣住瓶身的塑膠環之間有一點空隙。

這是怎麼回事……？

「裡頭的飲料完全沒有減少，這代表打開蓋子的人一口都沒喝，就將它放回冰箱。這就是吉田先生想要告訴我的事？」

狛木心中暗叫不妙，這恐怕對自己相當不利。當初吉田把寶特瓶遞給自己之前，難道先將瓶蓋轉開了？如果真是如此的話……

「或、或許是開了之後突然不想喝了，沒什麼特別的意義。」

「真的嗎？」翡翠歪著頭，揣測道：「這可是碳酸飲料，就算真的是開了之後突然不想喝，應該也會把瓶蓋用力轉緊才對。畢竟只要有一點縫隙，飲料就會變得沒氣。但你仔細看這瓶蓋，不覺得有點鬆？這表示把飲料放回冰箱的人，根本沒有察覺瓶蓋被人開過。」

翡翠的聰明程度有點出乎狛木的意料之外，原本以為她只是個腦筋單純的少女，如今看來，恐怕沒那麼好應付。狛木在心中不斷提醒自己冷靜，遷怒於她並沒有任何意義，她只是抱著想要做善事的心情，並沒有做錯什麼。

「或許妳說得沒錯，只是我不認為這能當作犯罪的證據。」

「真的嗎……？」翡翠沉吟了片刻後，像是下定了某種決心，說道：「我覺得還是應該去找警察。」

「我勸妳最好不要，不是我想要潑妳冷水，只是警察跟我不一樣，不會輕易相信妳擁有通靈能力。就算妳去找，警察也不會理妳。」

「那倒不見得。」翡翠一臉認真地搖了搖頭，茶褐色的瞳孔流露出堅定。「我在警界有認識的熟人。」

「咦？」

「我叔叔是警視廳的警視*。」

「警視？」

狛木確定自己聽見的不是「警察」，而是「警視」，警視在警察制度裡位階相當高。

「嗯，他知道我有通靈能力，有時我會找他討論案情。曾經有少數幾起凶殺案，我還幫上了一點忙。」

「妳、妳不是在騙我吧？」

「我怎麼會騙你？」翡翠露出難過的表情，似乎因不被信任而頗受打擊。

「對、對不起……我不是在懷疑妳，只是太過驚訝……」

「當然不是正式的協助。要是警方讓具通靈能力的一般民眾參與調查案情，這種事一旦曝了光，一定會害叔叔遭受懲處。除非是萬不得已，我盡可能不想找叔叔幫忙……不過，我認為這個寶特瓶，有交給警方好好調查的價值。」

狛木聽著翡翠的說明，心裡有股想要抱著腦袋哀嚎的衝動。

這真是太荒唐了，通靈能力竟然也可以協助辦案……日本的警察到底有沒有尊嚴？

＊＊＊

千和崎真輕輕按著耳上的藍芽耳機，由於戴了相當長的時間，耳朵有一點隱隱作痛。或許應該買一副比較貼合耳形的耳機才對。

JR電車的車站內，聚集了大量從地下鐵換車的乘客。真在擁擠的人潮中努力往前進，跟蹤著前方兩人。

站在視線遠方的城塚翡翠，朝著狛木繁人低頭鞠躬，翡翠向狛木聲稱現在就要去找叔叔，聲音經由耳機傳入了真的耳裡。接著翡翠轉身離去，狛木愣怔地站在原地，凝視著翡翠的背影。半晌後，狛木才萬念俱灰地轉身走入地下鐵月臺，翡翠則搭上了通往山手線月臺的電梯。

真確認狛木不會再回頭之後，朝著翡翠離去的方向快步前進。雖說事先已約好了碰面地點，沒有必要心急，但如果放任翡翠一個人走在車站裡，可能會被年輕人或醉漢搭訕，這麼

＊注解：警視廳，設置於東京都的警察機構，相當於各縣的縣警本部。
＊注解：警視，日本警察制度中的階級名稱，地位在警部之上、警視正之下。

一來事情就會變得有點麻煩。

真走到月臺角落，看見翡翠坐在長椅上。幸好附近沒人，真走上前去，坐在她的身邊。

「順利嗎？我看他好像很緊張。」真取下耳機，低聲說道。

「當初的推論果然沒有錯，狛木繁人就是凶手。」翡翠撥了撥波浪捲的頭髮，斷言道。

不久前，翡翠才剛協助警方逮捕了一名連續殺人魔，自從那件事結束之後，翡翠為了轉換心情，把頭髮染成了亮麗清新的米黃色。

真自己比較喜歡翡翠原本的黑髮模樣，而米黃色頭髮能讓翡翠看起來更加天真單純，或許這樣的形象更適合處理這次的案子。最好的證據，就是狛木繁人已經被翡翠迷得神魂顛倒，連真也不禁感到同情。

話說回來，依照接觸對象不同，改變翡翠的化妝及穿著，是真的工作內容之一，因此真也得負起一部分的責任。

「對了，阿真……妳口不口渴？」

眼鏡後頭那一對嬌滴滴的茶褐色雙眸，忽然閃爍起戲謔的光輝。每當不想太過引人注目時，翡翠就會以有色隱形眼鏡掩蓋原本的瞳孔顏色，並且戴上鏡框較大的眼鏡。

翡翠所戴的眼鏡除了能夠用來改變形象之外，還有另一個相當實用的功能，那就是鏡框上藏有針孔攝影機，能夠透過網路將影像傳送出去。換句話說，身為助理的真也能即時看見翡翠所見的景象，當然解析度實在令人不敢恭維。

「被妳這麼一問，好像有點渴。」

「來，這給妳。」

翡翠將手伸進手提包內，嘴裡以可愛的聲音喊著「噹噹噹」，同時拿出那個裝在夾鏈袋裡的寶特瓶飲料。

「這不是證物嗎？」真一邊伸手接過，一邊好奇問道。

「真正的證物，在好幾天前就已經交給鐘場先生了。這個只是幌子，放在包包裡好重，妳快把它喝掉。」

「噢，是嗎？」

好奸詐的女人。真一邊思忖著，一邊將寶特瓶從夾鏈袋裡取出，扭開瓶蓋的瞬間，真察覺到不對勁，可惜已經太遲了。

「喂！這是怎麼回事？」

瓶裡的飲料猛然大量噴出，淋得真滿手都是。

翡翠見狀，捧著肚子哈哈大笑。

「妳這壞丫頭！這可是我最喜歡的一套衣服！」

真慌忙站起，以免手上的碳酸飲料沾在衣服上。然而，不斷湧出的甜膩飲料，不僅濡濕了真的雙手，還灑得滿地都是。

「惡作劇成功了！」翡翠吐了吐舌頭，開懷大笑。

「可惡！難怪瓶身這麼冰，蓋子也沒有開過！」

翡翠發出可愛的嗤嗤笑聲，以手掌摀著嘴。

「阿真，妳真是太好騙了，竟然連這種惡作劇也會上當。」

在真的眼裡，翡翠那戲謔的雙眸所流露出的不是嬌豔，而是陰險狡獪。

只見翡翠笑得人仰馬翻、眼角含淚，真越看越氣，以溼答答的手伸進提包裡，取出了一樣東西——一本用來打發時間的雜誌。

真將雜誌捲起，朝著翡翠的頭頂狠狠敲落。翡翠發出一聲難聽的慘叫，抱著頭蹲在地上。真這一下使出了八成力道，不難想像一定很痛。

「既然確定那傢伙是凶手，妳這齣『戲』該落幕了？」真掏出手帕擦拭著問道。

「不……」翡翠按著頭頂，緩緩抬起臉，疼痛依然讓她雙眉微蹙，不過她取下眼鏡，瞪著相反方向的月臺。「真正的寶特瓶蓋子確實被人開過，瓶身上並沒有驗出狛木的指紋。即便我知道他是凶手，我卻只能尋到一些拐彎抹角的情況證據，就是找不到確切的證物。以目前的狀況就算動手逮捕，也很難將他起訴。偶爾就是會遇到像這樣的案子，明明犯罪手法相當拙劣，凶手卻異常幸運，沒有留下指紋、DNA之類的證物，也沒有被監視器拍到，更沒有遭人目擊……」

「何況他還擁有不在場證明。」

世界上最老奸巨猾的女人露出了勝券在握的笑容，雙眸閃爍著妖異的神采。

「正是像這樣的案子，才需要我城塚翡翠出馬，我一定會找到決定性的證據。」

＊＊＊

狛木繁人在白板上試畫著UML的構思圖。

今天早上的公司會議，決議為狛木所負責的〈皮克塔〉服務追加新的機能。儘管這是企劃已久的點子，新機能所涉及的項目十分廣泛，影響的範圍也相對大。

如果是簡單的機能，狛木可以直接在腦中構思類別圖的整個結構，並且使用工具一口氣將ＵＭＬ圖形繪製出來。當需要不斷嘗試及推敲時，能夠自由書寫及繪圖的白板工具，在使用的便利性上會高於電腦軟體。

對於一直想要在電腦上完成所有工作的狛木來說，提筆書寫實在是件讓人心煩的事情。

「狛木，你能過來一下嗎？」

背後傳來同事峰岸的呼喚聲，狛木轉頭一看，霎時吃了一驚。只見峰岸就站在工程師小組區域的外頭，身旁跟著一名令狛木意想不到的女人——城塚翡翠。

兩人四目相交時，翡翠臉上漾起笑容，對著狛木深深鞠躬。

公司裡突然來了年輕女性，讓所有的男同事全都停下手邊的工作，有人甚至還站了起來，朝著翡翠投以好奇的視線。

狛木一顆心七上八下，走向峰岸與翡翠的面前。

「城塚小姐……」

「抱歉，突然跑到你的公司來。」

翡翠再度低頭鞠躬，由於她每次鞠躬都有點用力過猛，牽動波浪捲的米色調頭髮上下搖擺，身上飄散出的甜膩香氣竄入了狛木的鼻中。眼鏡差點從臉上滑落的她，趕緊用手將眼鏡推回原位。

「為了表達歉意，我帶了小點心來，請大家享用。」說完，翡翠遞出一大盒甜甜圈。

個性輕浮的設計師文山，吹起了口哨，狛木將翡翠暫時交由文山應付。

「你怎麼把她帶到這裡來了？」狛木對著峰岸低聲問道。

「反正我們公司的祕密都藏在ＳＳＤ硬碟裡，讓客人看看辦公室有什麼關係？每次有客人來，我們都在那裡接待，有什麼差別？」

峰岸說話的同時，手指著以隔板隔出的一小塊會客區。

畢竟公司的規模不大，只在埼玉縣的某綜合辦公大樓租了一層樓當辦公室，安全管理上不可能太過講究。最近職員增加了不少，本來公司有計畫要將辦公室遷移到東京，吉田一死，遷移計畫也就暫時擱置了。

「她跟你是什麼關係？看來你也不是省油的燈。」

狛木瞪了峰岸一眼，轉身走向翡翠。此時，能言善道的文山正努力想要拉近與翡翠的關係，翡翠只是面露微笑，並沒有多加理睬，狛木趕緊將翡翠帶往會客區。

「真對不起！」翡翠一臉歉意地說道：「我本來只想請你出去談一談，並不打算進來叨擾的……」

狛木笑著拉過一張鐵椅，讓翡翠坐下。

翡翠的來訪雖然讓狛木頗為吃驚，雀躍與驕傲之情卻遠勝於驚嚇。

「我們只是小公司，同事都像家人一樣。妳一來，大家都開始起鬨了。」

「好像讓大家誤會了，希望沒有給你添麻煩。」

「不會。」狛木搔著後腦杓，低頭望向坐在椅子上的翡翠。

這個女孩心裡在想些什麼，狛木完全摸不著頭緒，雖然感覺雙方的關係已不是單純的鄰居，卻又無法肯定能不能有更進一步的發展。

要與異性交往，必須滿足什麼樣的條件？如果能夠像單元測試*一樣，以綠色代表成功就好了。不管怎麼說，既然翡翠願意特地跑到公司來，至少表示她是需要自己的。

翡翠抬起頭來，視線越過了隔板，似乎是對程式設計師的辦公室很有興趣。

「那是狛木先生的辦公桌？」

「啊！嗯……」狛木緊張地點了點頭。

「你的座位後面有一塊白板。」

「呃，是啊！有時突然想到什麼，可以立刻寫下來。那個，今天妳有什麼事嗎？怎麼會突然跑到我的公司來……？」

「啊！對，我真是的，竟然把正事忘了。我跟叔叔談過了，叔叔答應以謀殺案的方向重啟調查，而且我自己又發現了一些證明那是謀殺案的新證據。」

證明那是謀殺案的新證據？不可能！絕對不可能有任何證據……

「那可真是……令人吃驚……」狛木的眼神左右飄移，在翡翠對面的椅子坐了下來。

沒想到這女孩真的能夠影響警方辦案……

自從發生那天的事情之後，狛木在網路上稍微搜尋過許多探討靈異現象的網站，確實都曾提過日本警察在辦案時會向靈媒求助。當然那都只是傳聞而已，沒有任何一篇文章提出明確的證據。甚至有網站說不久前，在整個日本社會鬧得沸沸揚揚的連續凶殺案，也有靈媒參

＊注解：單元測試（Unit Testing）又稱為模組測試，是針對程式模組來進行正確性檢驗的測試工作。

與了警方的調查工作。不過到頭來，搞不好都只是好事分子的無稽之談而已。

「城塚小姐……原來妳的能力這麼受到警方信任。」

「大概是因為我在前面的幾個案子都有不錯的表現吧！」翡翠露出一抹自豪的微笑。

狛木看著翡翠，心中不斷盤算接下來該採取什麼樣的行動？

警方重啟調查，而且是朝著凶殺案的方向偵辦。沒有必要太過緊張，一來寶特瓶上的指紋已經擦掉了，二來自己有不在場證明。沒錯，自己擁有完美的不在場證明！當初訂定殺人計畫時，早已預期了這樣的狀況。

「妳說能證明那是謀殺案的新證據，指的是什麼？」

狛木認為如果能從翡翠的口中問出一些端倪，或許就有辦法未雨綢繆。

「在說出來之前……」翡翠搖了搖頭，說道：「我有幾個問題想要詢問狛木先生。因為有點急，才特地跑來你的公司……」

「噢，這倒是無所謂。妳想問什麼？」

「是這樣的，」翡翠挺直了腰桿，一雙大圓眸凝視著狛木，「狛木先生，關於你的不在場證明……能請你詳細說明嗎？」

「我的不在場證明？怎麼突然問這個？」狛木起了一絲戒心，輕吐一口氣後反問。

「啊！對不起。你先別生氣，聽我解釋……」翡翠猛眨著眼，雙手亂揮，顯得相當緊張。

「我絕對不是懷疑狛木先生是凶手，請別誤會！只是聽警察提過你的不在場證明，只是我對ＩＴ一竅不通，實在不懂那為什麼能成為不在場證明？這次警方從謀殺案的方向重啟調查，我擔心如果警方也抱著跟我一樣的想法，你會遭到懷疑……」

翡翠說得結結巴巴，臉上帶著彷彿隨時會掉下眼淚的表情，接著她怯怯羞羞地撥了撥那頭波浪捲的髮絲。

「我不希望因為我的關係，給重要的人添麻煩……所以想要先搞清楚……」

「原來是這麼回事。」

狛木感覺到自己揚起了嘴角。**重要的人！至少翡翠並不當自己只是普通的鄰居……**

「請不用擔心，我的不在場證明絕對不會有任何問題。」

「可以請你解釋給我聽嗎？到時候我才能在叔叔面前幫你說話。」

「呃，好。」狛木點了點頭。

翡翠從大提包裡取出一本粉紅色的活頁筆記本，翻開了其中一頁，她轉動著水靈般的盈眸，不知不覺地開始盤問。

「呃，根據警方的調查，吉田先生的死亡推測時間，是晚上七點三十三分到九點之間。七點三十三分的時候，吉田先生到住處附近的便利商店買東西，有店內監視器可以作證。當時他買了那瓶碳酸飲料，以及幾塊麵包。」

狛木點了點頭，當初沒有把沾上了指紋的寶特瓶帶走，果然是正確的決定，要是寶特瓶從住處不翼而飛，警察就會發現住處曾有其他人。

「到了八點十分左右，同事須鄉先生打電話給吉田先生，但吉田先生沒有接。警方認為吉田先生此時很可能已經過世，才會沒接電話。」

「原來如此，跟當初他們告訴我的死亡推測時間比起來，範圍縮小了不少。」

「聽說，那天晚上狛木先生曾和須鄉先生進行視訊通話，還在公司裡工作到很晚？」

「嗯，那天我們公司所經營的網路服務伺服器，遭受不明人士攻擊。具體來說，是我們在追加新機能時，出了一些錯誤，漏洞被人發現，導致服務網頁喪失功能。我們不知道是誰幹的，或許只是惡作劇吧……為了找出原因及修正，我跟須鄉花了非常久的時間……我們從八點左右開始視訊通話，差不多快到十一點才找到修正方法。當我離開公司時，已經超過半夜十二點了。」

「公司沒有其他人嗎？」

「吉田十分討厭加班，所以我們公司有盡量不加班的文化。說穿了，只是他自己想早點回家而已。當然我們不見得能夠每天準時下班，不過星期五通常過了晚上七點之後，公司就沒有人了。」

「唔，我擔心警察會在這一點上刻意找碴……」翡翠畏畏縮縮地繼續說道：「公司裡只有你一個人，不是嗎？即使你跟當時在家裡的須鄉先生一直進行著視訊通話，不過視訊通話本身很難當作不在場證明，因為現在有很多軟體能夠把視訊畫面的背景換掉。」

「這一點，須鄉可以幫我作證，他知道我是真的在公司，並沒有利用修改背景來騙人，而且……」

「還有其他理由嗎？」

「這個要向不熟悉ＩＴ產業的人說明，實在有點困難。總而言之，當時我所做的工作只能在這個辦公室內進行。」

翡翠露出難以理解的納悶表情。

「遭受攻擊的伺服器是在雲端上，該怎麼說呢……那個伺服器並不在我們公司裡，而是在伺服器管理公司內部的某處。我們都是透過網路連線登入伺服器，對伺服器內的程式進行修改。基於安全性的考量，只有從我們公司內部的網路才能登入。」

「只有從公司才能登入伺服器，怎麼會遭受攻擊？」

「唔，這個有點難說明。簡單來說，攻擊者是利用網路服務的漏洞，把攻擊的行為隱藏在類似投稿社群網站的通訊資料裡。因為並沒有違反登入伺服器的規則，任何人只要知道手法都能做得到。追根究柢，都怪我們的程式有漏洞，才會導致這種事情發生。」

「原來如此……」翡翠一邊呢喃，一邊拚命在筆記本裡寫字。

狛木已盡可能使用淺顯易懂的說明方式，翡翠是否真的懂，狛木也沒什麼把握。當然在說明的過程中，狛木完全沒有說謊，畢竟警方內部也有ＩＴ專家，要是狛木的說法有誤，反而會為自己引來不必要的懷疑。

「總而言之，只有從公司裡的網路，才能登入伺服器。唯一的例外，是我們公司內負責管理伺服器的須鄉。為了應付緊急狀況，他可以從他家的網路登入。除了他之外，就算是吉田也沒辦法在公司外登入伺服器。當然也不可能從外部連上公司網路，再經由公司網路登入。就算有全世界最強的駭客能做到這種事，也一定會留下紀錄，須鄉不可能沒有察覺。這就是經營網路服務的安全機制。」

「原來如此。要登入伺服器，一定要從公司內部……」

「除此之外，還有開發伺服器、存放原始碼的儲存庫伺服器等等……進行修正作業時，須要登入的伺服器很多，都只有在公司裡才能進行。我從八點到十二點，都在公司裡做這些事。我們的網路服務遭受攻擊完全是偶發事件，為了找出原因及進行修正，我花了好幾個小時的時間。從公司到吉田的住處來回要兩個小時，如果我偷偷溜出公司再回來，絕對不可能來得及。須鄉及其他職員都可以替我作證，還有紀錄能夠當作證據。警察內部一定也有ＩＴ專家，那些人只要一查，就能確認我的不在場證明。」

「原來如此。你在十二點左右離開公司，當時遭受攻擊的網路服務已經修復好了嗎？」

「修復好了，在十二點順利重新啟動。」

「我明白了，聽起來是很完美的不在場證明，就算是警察也沒辦法雞蛋裡挑骨頭，這樣我就放心了。」

「謝謝妳這麼關心我。」

「對了，你剛剛說追加新機能時出了錯，導致伺服器遭受攻擊而喪失功能……出錯的意思，是不是就是所謂的『Bug*』？」

「對，妳竟然也知道這個字眼。」狛木笑著回答。

翡翠卻一臉疑惑地歪著頭。

「我記得Bug的意思，是程式裡有某個地方寫錯了……只是既然程式寫錯了，為什麼還能執行？」

狛木一聽，頓時明白了翡翠的疑問。沒有程式設計相關背景知識的人，確實很難理解這個環節。他以食指輕敲著桌面，試著用淺顯易懂的方式說明。

「最可怕的Bug，正是這種連程式設計師也沒有辦法發現。程式在平常的狀況下，都能正常執行，唯獨在符合特定條件時才會出現異常症狀。由於平常能正常執行，在符合特定條件前，連程式設計師也不會發現程式有錯；而且因為難以確認特定的條件是什麼，也沒辦法重現症狀；沒辦法重現症狀，就無法查出損壞原因，當然也就不知道該怎麼修正。以人的身體來比喻，就像是癌症，雖然癌細胞一直在身體裡，平常完全沒有症狀，等到發現時往往已經太遲了。這才是最可怕的疾病，不是嗎？」

「唔，原來如此……」

翡翠聽得相當認真，表情卻有些似懂非懂，狛木繼續滔滔不絕地向她解釋。

平時狛木找不到話題可以和女性閒聊，當說起自己的專業領域，就能口若懸河般地說個不停。難得有美女願意專心聽自己說話，狛木心裡不禁有些飄飄然的感覺。

「Bug跟疾病的最大不同，在於Bug並非自然產生，而是程式設計師的疏忽所造成。舉一些簡單的例子，像是只能填入數值的函數裡出現了文字碼，或是變數的數值輸入錯誤，或是程式碼裡頭多了空白鍵……」

「Bug在程式裡是很常見的東西嗎？」

「是啊！」狛木笑著點頭，解釋道：「程式設計的世界有這麼一句諺語：『程式並不在乎你怎麼想，只在乎你怎麼寫。』我自己很喜歡這句話。人類是粗心大意的動物，程式設計師當然也不例外。撰寫程式的過程中，往往會犯一些連自己也沒有發現的失誤。不過，程式本身沒有思想也沒有感情，無法判斷對錯，只是照著程式碼執行指令。因此我們在寫程

＊注解：Bug，又稱臭蟲，亦指程式錯誤，是程式設計術語，指軟件或系統運行時因本身出錯而造成異常狀況。

式時，必須反覆確認，盡可能找出所有的錯誤。當累積了夠多的經驗之後，就不會再重蹈覆轍，而且找出原因的速度也會變快。寫程式就像是與Bug之間的戰鬥，想要獲得勝利，就必須承認自己的失敗及愚蠢。」

「哇！」翡翠展顏歡笑，合攏雙手說：「好有深度的一席話。」

「呃，真的嗎？」狛木不禁有些害臊。「總而言之，那晚我和須鄉光為了找出Bug花了將近一小時的時間。後來發現必須進行大規模的修正，改寫程式又再花了將近兩小時。」

「花一小時找出原因，花兩小時修改程式……？」

「是啊！妳可以去問須鄉，他一定也會說出跟我一樣的答案。」

「程式要怎麼修改？類似平常使用電腦時，把原本的檔案覆蓋掉？」翡翠好奇地問道。

「嗯，基本上同樣是修改之後儲存。不過，程式設計的系統比較聰明，能夠只覆蓋檔案裡修正過的部分。」

狛木說到這裡，忽然想到這部分還是別多著墨比較好。更何況，翡翠一開始提到的「證據」也頗令狛木放心不下，於是他話鋒一轉……

「對了，城塚小姐，妳剛剛說有證據能證明那是一樁謀殺案？」

如果是對自己不利的證據，就得想辦法湮滅才行。

「啊！對。不過在那之前，我想先請狛木先生看看這個。」

在那之前？

翡翠從提包裡取出一張照片，狛木抱著焦躁的心情，接過那張照片細看。一時之間，狛木無法理解照片中拍的東西是什麼？看似一張黑色桌子的桌面特寫，中央有一圈圓環狀的液體殘留痕跡。

「這是吉田先生的電腦桌，桌面的左側有個圓圈，那應該是某種飲料留下的痕跡。可能是杯子裡的飲料溢了出來，流到杯子的底部，後來杯子被取走，就留下了圓圈狀的飲料痕跡。當初最早進入現場的警方鑑識人員，為了保險起見拍下了這張照片。」

狛木仔細觀察那張照片，還是不明白翡翠想要表達什麼？

「這有什麼意義嗎？」

「請看這裡。」翡翠說完，指著圓圈的一角。「這裡缺了一小塊。」

狛木仔細一看，照片裡的圓形飲料痕跡，確實有一小部分被擦掉了，讓圓圈看起來像英文字母的「C」。

「可能是凶手曾經把筆之類的細長狀東西放在桌上，才會造成一小塊痕跡被擦掉，變成了這個樣子。」

「嗯，看起來確實像是曾經有東西放在上頭……妳怎麼知道這與凶手有關？或許是吉田自己造成的也說不定。」

「桌子上並沒有筆啊！雖然客廳的白板處有白板筆，但白板筆太粗了，不像這個缺痕那麼細……我便猜想應該是凶手曾經使用過筆，後來順勢帶走了……」

果然是半吊子偵探，真是令人莞爾的錯誤推理。狛木思忖著。

這個飲料痕跡與狛木的犯案過程毫無任何關係，而且自己犯案時身上並沒有筆，當然不會把筆放在桌上。從那痕跡看來，有可能是某種很細的電纜線，自己也不曾把那種東西帶進吉田的家裡。照常理來推測，那痕跡應該是吉田自己造成的，吉田的家裡總不可能一支筆也沒有，只是翡翠沒有發現而已。

「但是，這為什麼能證明那是一樁謀殺案？」狛木反問。

翡翠或許是察覺狛木並不認同她的推論，低下了頭。

「我只是猜想……凶手一定是有什麼理由，才會把筆拿走。」

「就算真的是兇手造成的，這痕跡也沒辦法用來鎖定兇手身分，要怎麼當成證據？」

「這麼說也對……」翡翠低頭沉思了半晌，又從提包裡取出另一張照片。「不過，請你再看看這個，這是非常重要的證據。我剛剛說能證明那是謀殺案，指的其實是這個。」

接下來才是重頭戲。那張照片拍的是一副眼鏡，吉田的眼鏡，而眼鏡擺在更衣間的毛巾上，正是狛木當初所放的位置。看來這張照片應該是警方的鑑識人員拍的。

「這是吉田的眼鏡，有什麼不對勁嗎？」

「請仔細看這裡。」翡翠指著眼鏡的鏡片處，狛木將臉湊向照片，瞇起眼睛仔細看。

「鏡片上有吉田的掌紋。」

狛木這才察覺到自己的疏忽。

「大約是拇指根部附近的掌紋。為什麼鏡片上會有這個位置的掌紋？」

「這個……我也不知道。」

「你不覺得應該是有人攻擊吉田先生的額頭，吉田先生把手按在傷口上時，手掌碰到了鏡片……？」

「會不會只是剛好碰到？」狛木笑著猜測道：「我自己也戴眼鏡，所以很清楚，鏡片不小心沾上指紋是常有的事。」

「沾上指紋還可以理解，只是怎麼會沾上手掌的掌紋？而且鏡片上有掌紋，看東西應該會變得模糊才對，怎麼會在這樣的狀態下走進浴室？」

「吉田是個生活很邋遢的男人，我想他應該不會去注意這些小事。」

「客廳的桌上就有眼鏡布，他為什麼不先擦過再進浴室？」

如果一直抱持否定意見，反而不太自然。狛木心中暗忖。

「嗯……城塚小姐，妳這麼說也有道理。不過，吉田真的是個粗線條的男人，這兩種情況我認為都是有可能的。」

「那這個呢？」

還有？

翡翠又拿出了第三張照片。

「這是……」

「同樣是吉田先生的桌子的照片。」

上一張桌子照片拍的是桌面的特寫，這張照片拍的則是桌子的前半段，黑色的桌面上可看見吉田的電腦鍵盤及滑鼠。

「在我看來，這照片沒有什麼奇特之處……」

「我在看案發現場的鑑識資料時，發現了一個奇怪的現象。」

「奇怪的現象？」

「是啊！桌面前半段的這個邊緣部位，上頭的指紋都被擦掉了，鍵盤及滑鼠上卻清楚殘留著吉田先生的指紋。」

警方在第一次進行現場勘驗時，就查得這麼細？狛木不禁有些訝然。

「這代表什麼意義嗎？我不認為這是什麼奇怪的事情……」

「吉田先生在當天回家之後，曾經以電腦在網路上購物。換句話說，他在過世的不久前曾使用過電腦。但是桌子的邊緣卻有擦拭過的痕跡……照理來說，桌子邊緣應該會留下吉田先生的指紋或掌紋才對，你不認為這很奇怪嗎？」

狛木沉吟了片刻，腦中暗自盤算著說詞。

「會不會是吉田打翻了飲料，拿面紙擦拭桌面邊緣時，把指紋擦掉了？」

「這當然也有可能，但是……」

「就算真的有其他人使用過這張桌子，這能證明什麼？」

「這我還不曉得，不過……」

「城塚小姐。」狛木打直了腰桿，對著一臉沮喪的翡翠說道：「我們能幫得上忙的，恐怕就到這裡為止了。既然警方已經重啟調查，接下來的事情就交給警察吧！我相信吉田應該已經心滿意足了。」

「抱歉，我不該做這種白費力氣的事，還跑來打擾你工作……」翡翠頹喪地垂下頭。

過去曾聽說女人是一種情緒起伏很大的動物，這陣子和翡翠相處，狛木對此深感認同。

「我是沒有關係啦……呃，城塚小姐的推理相當犀利，還十分有意思，我很高興跟妳聊這麼多。談到程式設計時，我可能太多話了，對妳有點抱歉。」

狛木心裡雖然感到有些麻煩，嘴上卻說得客氣。

「聽了你那些話，讓我也好想學程式設計喔！」翡翠輕輕一笑，不再難過的她，臉上展顏歡笑。「讓電腦照著自己寫出來的指令做事，簡直像是施展魔法一樣。我要是能學會一點，對找工作應該也會有幫助吧！」

「如果妳不嫌棄的話，我可以教妳。」

「咦？」翡翠猛然愣怔住。

狛木瞧見她的反應，心裡暗叫不妙，原來她不是真的想學，只是說說客套話而已。狛木不禁有些懊惱，剛剛實在應該多想想再開口。

沒想到過了幾秒鐘之後，翡翠臉上的傾城笑靨，有如百花齊放。

「哇！真的嗎？」

「嗯，當然。」

這對狛木來說，是求之不得的事情，繼續陪翡翠玩偵探遊戲，畢竟太過危險。雖然沒有任何證據可以證明自己殺了人，加上自己也擁有完美的不在場證明，但如果翡翠繼續鍥而不捨地追查下去，搞不好有一天她會靠著通靈能力發現真相。

所幸現階段吉田的亡魂只是偶爾讓狛木做做惡夢，並沒有給予翡翠任何具體的提示。只要能夠讓她就此打住，自己應該是不會有任何危險。

狛木原本心中唯一的遺憾，是一旦不再協助翡翠調查凶案，就沒有機會與她經常見面了，如今有了教導程式設計這個藉口……

翡翠基於對自己的關心，還特地跑到公司來，可見得自己在她的心中有很重的分量。要完全獲得她的芳心，應該只差臨門一腳了。

最近果然轉運了……。狛木看著翡翠的笑容，內心不由得想像起燦爛美好的未來。

＊＊＊

從那天起，狛木便經常利用早上的時間，在咖啡廳教導翡翠程式設計。

不過，因為翡翠早上有時會有其他的事情要做，無法天天都見面。從兩人相約到第一次上課，實際上隔了好幾天。在這幾天之中，狛木感覺到自己的運氣正在逐漸走下坡。

警方似乎真的對吉田的案子重啟調查，經常有刑警跑到公司來問東問西。包含狛木在內，好幾名同事都被盤問關於不在場證明的問題，須鄉也是其中一人。

當然狛木的不在場證明是無懈可擊的，他也相信刑警與須鄉等同事談過之後，反而會更加認定自己並不是凶手。而且從刑警的口氣聽來，警方也沒有掌握到吉田確實是遭到謀殺的決定性證據，頂多只是發現到一些疑點而已。

然而，狛木依舊經常做惡夢，不僅晚上難以入眠，還常有類似鬼壓床的感覺。吉田的怨念到底什麼時候才會消失？狛木為此感到憂鬱不已。雖然案子並沒有東窗事發，他卻感覺自己正在遭受懲罰。

在這樣的日子裡，與翡翠的短暫相處時光，成了狛木心中最大的慰藉。

翡翠並沒有筆記型電腦，狛木也認為沒有必要一開始就買那麼昂貴的東西，因此兩人在上課時，用的是狛木自己的筆記型電腦。

這一天，兩人又在咖啡廳的包廂裡相鄰而坐，翡翠瞪著筆電的螢幕，臉上帶著一頭霧水的表情。**看來得從最基本的電腦操作開始教起。**狛木不禁如此思忖。

兩人像情侶一樣並肩而坐，這帶給狛木極大的亢奮感。通勤時間的咖啡廳裡，有不少正在吃早餐的上班族，狛木可以清楚感受到來自周遭男人們的忌妒眼神。過去狛木往往也是忌妒的一方，如今卻成了被忌妒的一方。

現下翡翠就在自己的身旁，與自己一同看著筆電的小小螢幕，狛木的鼻子聞到了甜美的香氣。翡翠穿著一件胸口及肩膀呈半透明狀的上衣，狛木當然不知道這種服裝有什麼樣的名堂，卻能清楚看見她的肌膚是如此白皙細緻。

狛木察覺到自己的心跳異常快速，簡直像個未成年的少年，他只能不斷提醒自己別胡思亂想，好好把注意力放在電腦畫面上。只是兩人的距離非常近，肩膀幾乎碰在一起。

狛木非常細心地教導翡翠電腦的操作方式，她也學得很快，每當她聽懂時，就會對著狛木露出甜美的笑容。今天的翡翠並沒有戴眼鏡，那美麗的雙眸幾乎令狛木不敢直視，時不時別開視線。

與翡翠的相處，讓狛木感覺自己終於找回了遺失的青春，那段遭吉田奪走的青春。

從前的自己，只能咬著牙活在忍耐之中，大部份的時間都趴在桌上，以雙手將世界與自己隔開，強迫遠離教室中那些耀眼的歡樂與喧鬧。每次想要嘗試與同學交談時，就會引來吉田的瞪視，以及所有人的嘲笑。

殺死吉田之後，才終於獲得這失去已久的青春時光。

「唔，原來如此……好像有點懂了，又好像不太懂……」翡翠一臉認真地看著螢幕。

坐在旁邊的狛木，抱著滿心的憐愛看著翡翠的側臉，可惜時間已所剩無幾，差不多該去上班了。

「放心，城塚小姐，妳很有天分，一定馬上就學會了。」

「真的嗎？我實在沒什麼把握，能運用在工作上……」

「想要學會程式設計，最重要的是培養邏輯思維。在這個資訊化的社會裡，學會以邏輯思維來想事情，絕對是有益無害。時間差不多了，今天就上到這裡吧！」

「啊！好……」

接下來，得開始認真思考該教翡翠哪一種程式語言了。Python？Ruby？還是應該教輕鬆好上手且實用性最高的JavaScript？如果要教JavaScript的話，最好打從一開始就從TypeScript教起，只不過初學者要理解型別的概念，恐怕有些困難……

「對了，警方調查那起案子又有了進展。」

「咦？」狛木轉頭一看，發現翡翠正以一雙妙目看著自己。

她似乎對吉田的案子還是相當關心，並沒有完全放棄。

「現場的瓦斯爐上有一只陶鍋，鍋裡有一些熬到一半的中藥。嗯……就是那種熬來喝的中藥，你知道嗎？」

「呃，妳說的是那種烏漆嘛黑又很臭的中藥？」

「是啊！我小時候喝過一次之後，就再也不想嘗試了。」翡翠苦著臉，蹙眉說道：「吉田先生家裡的瓦斯爐上，就有這麼一鍋中藥。據說在吉田先生過世的前一天，他經常回診的中醫診所幫他改了藥方，那個中藥的喝法……咦？等等……」

翡翠話說到一半，錯愕地望向狛木。而狛木正一邊聽著翡翠的話，一邊將完成今日使命的筆電放進布套裡，準備收進公事包中。

「怎麼了嗎？」見翡翠神情有異，狛木疑惑道。

「狛木先生，你為什麼知道那個中藥的顏色是黑色？」

「啊？」狛木倒抽了一口涼氣，兩側腋下不斷冒出冷汗。

「一講起熬中藥，大多都是橘褐色。中醫師也說，吉田先生那帖藥的藥方比較獨特。」

因為曾經在吉田家裡看過。狛木將這句藉口吞回了肚子裡。

吉田到底是從什麼時候開始喝中藥，狛木並不清楚。而且狛木對外宣稱自己有好一陣子沒去吉田家了，如果吉田是在最近一個月才開始喝中藥，自己當然不可能看過。

「只、只是碰巧而已啦……」狛木笑著掏出手帕，抹去額頭的汗水，說道：「我父親也曾經喝過，當時他喝的就是黑色的水藥。除此之外，我沒看過其他的。妳不說，我還不知道大部分的水藥是橘褐色。」

「噢，原來如此，真是太巧了。」翡翠似乎相信了，歪著頭微微一笑。

「呃……那個中藥有什麼不對嗎？能夠當作線索？」

「啊！沒錯。警察向中醫師確認過，那個中藥的喝法是這樣的：每一天的藥，必須在前一天晚上煎煮四十分鐘左右，煎好之後放進冰箱保存，隔天分成兩次或三次喝完。」

「嗯。」

「吉田先生過世當天所煎的，正是隔天的藥。我認為這個藥就是他遭到殺害的證據。」

「怎麼說？」

「吉田先生如果是意外死亡，照理來說，他應該是打算把藥放在瓦斯爐上煎四十分鐘，趁這段時間進浴室洗澡。然而，遺體被人發現時，瓦斯爐的火是關掉的狀態，而且警方檢查藥的濃稠程度，大概只煎煮了二十分鐘左右。瓦斯爐的火不是意外熄滅，是被人關掉的。」

「這意思是說……兇手在殺害吉田之後，把瓦斯爐的火關掉了？」

「是啊！或許是擔心發生火災吧！」

狛木不禁深感後悔，關火的舉動，確實是一大失策。

實際上，狛木那麼做主要是受心理因素影響，因為不想在煎煮中藥的惡臭環境裡，逗留好幾個小時。

「除了這個之外，警方還找到很多其他證據可以證明，案發當時確實有其他人在屋子裡。警方目前已經正式認定這是一起凶殺案，正朝著這個方向全力偵辦。」

警方終於完全認定這是凶殺案了……

「原來如此……對了，證物裡不是還有個寶特瓶嗎？那個調查得怎麼樣了？」

「那個寶特瓶……」翡翠喪氣地說：「警方在上頭沒有發現任何線索。」

「是嗎？」狛木暗暗笑了起來。

看來，翡翠其實是自己的幸運女神，如果沒有她，自己也不會發現那個寶特瓶的佐證能力，並且獲得湮滅證據的機會。

「警方重新開始調查，也算是好事一樁，希望吉田能夠就此瞑目。」

絕對不會有問題的！狛木並不特別煩惱，反而對自己越來越有信心。

擁有完美的不在場證明，而且沒有任何證據能夠證實自己是凶手。從頭到尾狛木都非常謹慎小心，絕對不可能留下任何蛛絲馬跡。不僅避開了所有的監視器，在路上還戴起帽子及太陽眼鏡，遮住了相貌；手機的衛星定位功能也關掉了，更設定成飛航模式。即使曾經使用過吉田家的Wi-Fi，但吉田家的路由器是不會保存連線資訊的機型，因此不用擔心會有任何電子紀錄。用來假造不在場證明的視訊通話，也刻意使用了保密性較強、不會留下紀錄的視訊軟體。

不管警方再怎麼找，也不可能找到能夠證明自己是凶手的鐵證。

狛木相信自己絕不會被逮，而且未來還會與眼前的嬌豔女孩，共度遲來的美好人生。

＊＊＊

摩天大樓型的超高層公寓裡，千和崎真坐在裝潢得氣派奢華的客廳裡，正在寫報告書。

基於過去參與辦案的種種經歷及功績，城塚翡翠在警視廳擁有某種程度介入案件調查的權限。然而，擁有權限的同時，翡翠也背負著必須提交報告書的義務。警視廳的人會藉由報告書來確認，翡翠的行為是否有違法之處。

不過想當然耳，翡翠絕對不可能自己寫，這個工作必定是落在千和崎真的頭上。而且如果老實寫出翡翠的每一個行為，恐怕會出大問題，因此真必須編造出乍看之下完全合法的調查過程。

由於翡翠的辦案手法往往異想天開，毫無脈絡可循，如何在報告書中將其合理化，成了千和崎真的最大困擾。幸好目前案子還沒有偵破，還有一些時間可以慢慢思考。

千和崎真書寫的同時，偶然會將視線從筆記型電腦上移開，朝著翡翠望去。只見翡翠像具屍體一樣癱倒在沙發上，整個人呈現大字型，猛盯著手中的一張照片，不停唉聲嘆氣。

或許是因為太熱的關係，翡翠的身上只穿了一件輕薄的居家服。男人若看到她那副模樣，肯定會欣喜若狂，但在千和崎真的眼裡，除了沒教養還是沒教養。

「妳在看什麼？」

「證據照片。」翡翠瞧也沒瞧真一眼，依然維持著青蛙般的姿勢。「我有預感，關鍵證據就藏在這張照片裡。」

「桌上的『C』？」

「是啊！從杯子溢出來的液體，看起來就是吉田所煎煮的中藥。應該是他把前一天煎好的份，倒在杯子裡喝掉了。只是為什麼圓圈痕跡會缺了一角？從狛木的反應看來，他似乎也不知道這痕跡是怎麼造成的。正因為他也不知情，才更有可能是決定性的證據。可惡，這案子竟然讓堂堂的城塚翡翠如此煩惱。」

「如果狛木曾經在那桌子上使用過電腦，會不會是電纜線之類的東西抹掉了痕跡？」

「這個可能性我也曾考慮過，只是如果是電纜線，狛木在收拾的時候應該會察覺到，抹掉的範圍也不會這麼小……」

翡翠說完，繼續瞪著照片唉聲嘆氣。

真感覺到肩頸因打報告痠痛不已，起身站了起來，做起肩胛骨的伸展操。

「時間很晚了，妳今晚不回那間公寓嗎？」

翡翠嘟起可愛的嘴唇，朝真瞥了一眼。

「外宿一天，應該不會怎麼樣吧？我可不想每天都睡在殺人凶手的隔壁房間。」

「不在場證明方面，妳不想辦法破解嗎？就算狛木是從殺人現場與同事進行視訊通話，偽裝成自己於案發時間不在公司裡，他也確實做了好幾個小時的工作。而且那些工作只能在公司裡進行，不是嗎？」

翡翠嬌氣地搖了搖手掌。

「那根本稱不上不在場證明，只要是腦筋好一點的推理小說讀者，一定都能在一開始就看破機關。」

「噢，是嗎？」

原來不在場證明對翡翠來說根本不是難題，她心中唯一的困擾，只是找不到關鍵證物。

「我實在看不出機關在哪裡？從警方的描述聽來，要破解狛木的不在場證明，恐怕需要一些專業知識？」

「那些專業知識，只是讓門外漢聽起來感覺很複雜而已，其實只要把條件清楚整理出來，就能輕易破解。好吧！讓我來稍微解釋一下，妳一定馬上就懂了。」

「太好了，那就麻煩妳了。」

報告書中必須解釋為何不在場證明不成立，因此千和崎真也須要理解狛木繁人偽造不在場證明的手法。

「他的不在場證明要成立，要符合以下幾個條件：第一，程式出現錯誤，公司所經營的網路服務，因遭受外來的攻擊而無法正常運作。第二，調查原因及修正錯誤只能在公司裡進行。第三，調查原因及修正錯誤加起來要花三個小時。第四，同事須鄉也證實必須花這麼久的時間。第五，狛木與須鄉的視訊通話是從晚上八點到十一點。第六，狛木聲稱當天自己在公司留到十二點，但沒有任何人可以作證。第七，網路服務在十二點恢復運作。第八，從公司到凶案現場單程要花一個小時……」翡翠慵懶地躺在沙發上，滔滔不絕地說著，翠綠色的雙眸凝視著千和崎真。「如何？是不是很簡單就能破解？」

「完全聽不懂妳想表達什麼？」

「阿真，妳這樣可不行喔！妳得趕快學會神探的思考邏輯。」翡翠噘著嘴對真埋怨道。

「我討厭動腦。」真聳著肩顯得十分無所謂。

一來不想做這種模仿翡翠的事，二來實在不認為自己能學會什麼神探的思考邏輯。

然而，翡翠卻一天到晚提醒真不能放棄思考，這次也是一樣，翡翠故意不說出答案，要真自己動動腦筋。

翡翠繼續盯著手裡的照片，發出唉聲嘆氣的聲音。

「要不要補充一些糖分？」真一邊說，一邊走向廚房。

其實真正想要補充糖分的是真自己，她上午排了好久的隊伍才買到的限量布丁，此時還躺在冰箱裡。像這種疲勞轟炸時刻，正是拿甜食出來吃的好時機。

順便拿一個給翡翠好了。真思忖著，打開了冰箱，關上了冰箱，快步走回客廳。

「喂！翡翠！」

「怎麼了？」翡翠仰躺在沙發上，以倒栽蔥的姿勢望向真。

「布丁呢？為什麼布丁不見了？」

「噢……」翡翠發出恍然大悟的聲音，坐直了身子，頭微微歪向一邊，可愛地吐出舌頭。「被我吃光了，嘿嘿。」

這個死丫頭！

「妳吃光了？我買了四個吔！」

「動腦是我的工作嘛！跟討厭動腦的阿真是不能相提並論的，有時我就是會突然想要補充一點糖分啊！」

翡翠說得理直氣壯，毫無愧疚之色。

「妳知道我在大太陽底下排了多久嗎？如果不是妳逼我去買……」

「阿真，你最近有點胖了，我是在幫妳減肥喔！」

「為了幫我減肥？一口氣吃掉四個布丁？可惡，氣死我了！」

千和崎真氣到左顧右盼，一時之間找不到可以當武器的東西，最後決定將桌上的「那個」闔上之後高高舉起……

「等、等一下，阿真，被那個敲到一定超痛。」翡翠說著，慌忙彈跳起來逃走。

「放心，我會拿捏分寸。」真威脅著，朝著翡翠步步逼近。

「阿真，妳冷靜一點！」
「不給妳吃頓飽，難消我心頭之恨。」
「哪裡學來這句臺詞？」
「多說無益。」說完，真舉起了手中的凶器。「我勸妳趕快道歉，免受皮肉之苦。」
驟然間，翡翠的雙眸閃過了異樣的光芒。
「等等，阿真！」
「別想用緩兵之計。」
「不，是真的！妳先等一下！」
翡翠的口氣頗為嚴肅，令真微感詫異，不由得放下了手。
「不要放下來！舉起手，維持剛剛的姿勢。」
真雖然一頭霧水，無奈之下，也只好照著做。
翡翠一臉認真地走了過來，瞧了好一會兒，接著她笑了出來，而且是從微笑漸漸變成哈哈大笑。
真心頭一怒，將「那個」朝著翡翠的頭頂敲了下去，雖然有些手下留情，還是發出了咚的一聲悶響，沒想到翡翠依然笑個不停。

真原本就覺得這女人怪裡怪氣，此時見她滿臉詭異笑容，更是心裡發寒。

「妳在笑什麼？」

「沒什麼，別在意！阿真，我應該要謝謝妳。」

「謝我什麼？」

翡翠沒有答話，只是笑著翻過身，遠離了真的身邊，接著她笑逐顏開，喜孜孜地模仿起拉小提琴的動作。

「咿咿——噢……」

翡翠經常做出這個動作，真不清楚那代表什麼，只猜測可能和夏洛克・福爾摩斯有關。

「各位紳士淑女，讓大家久等了。接下來，將為各位公布謎底，所有的線索都已呈現在各位的面前。」

城塚翡翠的眼中閃爍著妖豔的光芒。

真看在眼裡，只明白了一件事，那就是自己必須寫在報告書裡的內容大概會暴增。

翡翠合攏雙手指腹，將指尖對著真的方向伸出。

「凶手的身分已無庸置疑，問題在於，你們能不能使用偵探的推理方式推導出真相？」

翡翠一邊在客廳緩步而行，一邊高聲說道：「這個案子有兩個重點，相信各位聰明的讀者都很清楚。第一，狛木繁人是使用什麼樣的手法捏造了不在場證明？第二，桌上的C痕跡又證明了什麼？」

翡翠說完，露出戲謔的笑容，同時緩緩張開五指，有如綻放的花朵。

「『程式並不在乎你怎麼想，只在乎你怎麼寫』……以上就是城塚翡翠所給的提示。」

千和崎真雖然已目睹翡翠這種舉動好幾次，還是不懂她的這些動作及口白有何意義？只見翡翠明明沒穿裙子，卻做出類似捻起裙襬的動作，宛如仕女般行了一禮。

如果這時能夠調暗燈光，那就更完美了。真不禁心想。

＊＊＊

狛木繁人懷抱著一股難以言喻的不安感，前往吉田的公寓。

『我有些話想要告訴你。』城塚翡翠在電話中的口氣非常嚴肅。

打從今天早上，翡翠的態度就有點古怪。在學習程式設計時，她看起來異常開心，從頭到尾笑個不停，還聲稱想要買一臺屬於自己的筆記型電腦，將狛木的筆電及布套拿去東翻西看了好半晌。

狛木認為女性應該適合比較輕的筆電，因此推薦了一些品質可靠的機型。今天一整天，狛木還利用工作的空檔列出了一些推薦清單。

她到底想告訴自己什麼話？如果是警方的調查有了新的進展，她應該會像過去一樣直接了當說出來，沒有必要使用那麼嚴肅的口氣。

難道是……不，絕對不可能有任何證據能證明自己的犯行。

狛木來到吉田住處所在樓層，打開了門，城塚翡翠就站在屋裡。

「城塚小姐……」

「歡迎你的到來。」翡翠微微屈膝，宛如傳統仕女般地向狛木行禮。

這是狛木第一次遇到有女性對自己做出這樣的動作，整個人呆怔了好半天。

「妳、妳在做什麼？等等，妳是怎麼進來的？」

「我請警察開門讓我進來的。請往這邊走。」在翡翠的引導下，狛木走進客廳，翡翠以手掌比著客廳的沙發說：「請坐。」

狛木心中雖詫異，卻還是惴惴地坐了下來。

「請容我開門見山地問一個問題。」翡翠緩緩走向窗邊，接著側著臉對著狛木問道：「狛木繁人先生，你是否殺害了吉田直政先生？」

「什麼……？」狛木因這個突如其來的問題，瞠目驚愕。

翡翠的樣子不太對勁，她的眼神完全不帶平時那股嬌嫩、稚拙的氛圍。難道是因為她今天沒戴眼鏡的關係？不、不對……翡翠的臉上雖然帶著微笑，雙眸卻放射出冷酷的鋒芒，彷彿是在譴責殺人的惡行。

更重要的一點，是翡翠的瞳孔閃爍著碧玉色的光輝，簡直像是……被附身了一般。

驀然，狛木的腦海浮現了「靈媒」二字。聽說靈媒可以讓死者的靈魂附身在自己身上，當受到附身時，言行舉止就會與原本截然不同。

原本溫柔可愛的翡翠，正受到邪惡靈魂所控制。狛木的腦中不禁閃過這樣的念頭。

「妳怎麼會……突然這麼問……」

比起遭翡翠揭發真相，更讓狛木震驚的是翡翠的態度如此迥然不同。

狛木勉強擠出僵硬的微笑，全身不斷冒出冷汗。**為什麼翡翠會一臉自信滿滿地對自己說**

出那樣的話……？

「我怎麼可能會殺人……妳該不會想要告訴我，妳靠通靈能力發現了事實吧……」

狛木一邊笑，一邊掏出手帕抹去額頭的汗水。

如果她真的靠著通靈能力發現了真相，該如何是好？如果吉田的亡魂真的對她說出了一切，該如何是好？警方會相信她說的話嗎？

考量她過去協助辦案的功績，警方恐怕會相信。

既然如此……是不是只能把她殺了？該不該殺她滅口？

不行，現在還不能下手。剛剛上樓時狛木搭了電梯，一定已被監視器拍下了自己的身影。況且翡翠是向警方借了鑰匙才能進入屋內，換句話說，警方一定知道翡翠會來到這裡。就算要殺，也不能在這裡動手，如此看來……

狛木正焦急地暗自盤算下一步。

「不，你錯了。」翡翠搖了搖頭，否認道：「我並沒有什麼通靈能力，世上也根本沒有那種能力。」

翡翠的一句話，將狛木從思緒中拉了回來，腦袋霎時一片空白。

「……什麼？」

「當初我在看現場的鑑識照片時，首先注意到的就是這桌上的一點水痕。」

翡翠輕輕伸出手掌，比著客廳的矮桌，等到狛木將視線移到那張矮桌後，她才緩緩舉起手，伸出食指，像揮舞指揮棒一般晃啊晃地。

「這張桌子不太乾淨，上頭布滿了灰塵，就算水滴乾掉了，也會留下痕跡。從這水痕來看，應該是曾經有人把濕的寶特瓶或杯子之類的東西放在這上頭。屋裡並沒有這種尺寸的杯子，垃圾筒裡也找不到寶特瓶，或許這痕跡與本案毫無關係。但為了保險起見，我接著又查看了冰箱，這才發現了那瓶碳酸飲料。我一看那寶特瓶，立刻就察覺瓶蓋被人開過。雖然當時第一次現場勘驗已經結束，警方還是順利進行採驗，在上頭找到了一點吉田先生的指紋……不過，有趣的點，就在這裡……」

翡翠輕輕揮動雙手，將頭微微擺向一邊，粉色的嘴唇漾著勝券在握的笑容，與那清純的形象格格不入。

「警方在寶特瓶的上半部，完全沒有驗出任何指紋或掌紋。這並不是因為瓶身濕滑的關係，因為蓋子上頭同樣也沒有任何指紋。你想想，這不是很奇怪嗎？要打開寶特瓶的瓶蓋，每個人都會像這樣一手抓著瓶身的上半部，往不同方向扭轉……」

翡翠像演默劇一樣，做出打開寶特瓶蓋的動作。

「既然要打開瓶蓋一定得做這個動作，瓶身的上半部卻沒有任何指紋或掌紋，這代表一定是被人擦掉了。吉田先生本人當然不會故意抹掉指紋，肯定是某個沒有察覺瓶蓋已經打開的人，把指紋抹拭了。再加上這寶特瓶飲料是吉田先生在死亡不久前才購買的，因此可以肯定在吉田先生死亡的當下，屋裡一定有其他人。」

「什麼……？」狛木聽得目瞪舌僵。

翡翠並沒有理會，一邊橫越客廳，一邊以食指把玩著波浪捲的頭髮。

「除此之外，還有眼鏡上的掌紋、被抹去指紋的桌子，以及煎煮到一半的中藥等等，凶手可說是犯了許多疏失。吉田先生如果真的是摔倒溺死，水花一定會濺在浴室的牆壁上，但從現場的照片來看，也找不到類似的痕跡。嗯……總之凶手真的很粗心，我就點到為止吧！再說下去，凶手實在太可憐了。」

翡翠說完，露出別有深意的微笑。

「妳剛剛說……妳沒有通靈能力？」狛木一臉茫然地看著翡翠。

狛木的這一句話，終於讓翡翠轉過頭來，與狛木正面相望。不斷捲著美麗秀髮的手指停下了動作，波浪捲的髮絲迅速回彈，恢復了原本的形狀。

「沒錯，我沒有通靈能力。」翡翠一臉嚴肅地點頭表明。

「這麼說來……妳騙了我？」

「關於這一點，我向你道歉，對不起。」翡翠微微低頭，閉上眼睛數秒後，說道：「但你也沒告訴我，你是殺人凶手。這樣我們算是扯平了吧？」

「這不可能！等等……既然妳沒有通靈能力，為什麼……」

為什麼會故意出現在自己的身邊？難道自己打從一開始就遭到警方懷疑？

「我不知道妳為什麼對我說這些話……但我真的不是凶手。警方應該也很清楚，我擁有不在場證明……」

「很遺憾，你的不在場證明並不成立。」翡翠輕輕地搖頭說道。

「什麼？」

「目前警方正在針對這個部分進行進一步的蒐證。」

「我那時候真的在公司……」

「不，那時候你根本不在公司，你是在這間屋子與須鄉先生進行視訊通話。」

「是真的！我真的在公司！」

面對情緒激動的狛木，翡翠卻顯得極為冷靜，只是淡然一笑。

「不，你不在公司，你在這個屋子裡。我現在就告訴你為什麼，你聽好了。你想一想吉田先生的電腦桌，想像一下桌上的景象。鍵盤跟滑鼠上頭都有吉田先生的清晰指紋，桌面的前半部到桌緣的範圍，指紋卻被擦得乾乾淨淨……這代表什麼意思？」

翡翠連珠炮般說著，輕輕轉動手指，指向房間裡的電腦桌。

「凶手假如戴著手套使用了吉田先生的電腦，吉田先生的指紋絕對不會那麼清晰。因為當戴著手套的手指碰觸鍵盤及滑鼠時，應該會把吉田先生的指紋擦掉一部分。然而，吉田先生的指紋卻非常完整，這證明了凶手不曾使用吉田先生的鍵盤及滑鼠。既然如此，凶手為什麼要把桌面上的指紋擦掉？這代表凶手必須使用這張桌子，而且在使用的過程中不能戴著手套。因此我們可以得到這樣的推論——凶手先把吉田先生的鍵盤及滑鼠移開，接著把手套拿掉，在空的桌面上做了某件事……」

狛木倒抽了一口涼氣，翡翠的描述完全正確，簡直像是當時她也在現場一般。

翡翠俏皮地歪著頭，眨了眨眼睛，繼續進行推測。

「咦？這不是很奇怪嗎？在整個犯案的過程中，凶手完全沒有留下指紋，也盡可能不把原本的指紋擦掉。警方在浴室及吉田先生的遺體上都沒有採驗到，可見得凶手在犯案過程中一定戴著手套。既然如此，為什麼凶手還要刻意擦拭桌面及桌緣？只要打從一開始就戴著手套，根本沒有必要抹拭桌面。凶手為什麼要這麼做？這是個非常重要的疑點。」

這個女人……到底是何方神聖？狛木啞口無言，只能默默地看著翡翠。

「我看到這桌子的狀況，大概思考了一分鐘。幸好有那塊剛買不久的地毯，以及滾輪纏繞地毯毛的白板，幫助我推導出了結論。沒錯，凶手曾經移動過白板。於是我開始思考，凶手移動白板的理由是什麼？這時我突然想到，死者的熟人圈裡有一個人是以視訊通話來當作自己的不在場證明。我便開始推想，凶手會不會是故意把白板推到自己的背後？這麼一來，在視訊通話時，對方就會誤以為自己在公司。然而，不自覺地觸摸臉部是大多數人的習慣動作，如果手上戴著手套，在視訊通話時很可能會被看見，引來對方懷疑。因此凶手在視訊通話時，必須把手套拿掉……」

「等等！」狛木抹著汗水，思考著該如何反駁。「妳這推論並不合理。就算我能夠在這裡和須鄉進行視訊，也不代表什麼，因為只有公司的網路，才能登入雲端上的伺服器。」

「表面上似乎是如此，警方內部的ＩＴ專家也確實做出了相同的結論。」

「妳看吧！」

「但我不禁感到好奇，這個工作真的必須在公司待上好幾個小時嗎？」

「妳在說什麼傻話？如果不登入伺服器，要怎麼……」

「程式並不在乎你怎麼想，只在乎你怎麼寫。」

翡翠露出了狡獪的微笑，狛木倏忽說不出話來。

「『程式上的錯誤跟疾病的最大不同，在於錯誤並非自然產生，而是程式設計師的疏忽所造成。』狛木先生，這是你自己對我說過的話。這句話真的非常有深度，讓我受益良多。既然程式上的錯誤可以因為程式設計師的疏忽而產生，當然也可以由程式設計師事先刻意製造出來，不是嗎？」

「唔……」

「你曾告訴我，因為有人惡作劇攻擊伺服器的關係，導致伺服器上的服務軟體無法正常運作，才讓你們發現了程式上的錯誤。既然是這樣，你當然也可以事先修改程式，讓服務軟體處於遭到攻擊就會失常的狀態，等到時機成熟時，再自導自演，主動攻擊伺服器。」

那一對翠綠色的雙眸所綻放出的犀利視線，彷彿貫穿了狛木的身體，狛木一時感覺天昏地暗。**這個女人到底是誰……**

「既然是自己事先安排下的錯誤，當然很清楚錯在哪裡，根本不需要花好幾個小時檢查原因。其實更不用耗掉那麼多時間修改，因為你可以事先準備好修改完畢的程式。換句話說，在與須鄉先生視訊的過程中，乍看之下你很努力在修正問題，事實上你什麼也沒做。」

翡翠又豎起食指，捲起了自己的頭髮，露出些許同情的訕笑。

「可憐的須鄉先生完全被蒙在鼓裡，一直努力修改自己所分配到的部分。根據他的說法，所有修改的結果都是由你在最後一口氣上傳。畢竟是由你所主導的程式，當然完全在你的掌控之中。你在這裡和須鄉先生進行視訊通話，直到晚上十一點。通話結束之後，你花一個小時回到公司，在十二點以公司內的網路登入伺服器，將事先準備好的修改檔案上傳。這個專業術語，我曾問過朋友，好像是先合併*（Merge），再提交*（Commit），然後再進行部署*（Deploy）？一流的工程師狛木先生，請問我這說法是否有不合理之處？」

狛木完全無法反駁，只能緊咬嘴唇，瞪視著眼前這個露出邪惡笑容的女人。

「妳當然可以這麼想，那也只是一種可能性，無法證明我當時確實在這個屋子裡。」

「這麼說也是沒錯……」翡翠歪著腦袋附和道。

「如果妳想咬定我是凶手，那就拿出證據啊！」

「好的。」

「咦？」

「那我就拿出來吧！」

翡翠放開了食指，原本捲在食指上的髮絲迅速翻飛。只見她笑著合攏了雙手手指，做出宛如膜拜的動作，手指的前端卻緩緩轉向狛木。那動作讓狛木產生了一種錯覺，彷彿那美麗指尖會射出子彈，貫穿自己的身體。

「請看看這個。」

翡翠的指縫間乍然出現了一張照片，那張憑空冒出的照片，讓狛木一時以為自己眼花。而照片裡的景象，正是上次曾見過的桌面環狀痕跡。

翡翠以指尖捏起照片輕輕搖晃。

「我一直認為這張照片裡一定藏著某種線索。警方檢驗過這環狀痕跡的成分，正是吉田先生在過世前一天請中醫師所開的中藥。多半是吉田先生將煎好的中藥存放在冰箱裡，隔天倒在馬克杯中，以微波爐加熱之後喝掉了吧！或許是在喝的過程，有幾滴藥沿著杯緣流下來，吉田先生沒有察覺到，便將杯子直接置於電腦桌上，因此桌面才會出現這種圓環狀的痕跡。這個杯子在凶手到來前，就由吉田先生自己將它移走，放進了廚房的流理槽裡。但是這個環狀痕跡的一角卻被抹掉，變成了類似英文字母『C』的形狀，看起來像是曾經有人把筆之類的細長物體放在上頭。只是我尋遍了整個案發現場，都沒有找到任何可能留下這個痕跡的物品。這不是一般的水，而是半乾的中藥，某物品抹掉了痕跡的一角，在那上頭應該也會殘留一點中藥才對。我將整張電腦桌幾乎翻遍了，還是沒找到。」

狛木聽到這裡，依然不曉得翡翠的這番推理將導出什麼樣的結論？

「既然到處都找不到，便代表這個物品被凶手帶走了。這個物品到底是什麼？凶手到底曾經把什麼東西放在桌面上？根據前面的推理，我已經知道凶手利用這張桌子所做的事情，

＊注解：合併（Merge），也稱為整合，是指當一個文件在多個獨立分支中被修改後，如何合併這些修改成為一個文件的操作。
＊注解：提交（commit），當對程式碼做了一些更新時，會將新增與修改的檔案，加到版本管理的動作。
＊注解：部署（Deploy），是指將一個軟體系統投入使用而進行的所有活動，包括硬體組態、軟體的安裝、環境變數設定等。

是與同事進行視訊通話。凶手把吉田先生的鍵盤及滑鼠移開，把自己的筆電放在桌面上。除此之外，大概還安裝了可以自由縮小視角的網路攝影機吧！只是不管是筆電，還是網路攝影機，都不是像筆一樣的細長狀。我也曾懷疑可能是電纜線之類的東西，還設法想套你的話，不過你似乎完全不知情。這東西到底是什麼？令我煩惱了好一陣子。」

翡翠歪著頭露出些許苦澀的微笑。

「幸好我有一個優秀的好夥伴，昨天幫助我想出了答案。其實答案非常單純，完全不需要煩惱。只怪我一時不察，才沒有想到這個東西，說起來實在丟臉。」

翡翠微微吐出舌頭，以拳頭輕敲自己的頭部側邊。

此時，狛木才驀然想通，這確實是自己所犯的最大疏忽。

人是一種會犯錯的生物，不管再怎麼謹慎小心，也無法完全避免。

「我這個人對電腦一竅不通，所有與電腦有關的工作，都是由我的夥伴負責。因為這個緣故，我對於筆記型電腦的一些細節，平常也不會留意。其實只要仔細想想，這是理所當然的構造。在筆記型電腦的背面四個角落，必定都會有一小塊橡皮製的止滑墊片特別突出，當凶手將筆電放在桌上時，一定調整過擺放的位置。也正是在這個時候，止滑墊片將圓環狀的液體痕跡抹去了一小角。」

原來如此……。狛木垂下頭，深深嘆了一口氣。

當時吉田的電腦桌上擺滿了各種雜亂的文件資料，像屋簷一樣蓋住了大部分的桌面。自己將筆記型電腦放在桌上時，確實調整過位置。等到辦完事之後，自己沒察覺到那液體痕跡被擦掉了一小塊。

警察既然能讓翡翠在這間屋子裡說出這些話，想定正躲在某處偷聽吧！狛木心中有著這樣的預感。

翡翠見狛木似乎已有認罪的覺悟，口氣倏忽變得十分沉穩。

「今天早上，我偷偷檢查了你的筆記型電腦，背面確實有一點髒污。你沒有注意到髒污，就把筆電收進布套裡，相信布套應該也沾上了污漬才對。污漬在布製品上可以看得一清二楚，能請你拿出來嗎？」

狛木決定放棄抵抗，乖乖取出自己的筆記型電腦，翻到背面一看，果然橡皮製的止滑墊片上有一點髒污，接著狛木打開布套，內側確實也沾上了一些。

「中藥是由各種藥材調配而成，每一種中藥的配方都不一樣。只要檢驗這髒污的成分，就可以確認是否與吉田先生所喝的相同。」

「沒想到我會犯這麼大的疏失……」狛木嘆著氣說道。

本來以為是非常完美的殺人計畫，但不管再怎麼預防，還是無法杜絕所有的疏失，畢竟人都是不完美的。這一點，自己明明應該很清楚才對……

翡翠的嚴肅聲音，在靜謐的屋內迴盪。

「不，你所犯的最大疏失，是你殺了人。」

「妳、妳到底是什麼來頭？」狛木抬起頭，看著眼前的美豔審判者。

「我是社會公敵的排除者，專門鏟除除犯了殺人之罪的公敵。」

「聽起來真是帥氣啊！」狛木發出有氣無力的自嘲笑聲。「簡直是正義使者。」

「我沒有那麼了不起，不過就是個偵探而已。」翡翠聳肩說道。

「原來我打從一開始就被騙了……女人真是可怕。」

翡翠聞言，朝著天花板看了一眼，露出戲謔的微笑。

「女人並不可怕，在我看來，是男人太愚蠢。」

「這麼說也沒錯。」狛木自我解嘲地笑了起來。

原來自己想要染指的對象，竟是這麼可怕的人物。

「城塚小姐……吉田奪走了我的青春。」

翡翠沉默不語，狛木得不到回應，還是自顧自地開口自白。

「國中時，有一次因為我的疏失，讓吉田的腳受了傷，由於傷勢很重，一輩子都無法痊癒。我對這件事一直感到很愧疚，沒想到他卻利用我的罪惡感，奪走我的心血結晶。他把我的心血當成自己的作品對外發表，還說什麼這比我自己對外發表好得多。回想過去的人生，從十多歲到二十多歲，我一天到晚受到他的揶揄與嘲諷，簡直就像是活在不見天日的陰雨天空之下。我的心血結晶，如今還沉睡在那雲端裡……」

狛木閉上雙眼，吐了口氣，不知是不是錯覺，說出這些話後，自己的心情輕鬆了一些。

「我只是想要脫離他的掌控而已……沒想到這樣反抗，卻讓自己接下來必須一輩子活在贖罪之中。到頭來，我到死都無法擺脫吉田的詛咒。」

「人生重要的不是你怎麼想，而是你怎麼行動。」

翡翠的一句話，令狛木錯愕地睜開了眼睛，她的臉上帶著一絲哀傷。

「為何你要選擇這樣的方法？寫了什麼樣的程式，就會得到什麼樣的結果，不是嗎？」

狛木捫心自問，或許確實是如此。

過去自己雖然對吉田抱持強烈的不滿，遲遲不敢採取行動。自己大可辭職另謀出路，或是公開表達抗議，強調自己的功勞。只要下定決心，這些都是做得到的事。然而，自己沒有這麼做，或許只是因為內心深處覺得乖乖聽話比較輕鬆。到了最後關頭，自己終於鼓起勇氣，但因為思緒遭憎恨所蒙蔽，而做出了錯誤的決定……

「其實是我的懦弱害了自己，卻一直把責任推到吉田頭上。」狛木凝視著翡翠，勉強擠出了心中的想法。「雖然對妳來說只是一場戲，我還是很高興與妳渡過這段美好時光。」

那就像是人生中短暫的雨過天晴。

「對我來說，那並不特別美好。」翡翠一臉遺憾地搖了搖頭。「是我主動引誘你，或許我沒資格說些什麼，不過看得出來，你只是被我的外表吸引罷了。你從來沒問過我喜歡什麼樣的電影？也沒有問我想從事什麼樣的工作？以後當你有機會和女性交往時，希望能多注意女性的內在。」

狛木聽出了翡翠嚴格說教的用意，不禁笑了出來。

「我會銘記在心。」

翡翠這些充滿智慧的言論，讓狛木幾乎忍不住愛上她的內在。

「只要累積經驗，人生也可以減少失敗的風險。」

「就像挑出程式裡的錯誤？」

「沒錯，就像挑出程式裡的錯誤。」翡翠輕笑出聲，朝著門口伸出手。「不過，程式設計那番話很有意思，我聽得很開心。」

「那真是太好了。」

狛木依著她的指示走向門口，警察大概已經等在門外了。

人生就跟程式一樣，重要的不是怎麼想，而是怎麼行動。

如果還來得及的話，狛木希望在接下來的人生裡牢牢記住這句話。

「我們走吧！」

狛木在翡翠的指示下邁步向前。

"Murder on the Cloud" ends.

and...again.

這是個風和日麗的假日午後。

千和崎真一如往昔在客廳以筆記型電腦寫著報告書。

城塚翡翠的推理有時仰賴的是靈感，難以完全轉化為條理分明的文字。真心裡經常會產生「她怎麼會發現這種隱藏在細節中的線索」的疑問，有時甚至不禁懷疑翡翠是否真的擁有通靈能力？

翡翠今天一大早就出門去了。

像這種不用工作的日子，她過去通常不是窩在家裡睡覺，就是待在房間裡觀看與魔術有關的影片或書籍。像今天這樣一大早就出門，可說是非常罕見，真完全猜不出她去了哪裡？

仔細想想，翡翠的一切幾乎都是個謎。

「我回來了。」門口傳來了故意拉長的招呼聲。

此時才剛過午後，真沒料到翡翠會這麼早回來。

「妳去哪裡了？」真朝著走進客廳的翡翠問道。

翡翠每次出門都一定會把自己打扮得光鮮亮麗，今天也不例外，或許穿著打扮是她的興趣吧！這當然不是一件壞事，只是翡翠出門前都要在真的面前上演一次時裝秀，這對真來說，實在是一大折磨。

今天翡翠戴著茶褐色的隱形眼鏡，再配上一副造型眼鏡，打扮得算是比較低調。

只見翡翠二話不說，將一盒點心店的盒子擺在客廳的桌上，臉上帶著得意洋洋的表情。

「呵呵呵，為了犒賞自己又解決一件案子，我買了限量布丁。」

翡翠的水眸閃爍著興奮的神采，伸手打開了盒子，裡頭整齊排列著好幾個布丁。

難得翡翠會親自出門排隊買布丁，今天不知是吹什麼風。

「咦？阿真，妳也想吃嗎？」翡翠露出賊兮兮的表情，裝模作樣地問道。

「還好。」真努力保持冷靜，瞪著她回答。

「該怎麼辦才好呢……好吧！頂多只能讓你吃四個。」

這丫頭是怎麼回事？真不禁暗忖道。嘴上說要犒賞自己，其實是想為上次的事情道歉？

「不必，我也吃不了四個。」

「阿真最沒有自制力了，雖然妳嘴上這麼說，但我知道妳最後還是會吃。」

千和崎真左顧右盼，想要找一本可以捲起來逞凶的雜誌，偏偏就是找不到。

翡翠一邊嗤嗤竊笑，一邊將布丁放進冰箱裡。
真見狀無奈地嘆了口氣，決定繼續寫自己的報告。
翡翠回到客廳，在真對面的椅子坐了下來，開始卸下隱形眼鏡。
這種事情為什麼不到廁所去做？真心裡咕噥著。
故意在自己的面前卸隱形眼鏡，這讓真感到很可疑。搞不好她的綠色瞳孔也是戴了有色隱形眼鏡。其實真從以前就一直有這樣的懷疑。不曉得她的瞳孔到底是什麼顏色？
「對了，有妳的包裹。」真轉頭望向放在角落的瓦楞紙箱。
「啊！沒想到這麼早就送來了。」翡翠站了起來，一邊哼著歌，一邊走向紙箱。
「妳買了什麼？」
翡翠沒回應，背對著真拿著美工刀忙了半天，才終於把紙箱裡的東西拿出來。
「噹噹噹！」翡翠嘴裡喊著奇怪的狀聲詞，抱著那個東西走回真的身邊。
仔細一看，那是個以白色為基底的包裝盒，裡頭裝著筆電，顏色是可愛的玫瑰金。
「怎麼突然買筆電？」
「阿真，妳知道嗎？學習程式設計，能夠培養邏輯思維呢！好了，接下來就是快樂的開箱時間。」

這丫頭到底在想什麼？

翡翠將盒子放在桌上，努力想要撕開盒外的塑膠膜，真在一旁哭笑不得地看著。

「又亂花錢了，反正一定馬上就膩了。」

「才不會呢！」翡翠嘟起嘴抗議，動作卻是笨手笨腳，撕不開塑膠膜。

「算了，隨便妳。」

真決定不再理她，繼續打起報告書。既然她買了筆電，以後她要是能自己打報告書，也算是好事一樁……但這可能性微乎其微。

城塚翡翠是千和崎真所見過興趣最廣泛又最沒耐心的人。

真看著自己所打出的報告書內容，內心乍然湧起一個疑問。

「我能問個問題嗎？」

「什麼問題？」

翡翠好不容易取出筆電，正拿在手裡把玩，聽真這麼詢問，才抬起了頭。

「有一個部分，我總覺得有點牽強。滴在電腦桌上的中藥，量應該很少吧？中藥就算沾在筆電的止滑墊片上，弄髒了布套，只靠那一丁點的污漬，真的有辦法驗出成分嗎？更何況狛木為了捏造不在場證明，在電腦桌前坐了好幾個小時，那個中藥應該早就乾掉了。」

翡翠睜著一雙圓眸，什麼話也沒說，真則繼續說出自己的推測。

「妳該不會是打從一開始，就知道桌上那個『C』是怎麼回事？所以故意接近狛木，把相同成分的液體塗在他的筆電及布套上……」

雖然翡翠似乎是當著真的面發現「C」的真相，搞不好那只是演出來的。這個女人實在太可怕，捏造證據對她來說，恐怕也只是家常便飯。

「阿真，妳當我是什麼人？」被質問的翡翠秀眉輕蹙，抱怨道。

「世界上最不能信任的女人。」

「沒有好聽一點的說法嗎？」

「喜歡跟殺人魔玩戀愛遊戲，來獲得刺激快感的虐待狂變態偵探。」

「阿真，妳被開除了！」

「除了我之外，還會有人願意照顧妳這個天底下最麻煩的女人？」

翡翠抬頭望向天花板，當然天花板上什麼也沒有。每次她不知該如何回答時，就會做出這個動作。

真轉頭看著翡翠擱在桌上的那副造型眼鏡。或許那眼鏡就像是遮蔽真實自我的面具。真不禁在內心忖度著。

隱藏真正的人格，讓偵探人格依附在自己身上，使自己成為嚴厲制裁惡人的工具……

真不敢肯定這樣的懷疑是不是自己想太多。

「妳還沒有回答我的問題。」

當然不管真相為何，都不可能寫在報告書上。

「這個嘛……」

翡翠五指指尖相觸，揚起了嘴角，妖媚的眼瞳閃爍著，臉上帶著令人捉摸不透的微笑。

妳該不會真的有通靈能力吧？妳每次都用這樣的方式調查案子，不覺得累嗎？

每當千和崎真提出這樣的疑問時，翡翠總是會報以這樣的表情……

既像是承認，又像是否認的神祕微笑。

第二話

泡沫審判

不要想太多，這麼做是對的。末崎繪里走在走廊上，在心裡如此告訴自己。

心中唯一的牽掛，是明天的送別會。看來只能對優太說聲抱歉了。孩子們引頸期盼的笑容浮現在繪里的腦海。

讓送別會延期，是無可避免的結果，要是錯過了今晚，下次不知何時才能等到機會。

夜晚的國小校舍走廊，一片漆黑而且靜謐，與白天給人的印象截然不同。唯有LED燈光照亮了筆直向前延伸的油氈地板，走廊邊的每一間教室當然都沒有點燈，視野角落的幢幢影子陰森可怕，給人一種隨時會有鬼魂飄出的感覺。

對國小老師來說，這樣的景色一點也不陌生。從以前到現在，繪里已在深夜的教職員室與教室之間往來巡邏過不知多少次。

然而，今晚對繪里來說，是個特別的夜晚。

繪里握緊了因緊張而冒汗的雙手，走向自己的城堡。

一打開教室的門，伸手不見五指的漆黑空間中旋即傳來說話聲。

「來得真慢啊！」

那輕浮的口吻，令繪里感到渾身不舒服。

藉由走廊的燈光，隱約可看見一個身形高大的男人藏身在黑暗之中。這個名叫田草明夫的男人，就站在教室裡，背對著昏暗的窗戶。他的手上拿著智慧型手機，螢幕的光芒微微照亮了他的臉孔。或許繪里還沒來之前，他一直在滑著手機打發時間吧！下巴的鬍碴已有些花白，頭頂半禿，頭髮又油又髒，臉上帶著令人不想多看一眼的猥瑣笑容。

「我們可是很忙的，跟你不一樣。」繪里以譏刺的口吻說道，接著將頭別向一旁。「你應該沒被監視器拍到吧？」

「那當然，妳可別太小看我。」田草一邊將手機塞進老舊西裝外套的內側口袋裡，一邊譏諷道：「說真的，學校這個時間的安全管理也太鬆散了吧？任何人都可以偷偷溜進來，你們不擔心孩童遭遇危險嗎？」

「你有什麼資格說這種話？」繪里用力抓住自己的手腕，強忍著湧上心頭的寒意。

「不談這個，妳決定要提供協助了嗎？」田草說出來的話，與他的淫猥笑容同樣令人頭皮發麻。「有學校老師幫忙，我裝針孔攝影機就更加安心了。對了，最好再幫我蒐集孩子們的個資，搭配影片一起賣給那些變態，價錢會更好。」

「休想要我幫你做這種事。」

「好吧！不然先給錢也可以，妳應該帶來了吧？」

繪里低頭遞出手中的信封袋，因為一直捏在手裡的關係，信封袋已經被汗水沾濕了。

田草笑著接過信封袋，打開袋口想要數錢，卻發現燈光太暗。

「喂，開個燈應該不要緊吧？」

「你別亂來。這裡要是有燈光，從校外也可以看得一清二楚。我自己是無所謂，你應該不想被人看見吧？」

田草咂了個嘴，先朝窗戶瞥了一眼，接著望向走廊。

「沒辦法，我到走廊上算好了。」

「等一下！」繪里發出尖銳的呼喚聲。

「怎麼了？」田草露出錯愕的表情。

「那裡好像有一個人……正在看著我們這邊。」

「什麼？」

「就在那裡……你剛剛走進來時，真的沒有被人看見嗎？」

「哪裡？」田草走向窗邊，看著窗外問道。

「別太靠近窗戶，快蹲下來！你想要被看見嗎？」

田草又咂了個嘴，接著伏低了身子，他雖然顯得有些不耐煩，似乎也很擔心窗外有人。只見他背對著繪里，小心翼翼地朝窗外窺望。由於窗外還有陽臺，以他的姿勢應該看不見窗下地面的景色。

繪里不動聲色地走向教室角落的教師辦公桌，桌子底下有一個瓦楞紙箱，繪里迅速從箱裡取出了某樣東西。

「喂，那個人走了嗎？」

不要想太多，這麼做是對的，這麼做是為了拯救所有的孩子。

「喂……」

田草似乎察覺不對勁，正想轉過頭來，就在這一瞬間，繪里朝著田草的頭頂猛力揮下手中的水泥磚。只聽見咚的一聲悶響，男人完全沒有發出呻吟。強大的衝擊力，沿著繪里的手腕傳向全身，定眼一看，田草已倒在教室的地板上。

明明沒有做什麼激烈的運動，繪里卻感覺心臟劇烈鼓動，宛如剛才全力奔跑過。

繪里低頭看著田草，不禁發了一會愣，不過她很快回過神來，將水泥磚放回紙箱裡，接著取出智慧型手機，開啟燈光。或許因為心中驚惶的關係，雙手有些不聽使喚。

小小的ＬＥＤ燈照亮了倒在地上的田草，他的身體一動也不動，頭頂不斷流出鮮血。繪里迅速從紙箱中取出工作手套戴上，先試著搖晃田草的身體，接著強忍作嘔感，將臉湊過去確認他還有沒有鼻息，發現完全沒有呼吸後，認定應該已經死了。

原來人的生命如此脆弱。繪里彷彿再次確認了這理所當然的事情。

沒錯，這是早就知道的事情。**一個人要失去生命，是如此輕而易舉，就像肥皂泡泡，輕輕一觸就會破裂。**幸好只用了一擊，就結束了這個人的生命。

殺人的階段，算是順利完成了……此時安心還嫌太早。

繪里回到走廊上，將事先放在樓梯旁的推車推到教室門口。本來想要推進教室，但因為推車轉動方向不便，只好放在門口處。接著繪里在黑暗中走回田草的屍體旁邊，雙手在地板上摸索，找到信封袋，為了避免造成妨礙，她先放進了紙箱內。

繪里接著從屍體的腋下將屍體扛起，奮力拖著屍體來到教室門口。繪里因為從事教職的關係，對自己的體力還算頗有自信。但田草的體格比一般男性還要高大一些，她必須咬緊牙關才能勉強拖動，當通過孩子們的桌子之間時，好幾次自己的腰際還撞到了桌角。

好不容易拖到走廊，繪里將田草的屍體放在推車上。就在這時，繪里才驚覺田草的雙腳並沒有穿鞋子。她趕緊回到教室裡尋找田草的鞋子，只是教室實在太暗，遲疑了片刻，她決定打開電燈。**此時教室裡只有自己一個人，就算被人看見，也不會有任何問題。**

放眼望去，只見教室的地上有一雙訪客用的拖鞋。多半是田草為了避免留下足跡，所以特地換穿的，當繪里在拖動屍體時，兩隻拖鞋便從腳上脫落了，她趕緊走過去想將拖鞋拾起。就在撿起的瞬間，忽然察覺到不對勁……

其中一隻拖鞋的顏色比較深，定睛一看，原來是那隻拖鞋有些濕濡，因為繪里戴著工作手套，因此沒有摸出來。不知道田草先前去了哪些地方，才把拖鞋弄濕了？這所學校的走廊上就有水龍頭，很多地點都有可能弄濕拖鞋。不過也有可能是廁所，或許田草在與自己見面之前，已經先到廁所裝了針孔攝影機。光是想像那畫面，繪里便感到不寒而慄，忍不住緊咬著嘴唇。

繪里先將拖鞋放進教師辦公桌下的紙箱裡，接著開始尋找田草原本的鞋子。他會把鞋子放在哪裡？為了避免被人看見，應該不可能放在鞋櫃才對。繪里如此忖度著，偶然間看見田草最初所站的位置附近的桌上，放著一袋過去從未見過的塑膠袋。她打開塑膠袋一看，裡頭果然有一雙老舊的皮鞋。

繪里重回到屍體邊，為屍體穿上鞋子，只是皮鞋比較硬，很難完全套進去。繪里心中不禁大感焦急，現在可說是分秒必爭，不能把時間浪費在這種事情上。雖然這個樓層幾乎不可能有人會來，但事情總有萬一。而且屍體如果長時間維持不自然的姿勢，身上會出現屍斑，這一點無論如何都必須避免。為了爭取時間，她決定套上一隻鞋子之後，另一隻鞋子暫時勉強掛在腳上。

繪里取出事先準備好的鐵鎚，放在田草的手裡，讓鐵鎚沾上指紋之後，把鐵鎚塞進田草的西裝右側口袋裡。最後，她再拿出另一雙工作手套，戴在田草的手上。屍體的布置到此結束，繪里推動推車，開始搬運屍體。

深夜的走廊上一個人也沒有，當然也不會有目擊者。

沿著走廊前進了一會，繪里來到三樓的走廊盡頭處，她打開理科教室的門。教室裡每一扇窗戶的窗簾都是拉上的狀態，裡頭一片漆黑，什麼也看不見。

繪里不敢開燈，打算直接將推車推進去，才走了兩步，推車的輪子似乎被什麼東西卡住，沒有辦法推動。繪里靠著來自走廊的亮光細看著地板，原來地板上有一排電纜線的保護蓋，由於那保護蓋微微突起，孩子們也經常被絆倒。繪里不禁暗自咕噥，自己竟然完全忘了這個東西。

除此之外，理科教室的後頭，還有許多妨礙推車前進的物品與設備。例如，放不進櫃子裡的紙箱、擺放燒杯的架子，以及設置在實驗臺旁邊的水龍頭等等。要在這個狀態下推著推車摸黑前進，幾乎是不可能的事。

繪里迫於無奈，只好打開了電燈，反正就算附近鄰居看見學校有教室開著燈，也會認為是老師還留在學校裡準備課程。繪里將擋路的物品全部推開，小心翼翼地推著推車走向陽臺。只是物品的擺放位置改變，可能會引來懷疑，等等必須恢復原狀才行。

來到教室另一頭後，繪里打開通往陽臺的窗戶及窗簾，接著奮力抬起田草的屍體，將屍體拖到陽臺上，使屍體倚靠著陽臺的欄杆。光是做完這幾個動作，她已是汗流浹背。

為了避免自己的汗水滴在屍體上，繪里搬運得非常謹慎，盡量避免一口氣把所有的步驟做完。如果沒有這臺推車，自己絕對不可能做完這些事。

終於到了最後一個步驟……

繪里使盡所有的力氣，抬起屍體的腰部，將屍體的上半身推出欄杆外。下一瞬間，田草因重力自行往下栽，完全不需要再花半點力氣。屍體以頭下腳上的方式墜樓，沒有任何慘叫，只有沉重的撞擊聲。除了繪里之外，沒有任何人聽見這個聲音。

繪里已用盡了全身的力氣，整個人癱坐在陽臺上，接下來有好一段時間，她喘著氣，仰靠著欄杆發呆。

「別想太多……我並沒有做錯任何事……」繪里如此告訴自己。

＊＊＊

隸屬於警視廳刑事部第二機動搜查隊的巡查部長櫛笥隼人，仰望國小的老舊校舍，忍不住打了一個呵欠。三層樓校舍的背後是一片清澈的藍天，此時在櫛笥眼裡異常刺眼。如果太陽的光輝能夠稍微奪走自己的睡意，未嘗不是一件好事。

一個企圖潛入國小的不法分子，從校舍的三樓墜落身亡。

櫛笥是負責為這起案子進行初步搜查的刑警，由於怎麼看都是一起意外事故，搜查工作已在數小時前移交給當地轄區警署，而警署員警目前正在釐清死者潛入國小的動機。換句話說，這起案子如今已與櫛笥無關。

昨天晚上櫛笥幾乎執行了一整晚的巡邏勤務，如今又完成本案的初步搜查，本來終於可以回去好好補眠，沒想到要離開前卻被上司叫住了。上司要求櫛笥繼續待在國小裡，等待某位人士的到來，並為其提供必要的協助。

時間已接近中午，櫛笥連早餐也沒時間吃，可說是飢腸轆轆。

今天國小臨時停課，因此校園裡一個孩童也沒有。墜樓地點周邊的藍色塑膠布*已經撤除，只留下一些黃色的封鎖帶，當然遺體也已運走了。

櫛笥為了打發時間，正隨意翻看著手邊的資料，突然黃色封鎖帶的另一頭，傳來員警的呼喚聲。

「等等，妳們是學校的老師嗎？這裡是禁止非相關人士進入的區域。」

*注解：藍色塑膠布，日本警察在處理有人員傷亡的重大案件時，通常會以藍色塑膠布將案發現場罩住，以避免遺體及案發現場狀況被非相關人士看見或攝影。

「哇！我看起來像國小老師嗎？那她呢？她看起來那麼兇，應該不像老師吧？啊！還是要凶一點才像老師？」

櫛笥聽見那溫吞的說話聲，於是朝著不知如何是好的員警背後走近。

站在員警的面前的，是兩名年輕女性，她們身上穿著與辦案現場格格不入的服裝，其中一位染著茶色頭髮的女性甚至還撐著一把白色陽傘。

「她們是相關人士，讓她們進來吧！」櫛笥將封鎖帶往上拉，壓抑下滿腔的不耐煩，問道：「城塚小姐，妳來這裡做什麼？」

茶色頭髮的女人將陽傘斜向一邊，鑽過了封鎖帶。

她還是一樣美得令全天下男人為之著迷，明亮的茶色頭髮描繪出波浪狀的弧線，算盡心機的髮絲之間，隱約可見熠熠發亮的金耳環。一身清涼火辣的連身洋裝，雪白而修長的雙腿自裙襬延伸而出，讓櫛笥的一對眼睛不知該擺在哪裡才好。

名叫城塚翡翠的美豔女人並沒有回答櫛笥的問題，只是嫣然一笑。

「櫛笥先生，阿真看起來像國小老師嗎？」翡翠指著身後的女人問道。

默默跟在翡翠身後的女人，名叫千和崎真，一頭黑色長髮綁成了一束馬尾，從剛剛就板著一副撲克面孔。身上穿著頗為中性，下半身是商業風的窄版長褲，上半身則是白色襯衫配上暗藍色領帶，若說是女刑警似乎也不會太突兀。

櫛笥很少有機會和真說話，因此並不清楚真在翡翠的身邊扮演什麼樣的角色。雖然真的臉上很少露出笑容，但比起豔麗的翡翠，櫛笥所中意的女性形象，其實更偏向中性的真。

「啊！這個嘛……嗯……或許吧！」櫛笥含糊地回應。

真瞥了櫛笥一眼，臉色相當臭。**這女人若真的是國小老師，一定對學生相當嚴格吧！**櫛笥不由得暗忖。

翡翠見櫛笥說得結結巴巴，嗤嗤笑了好一會，才回答他的問題。

「我到本廳辦點事情，剛好跟人聊起了你。」

「咦？聊起我？」

「他們說昨晚這所國小發生了墜樓案，案子由你負責。我從以前就很想到日本的國小來看看，這次正是個好機會。」

翡翠將手放在臉頰上，整個人顯得十分興奮。

櫛笥一聽，眼前頓時一陣天旋地轉，自己竟然因為這種無聊的理由而無法回家休息。

「這案子應該不需要城塚小姐出馬。」櫛笥勉強壓下心中的煩躁。

「櫛笥先生，你看起來很累，等等要不要我們送你回去？」

「呃……」櫛笥不知為何朝真瞄了一眼。「妳們是開車來的嗎？」

「阿真開車送我來的，不然難道是騎金色腳踏車*？」

「咦？」

「跟她認真你就輸了。」真面不改色地說道。

「請告訴我案情的梗概吧！」翡翠頂著陽傘仰望校舍。

「呃，好。」

櫛笥低頭望向自己的筆記本，交接給轄區警署時，自己曾做了一些筆記，現下也只是照著寫下的內容唸出來。不知道為什麼，只要這個女人一出現，自己就會被她牽著鼻子走。

「死者名叫田草明夫，四十六歲，兩年前曾是這所學校的工友，目前職業不明。我們接到報案是在昨晚的十點六分，報案者是保全公司的人員。根據報案者的描述，學校的防盜裝置在九點四十八分出現反應，兩名保全人員前來查看時發現田草的遺體，立即報警處理。」

防盜裝置感應時間，與報警時間差了十多分鐘，這是因為保全人員趕到現場時，並沒有在第一時間發現田草的遺體。校舍的位置在整個校園的中央，距離校園邊緣的圍牆頗遠，從校園外無法看見遺體。而且夜晚的校園非常陰暗，保全人員是在查看理科教室時，發現窗戶是打開的狀態，從陽臺以手電筒往下一照，才發現了遺體。

在櫛笥說明的過程中，翡翠一直撐著陽傘，以一對充滿好奇心的水眸左右張望。一下子仰看校舍，一下子查看樹叢，不禁令櫛笥懷疑她根本沒在聽。不過，櫛笥過去與翡翠共事過好幾次，明白這就是她的個人風格，決定沉著氣繼續說下去。

「田草似乎是沿著排水管往上爬，從陽臺進入三樓的理科教室。他的身上帶著破窗的工具，只是那扇窗戶剛好沒上鎖，所以工具沒派上用場。他可能沒料到走廊有防盜裝置，不小心觸動了警報，當時的時間是九點四十八分。田草打算趕緊逃走，想要沿著排水管回到一樓，或許是因為太慌張的原故，不小心腳一滑，摔在地上時撞到了頭，就這麼死了。檢視官對屍體進行初步勘驗，也沒有發現矛盾之處。」

「你說的理科教室，指的是窗簾稍微打開的那一間？」

＊注解：金色的腳踏車，影射日劇《古畑任三郎》中，古畑任三郎所使用的交通工具。

翡翠抬頭望著死者生前疑似通過的陽臺。大部分的窗戶都是窗簾緊閉，唯獨一處或許是因為田草曾經鑽過的關係，窗簾微微開了一道縫細。

「沒錯，包含那窗簾在內，所有現場狀況都維持原樣。」

「有沒有可能是從二樓掉下來的？」

「妳的意思是說，他爬到一半才失足墜落？」櫛笥心裡不明白翡翠為什麼這麼問，卻還是乖乖翻看資料，回答道：「根據遺體的檢視結果，傷勢應該是從三樓以上的高度掉下來造成的。當然細節得進行解剖才會知道，不過爬到一半才失足墜落的可能性很低。」

櫛笥回想遺體的模樣，如果是從二樓的高度掉下來，應該不會那麼嚴重。

翡翠低頭看著田草撞擊地面的位置。

「身上帶了些什麼東西？」

「呃，西裝外套的內側口袋有智慧型手機，右側口袋有一根鐵鎚，褲子的右後方口袋有錢包，左後方口袋則塞著折了好幾折的賽馬報，身邊並沒有提包和公事包。」

翡翠起身仰望三樓的陽臺，同時朝櫛笥伸出了戴著金手環的纖細手腕。

「照片。」

「請。」櫛笥將一整疊的現場照片影本交給翡翠。

翡翠不知為何轉頭凝視著千和崎真，站在一旁的真嘆了口氣，默默走上前。她從翡翠的手中接過陽傘，一邊以陽傘為翡翠遮擋紫外線，一邊咂了個嘴。

翡翠空下了雙手，心滿意足地拿起照片一張張細看，片刻後，翡翠驀然提出一個疑點。

「為什麼他要特地從三樓進入校舍？」

「可能的理由有兩點：第一，根據教師們的證詞，三樓的理科教室經常忘記上鎖。一般教室都會由級任導師確實上鎖，其他的教室也有防盜裝置，而理科教室因為在三樓，忘記的機率比較高。田草兩年前曾經在這所學校擔任工友，所以很可能知道這一點。昨晚他爬上去時，果然發現一扇窗戶沒有鎖上。他的口袋裡放著一把鐵鎚，但那種形式的小鐵鎚不太適合用來擊破窗戶玻璃，我猜他應該也想盡可能在不破窗的前提下潛入校舍。」

「另一個理由是什麼？」

「一樓的正面入口樓梯附近有監視器，任何想要上樓的人都會被拍到。田草如果從一樓窗戶潛入校舍，在上樓時很難躲過監視器。這棟校舍沒有電梯，如果不想被拍到，就必須從二樓或三樓窗戶潛入。監視器只裝設在一樓，二、三樓的樓梯口並沒有。」

「這個人潛入校舍的目的是什麼?已經查出來了嗎?」

「目前轄區員警還在釐清當中。不過,三樓理科教室的準備室裡,有一些昂貴的物品及設備,去年也曾發生過化學藥品遭竊的事件,因此田草有可能是為了竊取值錢物品才侵入校舍。鑑識人員已經檢查過理科教室,目前並沒有發現任何可疑的線索。」

「這個人既然兩年前是這裡的工友,怎麼會笨到觸動防盜裝置?」

翡翠問完,繼續盯著照片看。

「學校在校舍裡安裝紅外線防盜裝置,是田草離職之後的事。在此之前,只有監視器及校門附近的感應器。聽說去年發生竊盜事件後,學校才特別安裝的,田草應該不知道這件事。」櫛笥解釋完,調侃著說:「看吧!不過就是一起笨賊摔死的案子,根本不需要勞煩城塚小姐出馬。」

「不愧是櫛笥先生,在這麼短的時間裡,就查出這麼多事情。」翡翠笑著說道。

櫛笥雖然年紀不小,看到翡翠的燦爛笑容也忍不住臉紅。過了幾秒,櫛笥才發現自己要求翡翠趕快回家的弦外之音,就這麼被她的一句吹捧輕輕帶過了。

正當櫛笥想再提一次時,翡翠卻搶先說出謎樣的一句話。

「鞋子掉了。」

她將一張照片遞到櫛笥面前，那是剛發現遺體時所拍攝的腿部特寫照片。

正如翡翠所言，一隻腳的皮鞋並沒有套在腳上。

「為了避免留下腳印，他在進入理科教室時，應該是把鞋子脫了。這也符合鑑識人員沒有在理科教室裡發現腳印的鑑識結果。後來逃走時，他沒有時間把鞋子穿好，可能只是用腳板勾著，所以摔下來時鞋子脫落了。」

「如果是這樣的話，為什麼右腳的鞋子還好好地穿在腳上？」

「這雙鞋子是皮鞋，田草的穿鞋習慣似乎不太好，妳仔細看看，鞋跟的部位有經常遭到踩踏的痕跡。或許是右腳剛好穿牢了，左腳卻沒有穿緊。」

「原來如此，從鞋底的磨損狀況來看，這個人的軸心腳是左腳。他可能是先穿好了右腳，左腳卻懶得認真穿。這也說得過去……啊！」

櫛笥並沒有注意到軸心腳的問題，心裡不禁有些佩服。

翡翠翻到下一張照片時，突然發出了奇妙的聲音，就像是非常短而急促的吐氣聲。

「怎麼了？」

「有螞蟻。」

「螞蟻？」

原本氣定神閒地翻看照片的翡翠，竟突然秀眉緊蹙，身體微微顫抖。

「在這裡。」

翡翠將一張照片塞到櫛笥手裡，照片中是遺體的腳底板，穿襪的腳踝上停著一隻螞蟻。

櫛笥抬頭一看，只見翡翠正一臉厭惡地遠離自己。

「妳討厭昆蟲？」

「不是討厭，只是生理上不太願意親近。」

「那就叫討厭……」

「我想表達的是，為什麼腳踝上有螞蟻？」翡翠噘起了嘴，嘟囔道。

「或許是踩到什麼甜食了吧！」

「日本的理科教室裡有甜食可以踩？」

櫛笥不明白為什麼翡翠翻眼瞪著自己？

「不過就是一隻螞蟻……或許只是巧合。」

田草墜落的位置是水泥地板，旁邊是地板的邊緣，再過去就是一般的泥土地面，因此就算有螞蟻也不是什麼奇事。根據櫛笥的多年辦案經驗，這張照片並沒有什麼可疑之處。

翡翠似乎不想再碰那張有螞蟻的照片，二話不說便看起了下一張照片，她以併攏的食指及中指輕敲著白嫩的臉頰。

「這報紙好像有一點濕了。」

「咦？」

翡翠現下所看的照片，是伏臥在地的遺體腰部的位置。西裝外套向上翻起，露出了半截塞在褲子後側口袋的賽馬報。仔細一看，確實有一小部分上頭有皺折且微微變色。這報紙既然被死者胡亂塞在褲子口袋裡，就算沾濕了，想來死者也不在意吧！

「會不會是他曾經坐在濕漉的長椅上？」

櫛笥只是隨口猜測，並沒有特別的根據。

「原來如此。」翡翠原本輕敲臉頰的手指，滑向粉色的唇瓣，接著她翻到了下一張。

「現場周圍沒有其他的掉落物？」

「沒有，鑑識人員在天亮之後又確認了一次，還是沒找到什麼可疑物品。」

「智慧型手機是開機狀態？」

「對，但我們目前還沒辦法破解手機的密碼鎖。」

翡翠此時所看的，是田草死亡時身上物品的照片。

「剛發現遺體時，就是這個狀態？」

「對，應該沒有人動過。」

最後一張照片，是理科教室內部的景象。

「謝謝。」

翡翠淡淡一笑，將照片還給了櫛笥，接著她雙膝微屈，朝櫛笥行了一禮後，從真的手中接過陽傘。

「我們就先告辭了，不敢再打擾你。」

「好的。」櫛笥歪著腦袋，微微頷首。「就像我說的，這個案子很無聊，對吧？」

「不！」翡翠搖了搖頭，臉上帶著溫柔的微笑。「這是一起凶殺案。」

「咦？」

翡翠轉身快步離開現場，真默默跟在身後為翡翠拉起黃色封鎖帶，當翡翠從封鎖帶下鑽過時，櫛笥慌忙將她叫住。

「城塚小姐，妳為什麼這麼認為？」

「身為刑警的直覺。」翡翠微微轉過頭來，臉上帶著戲謔的笑。

「妳不是刑警。」真嘆著氣反駁道。

「好吧！身為女人的直覺。」翡翠輕吐舌頭，換了說詞。

「就因為這種理由？」櫛笥心裡有股不好的預感。

「如果你不滿意這個答案，可以當我是靠通靈能力看見了真相。」

翡翠的翠綠色雙眸閃爍著妖豔的鋒芒。

櫛笥心裡倏忽有了覺悟，這個案子恐怕是無法輕易結案了。因為就自己所知，眼前這個女人聲稱「靠通靈能力看見的真相」從來不曾出錯過。

櫛笥不由得暗自叫苦，工作了一整晚，本來以為終於可以回家，而且與自己搭檔的刑警早就離開了，調查工作也已經交接給了轄區員警……

這個案子已經與我無關了。櫛笥壓抑住想要這麼告訴自己的衝動。無論如何，不能讓「意外墜樓」這個先入為主的錯誤觀念，誤導了轄區員警的偵辦方向。

為了從翡翠的口中問出詳情，櫛笥趕緊追了上去。

身為刑警的直覺告訴櫛笥，暫時恐怕是沒有辦法回家了。

＊＊＊

在夢境裡，末崎繪里還是個年幼的小女孩。

周圍懸浮著無數閃耀著七彩光輝的魔法泡泡，母親每次唸出咒語，再輕吹一口氣，彩色的水膜就像有了生命一樣不斷扭動、變形，形成新的泡泡。那反射著七彩光芒的無數泡泡，飄浮在年幼的繪里四周，天真無邪的繪里不斷央求母親，繼續施展那宛如能夠孕育出新生命的魔法。

「媽媽的肥皂泡泡有個祕密，只偷偷告訴繪里喲！」

明天母親要在課堂上讓學生們吹泡泡。

「糟糕，材料不太夠，得出去買才行。」

繪里送母親出門之後，獨自一人吹著泡泡，等待母親的歸來。但是肥皂泡泡的生命是如此短暫，即使繪里吹出再多，還是全部消失得無影無蹤。

啪！啪！在繪里周圍閃閃發亮的泡泡，就這麼一顆顆破滅，只能眼睜睜地看著它不見。

過了好久好久，母親還是沒有回來。泡泡又破了一顆、兩顆、三顆……在完全沒有泡泡的景色裡，繪里只是愣愣地佇立不動。

原本只是個小女孩的繪里，不知在什麼時候變成了大人。突然，手機鈴聲響起，繪里以顫抖的手將手機舉到耳邊……

就在這時，繪里從夢中驚醒。

繪里全身都是汗水，以手背抹去額頭的汗珠，調勻了呼吸，才下床走進廚房。打開小小的冰箱，想要倒一杯麥茶來喝。正要拿起一個洗過的杯子，上頭卻有一層彩色的薄膜，似乎是洗碗精沒有沖乾淨。每當看見這種七彩薄膜，繪里便感覺胸中一陣苦澀。繪里取來另一隻杯子，倒了一整杯麥茶，身體正處於極需要水分的狀態，她一口氣喝光。

又是一場惡夢。

母親過世時，繪里已經是大學生了。母親生前的工作，也是國小老師，記得當時母親正在準備隔天上課要使用的泡泡液。

繪里完全沒料到，自己也會和母親一樣成為國小老師。繪里報考大學時選擇的是文組，還修了教育學程，其實在繪里的心裡，那只是為了避免將來找不到工作的備胎而已。

在繪里小時候，母親經常製作泡泡液給繪里玩。或許是母親過世與小時候吹泡泡這兩段回憶，混雜在一起了，才做那樣的夢吧！

那一天，繪里正為了不知道能不能順利找到工作而感到擔憂，看見母親在廚房製作泡泡液，忽然起了童心，取來吸管後，在管口割了幾刀，像孩子一樣吹起了彩色的泡泡。剛開始母親有些哭笑不得，但過了一會，母親也像陪伴小學生一樣，跟著繪里一起朝著空中吹起了泡泡。

由於學校需要使用的泡泡液不夠，母親因而出門採買，然而回程的路上，母親所騎的腳踏車被一輛卡車橫向撞上。

繪里轉開水龍頭，將杯子上的彩色污漬清洗乾淨後，關掉水龍頭，再把杯子放在流理臺上瀝乾。接著轉身回到客廳，打開了電視，不過沒看見什麼令自己在意的新聞。

此刻，時間剛好早上六點整。臨時停課只到昨天為止，今天要恢復上課了。

不用擔心，一定會順利過關的。繪里站在洗臉臺的鏡子前面，如此告訴自己。

自從那天之後，自己的黑眼圈就越來越嚴重，但今天得提早出門，沒有時間慢慢化妝了。而且今天不僅要恢復上課，接下來會有一段時間必須在路上擔任導護老師，守護孩子們的安全。這當然不列入工作時間，也拿不到任何津貼補助。

教師就是這樣的工作。從前繪里看母親擔任國小老師，心裡曾抱定主意絕對不做教師這一行。母親在世時，每天回家的時間都很晚，週末也得工作，還得對家長卑躬屈膝，看家長的臉色。每天的壓力都很大，以至於身體都搞壞了。

因此，母親似乎也不希望繪里走上教師這途。當初繪里表示為了保險起見，想要考教師執照時，母親還笑著說：「拜託別當國小老師，這工作會賠上健康。」

只有願意犧牲人生的人，才適合當老師。

母親過世之後，原本只有國中教師資格的繪里，還特地參加通訊教育課程，取得國小教師資格。當國中老師也沒什麼不好，為什麼一定要當國小老師？繪里直到現在依然不知道這個問題的答案。

如今繪里即將回歸日常生活，照理來說，接下來應該還得面臨一個難關。警察不知道是還沒有發現，還是正在研擬對策？田草的命案，似乎已被認定為意外事故，這幾天完全沒有警察找上門來。

別想太多，一定能順利解決，更何況自己並沒有做錯事。

繪里一如往昔前往學校，開完了早會之後，站在通學路上笑臉迎接孩子們。在孩子們朝氣十足的招呼聲中，開始了一天的課程。

＊＊＊

這一堂是國語課。

繪里在黑板上寫了「美」字，以圓圈圈起。

「讓我們一起來想想看，小黑魚的計畫是什麼？這就是今天老師要考大家的問題，提示就在剛剛的發音裡面。」繪里一面寫著黑板，一面對著孩子們發問：「想到的人舉手！」

這句話一說出口，立刻有好幾個孩子舉起手來。每個孩子的反應都不太一樣，有些孩子邊舉手邊大喊「我、我」，有些孩子則是手臂舉得筆直並沒有發出聲音。

孩子有朝氣是件好事，但太吵會影響課程進行。

「小哥哥、小姊姊舉手是不能發出聲音的喲！。」繪里溫柔地笑著提醒。

這句話就像是魔法咒語，登時讓孩子們都安靜了下來。這是因為孩子們在升上二年級之後，都有自己已經長大的自負心。同樣的道理，「你們還想回幼稚園嗎？」也是一句能夠讓孩子瞬間變乖的魔法咒語。這些其實都是母親在學校經常使用的句子，在繪里在十多歲時，完全沒想到自己也會有用到這些句子的一天。

繪里點了安靜舉著手的真央，聽她說出令人莞爾一笑的回答。

前工友墜樓身亡的事件，雖然在家長之間引起一陣騷動，卻是距離孩子們相當遙遠的事情。這一天的課程上得非常平順，與過去沒有任何不同。

沒錯！這是最好的結果，自己想要守護的，就是這片景象。若沒有殺了那個人，很多孩子的臉上都會失去笑容，這件事總得有人來做。一想到這裡，繪里甚至會感到頗為自豪。**不用想太多！自己的計畫非常完美，絕對不會被抓的。為了孩子，自己絕不能被抓……**

繪里一邊稱讚孩子，一邊寫著黑板。就在這時，教室的門被人輕輕推開了，她略為訝異地轉頭一看，有兩個人從後門走進了教室。其中一個頭髮稀疏、戴著眼鏡的中年男人，是教務主任利根川，而跟在他後面的年輕女性，卻是從來沒見過的人物。

利根川對著繪里微微頷首，似乎是希望繪里繼續上課，不用理會他們。有些孩子好奇地轉頭望向教室後方，繪里拍拍手後，所有的孩子都把頭轉了回來。

「有沒有人想到其他的答案？」繪里再度對著孩子們提問。

或許是因為背後有不認識的人的關係，這次孩子們舉手都非常安靜，不再發出聲音。

繪里雖然正在上課，心裡卻十分在意教務主任身旁的人物。**那個年輕女人是誰？自己並沒有接到有人要來參觀上課狀況的通知。**

那個女人相當年輕，應該不是家長，看起來也不像是教育委員會的人。最有可能的是教師實習生，只是如果是實習生要來觀摩教學，自己應該會先接到通知，而且實習生通常不會只有一個人。更何況還是由教務主任親自帶進教室，這也讓人摸不著頭緒。

繪里故意說些笑話，逗孩子們發笑，上課氣氛相當融洽。站在後面的年輕女人似乎也受了影響，臉上一直帶著和煦春風般的笑容。

年輕女人有時會拿起手上的資料夾翻看，她年紀大概二十五歲左右，茶色的頭髮細心綁了個公主頭，顯然有很多時間可以花在妝扮上。臉上戴了一副紅框眼鏡，明亮的水眸配上全套臉部彩妝，十足是個吸引眾人目光的大美女。

平常最怕麻煩的教務主任會親自帶她進教室，多半也是因為抵擋不住美色誘惑吧！年輕女人身上穿著一件頗為裸露的蕾絲上衣。如果是教師的話，大概只有在教學參觀日才可能穿得這麼花枝招展。

這女人到底是誰？繪里帶著滿肚子的疑惑，將孩子說出的答案寫在黑板上。陡然間，教室後方傳來了刺耳聲響，轉頭一看，年輕女人手中的資料夾掉在地板上，紙張散落一地，孩子們也都嚇了一跳轉過頭來。

「哇哇哇，對、對不起！」女人發出嬌柔的驚呼聲，慌忙蹲下身撿拾紙張。

孩子們見狀全都笑了出來。

因為姿勢的關係，年輕女人的短裙微微上翻，包在絲襪裡的修長雙腿一覽無遺。這女人來國小竟然穿成那副德性！繪里在心中暗罵。利根川原本帶著色瞇瞇的笑容想幫忙，或許是察覺到繪里的冰冷視線，急忙輕咳一聲，對著女人低聲說了話。

年輕女人捧起資料夾，匆匆整了整頭髮後，正色面對教室裡的孩子。

「大家午安！」

那聲音意外地清亮，馬上吸引了所有孩子的注意。

「午安！」孩子們也同時大聲回應。

或許是聲音太大，女人驚訝得瞪圓了眼。

「哇！大家真有精神。呃，讓大家嚇了一跳，對不起。」女人朝孩子們微微低頭鞠躬，接著說道：「我叫白井奈奈子，大家可以叫我奈奈子老師。我會待在二樓的輔導室，各位同學如果有什麼困擾或煩惱，都可以趁下課或午休時間，到輔導室來找我。」

說完，她笑著朝孩子們揮了揮手。

這幾句話說得四平八穩，聲音悅耳動聽，簡直就像是幼兒節目裡的大姊姊。孩子們全都興奮得不得了，有的問：「什麼是輔導室？」有的問：「輔導室在哪裡？」

繪里終於恍然大悟，原來這女人是新的輔導老師。雖然學校本來就有輔導老師，但並非是專職，一星期只來學校一次。考量到這次命案的影響，學校高層確實曾提過這陣子會聘用短期的專職臨床心理師駐校，對學生進行心理輔導。

繪里拍拍手掌，重新整頓喧鬧起來的孩子。

「同學們，現在是上課時間。你們這樣七嘴八舌，奈奈子老師也不知道該如何回答？想要找奈奈子老師聊天的同學，可以在下課時間到輔導室去，知道嗎？」

孩子們聽繪里這麼一說，全都精神奕奕地應了一聲：「知道了！」

在美女老師的面前，大家似乎都想當一個乖孩子。繪里看著翡翠臉上那傻裡傻氣的微笑，不禁感慨果然還是高顏值的女人吃香。

奈奈子察覺到繪里的視線，也報以一個親切的笑容，茶褐色的瞳孔散發出奕奕神采，完全沒有看出繪里心中的想法。

＊＊＊

老實說，繪里對白井奈奈子這個女人的第一印象不太好。

最讓繪里感到不滿的，就是奈奈子的服裝。

剛開始，繪里以為奈奈子是因為第一天上班才穿成那樣，沒想到隔天她的穿著也沒有太大改變。衣料質地單薄就算了，那裸露大片肌膚的蕾絲上衣及橘紅色短裙，真不曉得是穿給誰看的。髮型弄得漂漂亮亮，嘴唇上塗著粉紅色口紅。

真不曉得她到底在想些什麼？怎麼會打扮成那樣到國小上班。

包含教務主任利根川在內的好色男教師們，當然都樂不可支，畢竟教師以女性居多，大多數女教師對奈奈子的印象都與繪里大同小異，這也讓白井奈奈子立刻成為教師辦公室內的熱門話題。說穿了，就是個靠臉吃飯的女人，看起來腦筋不太聰明，一輩子就像隻飛舞在眾男人之間的花蝴蝶。

另一個讓繪里心生厭惡的理由，來自於白井奈奈子在日常生活中的言行舉止。

好幾次繪里在上課時，奈奈子會突然跑進教室裡，觀摩學生們上課的狀況。過去繪里從來沒有遇過會做這種事的輔導老師，通常輔導老師都是兼任性質，只會在輔導室裡等著學生上門求助。像奈奈子這樣會在上課時出現的輔導老師，可說是相當罕見。

每次奈奈子一出現，學生們就會分心，上課的節奏也會被打亂，繪里實在不太喜歡這樣的做法。不過，聽說奈奈子已經獲得校長的同意，繪里也只能無奈接受，畢竟這只是暫時性的措施，並非長久的制度。

況且有輔導需求的孩子，尤其是低年級的孩子，不見得會主動踏進輔導室。輔導老師親自到教室觀察孩童狀況的做法，相信能發揮一定程度的效果。因此繪里主要在意的並不是輔導學生的策略，而是白井奈奈子的個人言行。

該怎麼說呢……總之，奈奈子的笨拙幾乎到了令旁人火冒三丈的程度。

像是，奈奈子就算走在平坦的地方也會摔跤。每次在走廊上看見奈奈子，她不是正在跌倒，就是快要跌倒。到教室裡觀察學生上課狀況時，也好幾次腰際撞到學生的桌子，而發出尖叫聲。

在教師辦公室裡像第一次見面時那樣，把資料撒落一地的蠢事，更是不知發生過多少次。她每次都會發出類似卡通人物的「哇哇哇」叫聲，引誘男老師們上前提供協助。

*什麼哇哇哇，天底下最好有女人會發出那種尖叫。*繪里不禁在心中暗罵。*男老師們及孩子們都太容易上當，才會對她抱持好感。*總而言之，繪里實在很不喜歡她。

奈奈子在到任的數天後，向繪里提出了一對一面談的請求。老實說，繪里真的很不想答應，她打從心底認為，這個女人一定不尊重自己的工作。畢竟人長得美，不管做錯什麼事大概都會受到原諒。

國小裡的工作，並沒有輕鬆到可以用那種態度隨便應付，而且那樣的工作態度對學生有害無益。繪里實在沒有自信在面對自己討厭的人時，能夠完全隱藏內心的不耐煩。

這天下午五點多，繪里將奈奈子叫進教室裡，讓她坐在教師辦公桌旁邊的風琴椅子上。自己在角落的辦公桌椅子一坐下，便立刻切入正題，為了盡早結束對談，繪里一句閒話也不想與她多說。

「我這一班的學生，有人到輔導室找妳說話嗎？」

「嗯，有啊！真央來找過我。」

奈奈子的坐姿非常端正，腰桿打得筆直，雙膝併攏，兩手放在大腿上，雙眼正視著繪里。相較之下，繪里則是微微側身，並沒有與奈奈子正眼相對。

「不過，她的煩惱還挺溫馨的。」

「溫馨？」

「是關於倉鼠『丹司』的事。」奈奈子轉頭望向教室後方，一整排的置物櫃上方有一個小籠子，裡頭養了一隻倉鼠。「聽說，丹司逃走過好幾次，真央很擔心有一天會再也找不到牠，擔心到晚上睡不著。」

「哈哈，真不愧是真央，她真的很喜歡丹司。」繪里笑著說道：「不過，妳可以跟她說不用擔心，丹司很喜歡這個地方，每次從籠子裡溜走，都是跑到這裡來。」

繪里望著辦公桌下方，那裡放著很多紙袋，裡頭都是一些上課必須使用的道具，並沒有整理得很整齊，看起來有些雜亂。

「大概是因為這裡有很多小空間吧！每次丹司不見了，最後都會在這裡頭找到。」

「類似祕密基地的概念？」奈奈子有點錯愕地說道。

「是啊！所以完全不用擔心。輔導老師的工作也不好做，還得解決學生的這種煩惱。」

「大人心中的一些小事，有可能是孩子心中的重大煩惱。」奈奈子面露微笑，歪著頭說道：「既然是煩惱，就必須一一排除。」

奈奈子這番話當然不無道理。**教育委員會特地編出預算額外聘用輔導老師，可不是為了處理這種芝麻小事。繪里在心裡不以為然地暗想。**

從另一方面來想，或許這代表前工友墜樓死亡的案子，在孩子們的心中不是什麼太嚴重的事情。當然如果警方發現了「那件事」，那麼奈奈子的工作在未來，將具有非常重大的意義。只不過，把這麼重要的輔導工作，交給這種不太可靠的年輕女人，繪里實在放心不下。

「還有嗎？該不會只有真央而已吧？」

「主動到輔導室來找我的貴班學生，只有真央而已。不過，我個人到是觀察到幾件事，想要順便跟末崎老師確認。」

「確認什麼？」

「例如，小池大地同學，我發現他與其他男孩子之間有些隔閡。還不到霸凌的程度，而且大地的溝通交友能力似乎沒什麼問題。不知道末崎老師曉不曉得什麼內情？」

「咦？大地去找妳談這件事？」

「不是，是我觀察他上課及休息時間的狀況，自己發現的。」

繪里感到有些訝異，將身體轉向奈奈子的方向，只見眼前的年輕臨床心理師一臉認真，顯得相當在意這件事。

繪里點了點頭，試著說明孩子的狀況。

「我想應該不要緊，並不是他們的相處有什麼問題，因為大地在今年四月才轉進來，和大家還不是非常熟。不過，像宗也和秋秀都跟他滿要好的。」

「如果是這樣的話，那我就可以當安心寶寶了。」

安心寶寶是什麼意思？繪里看著奈奈子那充滿稚氣的笑容，心裡有股想要皺眉的衝動。

接下來奈奈子所問的幾個問題，令繪里不得不佩服她對孩子的觀察力，確實相當敏銳。果然術業有專攻，眼前這個女人還是有其過人之處。

例如，奈奈子連續猜出好幾名學生的家庭問題，雖然大部分都是繪里知道的事，但其中也有一、兩點是繪里只看出不太對勁，卻不清楚實際的狀況。而奈奈子能夠根據孩子的言行舉止，說出連繪里也認同的合理推測。當全部聽完後，繪里已連人帶椅子轉向奈奈子，不再是一開始將身體側向一邊的姿勢。

「我在貴班發現的狀況，大概就是以上這些。雖然大多都只是一些微不足道的小事，還是請末崎老師稍加留意……咦？末崎老師，妳怎麼了？」

奈奈子瞪大了眼睛，顯得有些摸不著頭緒。

「我感到有些驚訝。」繪里老實地說出了心中的感想。「沒想到妳對孩子們的觀察，如此入微。」

「沒想到，是什麼意思？」

「呃，沒什麼，就只是一種主觀的感覺。」

奈奈子聽了不滿地嘟起了嘴。

她的每個表情及舉止都很幼稚，偏偏卻又可愛迷人，因此更讓繪里怒火中燒。

「啊！我知道了。末崎老師，妳原本一定認為我只是個腦袋空空的花瓶，對吧？」

「呃，沒有啦！不是妳想的那樣。」

其實正是奈奈子所想的那樣，繪里有些尷尬地別過了頭。

「不，一定是這樣沒錯！」奈奈子說著，拉動著椅子，整個人朝繪里湊近。

「因為……」繪里被這麼一逼問，只好坦誠說道：「該怎麼說呢……妳覺得穿這種衣服到國小來工作合適嗎？」

「這是一種偏見。」奈奈子一雙水眸深深凝睇繪里，眼神雖然有點凶，嘴唇卻微微噘起，與其說是想要吵架，更像是小孩子在撒嬌。「不過，妳說的也沒錯，我不管在哪個職場，常會被當成外表好看，但中看不中用又常跌倒的草包。」

「原來妳很清楚自己的外表好看。」繪里有些哭笑不得。

「末崎老師，這是我的戰鬥服。」奈奈子微微恢復了嚴肅的表情。

「戰鬥服？」

「我小時候對自己很沒有自信，其實現在也是一樣……我缺乏專注力，經常摔跤，老是忘東忘西，一天到晚被同學取笑，我一直覺得很丟臉。」

奈奈子低下頭，紅框眼鏡微微傾斜，與瀏海一起將她的表情掩蓋了一部分。

「上了國中之後，這個情況也沒有改變。直到有一天，朋友說了一句話……她說，奈奈子長得太可愛了，就算做錯事，大家也都會原諒。或許她說那句話帶有揶揄諷刺的意味……不過，我聽她那麼說之後，決定把這個當成自己的武器。只要這麼做，就算失敗好幾次，我還是能對自己抱持自信，不會討厭自己。」

奈奈子的表情異常凝重，彷彿回想起當年的決心。繪里見狀，不禁感到有些慚愧。

注意力散漫的問題，或許是發展障礙的症狀之一。奈奈子從小為這種症狀所苦，繪里身為國小老師，應該要能夠看得出來才對。然而，自己卻只是戴著有色眼鏡，批評她的穿著打扮及人格氛圍。

奈奈子說得沒錯，那是一種偏見。

「我真的在很多職場都被批評過。有人問我到底想要吸引誰的注意，還有人懷疑我想要勾引學生。可是我想要為自己辯解，我穿著打扮並不是為了任何人，是因為我喜歡將自己打扮得漂漂亮亮。我這麼做是為了我自己，不是要給任何人看。如果不這麼做的話，我實在沒有辦法提起幹勁努力下去。」

奈奈子以類似抱怨的口氣述說著心情。這女孩還真是有趣，簡直像是在居酒屋裡，一邊喝酒一邊發牢騷。繪里忍不住在心裡揶揄著。

「末崎老師，你應該也有像這樣的武器，或是能夠讓自己擁有自信的某樣東西吧？」

「我也不知道。」繪里歪著頭笑道。

能夠讓自己擁有自信的東西，那會是什麼呢？

驀然間，繪里的心中產生了一個疑問：為什麼自己會當老師？

「白井小姐，妳是因為小時候有了這樣的經驗，才選擇成為學校輔導老師？」

「沒錯，這也是原因之一，我認為這個工作是我的天職。」

「天職？」

「該怎麼說呢……我有類似通靈的能力，不僅能看見幽靈，還能看見一個人的氣場。」

才剛對這個女孩有點刮目相看，她又說了奇怪的話。

「氣場？」

「是啊！」奈奈子一臉認真地點頭說：「我也不太會解釋。總之，我能夠藉由氣場大致了解一個人。也因為我有這個能力，才能看出每個孩子的問題。」

「妳在開我玩笑吧？」

「是真的。」奈奈子鼓起了臉頰。「我朋友常勸我改行當算命師呢！末崎老師，如果妳不信，我可以試著說出妳的事。」

「噢……」繪里不禁笑了起來。

這女孩果然是個怪人。或許她是個愛說謊的人也不一定，但是她剛剛說中了許多學生們的事，讓繪里沒辦法對她的話完全嗤之以鼻。

「妳可以試試看。需要看手相嗎？」

「不需要。」

奈奈子挺直了腰桿，眼鏡背後的一對茶褐色瞳孔認真地注視著繪里，這讓繪里有種心思會被看穿的錯覺。

「末崎老師，妳最近是不是……正在思考關於死亡的事？」

「咦？」

「而且就在最近這一陣子，妳下了一個與死亡有關的重大決定，這個決定足以改變妳的整個人生。」

繪里默默注視著奈奈子，奈奈子的臉上幾乎看不出任何情緒。

「末崎老師，妳是一個很有正義感的人，甚至可以說是一種潔癖。妳為自己的工作感到自豪，也深愛著孩子們，正因為如此，你才做了這樣的決定。不過我看不出妳做了什麼樣的決定……唔……而且家人對妳的影響很大……啊！是妳的母親。妳心中有著很強烈的迷惘，妳很想要詢問母親的意見，只是妳做不到……末崎老師，妳的母親是不是已經……？」

繪里聽到這裡，倒抽了一口涼氣，下一秒，繪里才察覺自己幾乎忘了呼吸。

「嗯，她已經過世超過十年了。」

「對不起……雖然我剛剛誇下海口，我還是看不出來末崎老師做出了什麼樣的決定？那是我從來沒見過的顏色，唔……」

奈奈子將身體湊了過來，目不轉睛地盯著繪里的雙眼。繪里心裡有股想要逃離那視線的衝動，但繪里知道此時絕對不能轉頭，一旦別過頭，恐怕會更加不妙……

「末崎老師，妳該不會殺……」

奈奈子似乎看出了什麼，睜圓了杏眼，瞳孔微微搖曳，雙眸中流露出的是驚愕和懷疑。

至少在繪里看來是如此……

「什麼……？」

「不，沒事……」奈奈子慌忙搖頭。

「妳是不是看出了什麼？為什麼不說出來？」

奈奈子沉默不語，陡然眼中閃過驚恐之色，眼神倏忽左右飄移。

「呃……我差不多該走了。」

應該不可能吧！繪里如此告訴自己。

奈奈子站了起來，有如逃命般走向門口。

如果不是那件事，她到底發現了什麼？為什麼她會以那樣的眼神看著自己？

奈奈子站在門口處，似乎又察覺了不對勁，只見她轉過頭來，一臉詫異地朝著教室裡左右張望，下一秒，奈奈子說出了讓繪里全身為之凍結的一句話。

「末崎老師，最近是不是有人死在這間教室裡？」

「……怎麼可能。」繪里不知該做出什麼樣的反應，只能嗤嗤一笑置之。

「那就好。」

奈奈子雖然點了點頭，臉上卻帶著不相信的表情，就這麼走出了門外。

繪里感覺背上冷汗直流，身體微微顫抖。**真正的通靈能力……**。當然繪里並不太相信這種怪力亂神的力量，也沒辦法完全置之不理。

沒有錯，奈奈子很可能擁有這種能力，她一定看出了什麼。

那充滿懷疑的眼神浮現在繪里的腦海，久久揮之不去。

＊＊＊

熾熱陽光照射下，額頭不斷冒出汗珠。

自己簡直就像是鐵板上的烤肉。想到這裡，繪里發出了自嘲的乾笑，以戴著工作手套的手背抹去宛如肉汁一般的汗滴。

雖然已接近傍晚時分，七月的豔陽依然不容小覷。位於校舍後方的農作區，沒有任何遮蔽物，繪里只能忍受腰痛，不停做著拔除雜草的動作。

二年級的農作區裡栽種著小蕃茄、青椒、尖椒、番薯及茄子。繪里身為二年級的生活科主任，必須經常為這些栽種物澆水，若有枯萎還得挖掉重新種植。這種苦差事當然沒有人願意做，最後都落在繪里的頭上。

因為經常以工作手套拭汗的關係，臉龐越來越髒。繪里雖然已擔任教師多年，直到現在仍舊無法喜歡這種園藝類的工作。如果只是照顧自己班上的農作物，或許還會產生呵護之情，如今自己要關照的是二年級所有班級的，當然不會有那種閒情雅致。

總之，必須盡可能在天黑之前完成，如果在這項工作上花費太多時間，其他工作當然就得往後延，如此一來，回家的時間就會越來越晚。

繪里手上戴著防曬用的臂套，頭上戴著遮陽帽，臉上戴著口罩。每流下一滴汗水，妝容就被抹掉一分，滲入眼中的感覺相當不舒服。**自己簡直就像是個農婦。母親生前是否總是毫無怨言地做著這樣的工作？**繪里思忖著。

如果可以的話，很希望能與母親多說幾句話。站在從事教職的立場，與一輩子做著相同工作的母親，好好聊一聊這個工作。

正當繪里蹲著身子忙著拔草時，猝然有一道腳步聲逐漸靠近，她微微抬頭一看，旁邊的水泥地上出現了一雙美麗的細跟高跟鞋，踩著高跟鞋的是一雙修長的美腿。

「真是刻苦耐勞。」

繪里抬起頭來，只見白井奈奈子就站在自己面前。她穿著一身清涼的洋裝，一手拿著白色陽傘，那裝扮不僅與農作區格格不入，還跟自己的形象天差地遠，繪里不禁有股想要哭的衝動。

刻苦耐勞個屁。繪里在心中咒罵，皺著眉頭站了起來。

「末崎老師，妳在做什麼？」

「我在拔草，看不出來嗎？」

「原來如此。」奈奈子點了點頭，露出恍然大悟的表情。「剛剛我本來沒認出是末崎老師呢！看起來就像是個務農的人。」

被一個穿著清薄洋裝、手上轉著陽傘的人說這種話，繪里感到怒火中燒。她取下口罩，瞪了奈奈子一眼。

「妳以為我喜歡把自己搞成這副模樣嗎？請問有什麼事？」

「啊！對了。我現在正在調查那起案子，有幾個問題想要問末崎老師。」

「那起案子？」

「就是前工友墜樓死亡的案子。」

「妳說那起意外事故？妳查這個做什麼？」

「啊……末崎老師！那個長在棒子上的東西是什麼啊？」

「這個？不就是青椒嗎？妳國小沒種過？」

「我小時候一直住在國外，沒上過日本的國小。」

「噢，是嗎？」

這丫頭竟然是歸國子女，從她的服裝、鞋子乃至於提包，全都是名牌品，區區一個學校輔導老師絕對不可能有這樣的收入，顯然是個富家千金。再加上那張沉魚落雁般的臉孔，實在讓人不禁懷疑，她為什麼要在這種地方工作？

前兩天，繪里曾對她的工作能力刮目相看，此時冷靜思考後，還是覺得自己實在是不喜歡白井奈奈子這號人物。

話說回來，她為什麼要調查那起案子？難道是因為她的能力……？

「妳想問什麼？調查那起案子對妳有什麼好處？」

「我是因為那起案子的關係，才會來到這所學校，所以有點好奇。我問了許多老師關於那案子的事，結果發現了幾個不合理的地方。」

「不合理的地方？」

繪里脫下工作手套，拿起身邊的寶特瓶，一邊補充水分，一邊準備洗耳恭聽。

「根據警方的調查，前工友田草先生爬上排水管，從三樓陽臺潛入理科教室，卻誤觸了防盜裝置，逃走時失足摔死。聽說理科教室的準備室裡，有一些可以變賣的值錢物品，才會引來前工友的覬覦。」

「噢……」繪里假裝漠不關心，點頭問道：「這有什麼不合理？」

「當然不合理，非常不合理。」紅色鏡框後頭的雙眸，滴溜溜地轉著。奈奈子一邊扭著陽傘，一邊問道：「田草先生打算如何進入理科教室的準備室？」

原來如此。繪里已明白她的言下之意，這樣的疑問早在自己的意料之中。

「末崎老師，妳應該也很清楚，準備室平常都是上鎖的狀態。想來這也是理所當然，畢竟得提防學生們，擅自把危險的教學道具或化學藥品拿出來玩。準備室的鑰匙平常都放在教師辦公室，深夜裡教師辦公室當然是上了鎖。田草先生想要侵入準備室，勢必得設法將門打開。只是……他的身上只有一把小小的鐵鎚，他打算怎麼把準備室的門打開呢？」

「妳問我，我問誰？」繪里喝了幾口礦泉水，蓋上蓋子。「或許田草另有目的，他根本不打算進入理科教室的準備室。」

「什麼樣的目的？校舍三樓除了二年級及五年級的教室之外，就只有理科教室、準備室及廁所。另外還有一間雜物室，但也被鎖住了。田草先生到底打算溜進哪裡？」

「或許只是臨時起意吧！話說回來，妳對這案子真是清楚，我還不知道那個人身上只帶了一把小鐵鎚。」

「警察似乎也覺得這一點很可疑，所以問了教務主任相同的問題。」

原來如此，那個教務主任是個好色之徒，一定把被警察問的問題都告訴了奈奈子。

不過，現階段警方對這一點抱持疑問，也是理所當然的事。要針對這一點深入調查，對繪里來說，也是不痛不癢。

「話說回來，為什麼妳會挑上我問這個問題？」繪里帶著戒心觀察奈奈子的表情。

「我本來以為末崎老師一定會想到什麼好理由。」奈奈子的臉上掛著傻乎乎的微笑。

「很抱歉，看來我要讓妳失望了。」

「好吧……」奈奈子露出一臉沮喪的表情。

繪里瞥了她一眼，重新戴上工作手套。

就在繪里蹲下身想要繼續拔草時，頭頂上又傳來說話聲。

「我可以再問一個問題嗎？」

「妳還想問什麼？」

「聽說，那天晚上最後留在學校的，是妳跟一年級的級任導師古茂田老師，以及四年級的級任導師松林老師，是真的嗎？妳們在晚上九點時一起離開學校？」

繪里再次起身，淡淡地看向奈奈子。

「是又怎麼樣？」

「妳不會害怕嗎？」

「什麼？」

「三位女老師在學校裡留到這麼晚……若運氣不好，可能會跟竊賊遇個正著呢！」

「我從來沒想過，或許確實有點危險吧！這就是妳想問的問題？」

「不是，我想問的是另一件事。古茂田老師向警察說了一段令人摸不著頭緒的證詞。她說，那天晚上八點左右，她曾經到理科教室拿忘記帶走的東西，當時她還順便檢查了所有的窗戶，確認都已經上鎖之後才離開。」

繪里聽到這裡，表情不由得微僵，不斷冒出的汗水化掉了臉上的妝。

這突然間的大量冒汗，當然並非單純只是天氣炎熱的關係……

「然而，田草先生侵入理科教室時，並沒有使用鐵鎚敲破窗戶。這不是很奇怪嗎？原本警方認為田草先生能夠不必破窗就侵入理科教室，是因為窗戶剛好沒有上鎖。既然八點的時候，有老師確認過所有窗戶都已上了鎖，為什麼在九點四十八分時，窗戶的鎖是打開的狀態?是誰在八點之後打開了理科教室的窗戶?」

繪里完全沒有意料到,古茂田會在那個時間前往理科教室。

平日教師們並不會頻繁確認理科教室的窗戶,畢竟理科教室在三樓,而且還有防盜裝置。最後使用完理科教室的老師即使會將窗戶鎖上,之後又被頑皮的學生打開,也不是什麼奇怪的事情。**沒想到古茂田竟然會到了晚上八點,還去檢查理科教室的窗戶……**

「大概是搞錯了吧?古茂田老師平常有點迷糊。如果窗戶上了鎖,竊賊要怎麼進來?」

「嗯……警察似乎也是這麼想。」奈奈子歪著頭,手上不停轉著陽傘。

「妳不這麼認為?」繪里反問。

「我不這麼認為吔!」奈奈子對著繪里露出深意的微笑。「我認為這是一起謀殺案。」

「謀殺案?」

在灼熱陽光照射下,一滴汗水自繪里的額頭滑落。

「沒錯!假設學校裡有一個人幫助田草先生潛入校舍,整件事情就說得通了。凶手事先告訴田草先生,自己會在晚上八點之後偷偷打開理科教室的窗戶。田草先生依照約定,沿著排水管爬上陽臺,想要進入教室時,凶手早已埋伏在旁邊……一個正要爬上陽臺的男人,就算是女人也可以輕易將他推下去，偽裝成意外事故……」

繪里聽見奈奈子的推理，不禁嗤笑了出來。

「白井小姐，妳真有趣，簡直像是動畫裡的神探。防盜裝置被觸動的時間，好像是晚上十點左右。照妳這麼說，那個時間還留在學校裡的人就是凶手？」

「沒錯！正確的時間是九點四十八分。有沒有人在那個時間還留在學校的？」

「很可惜，那個時間我們都已經回家了，學校裡並沒有老師……要是有人的話，一定會觸動防盜裝置。那應該只是一起單純的意外事故。」

「唔……真的嗎……？」

奈奈子不再開口，一隻手抵著臉頰，偏著頭表情茫然，似乎陷入了沉思。

繪里嘆了口氣，重新戴上口罩，蹲下來打算繼續拔草。

「不好意思……」

到底有完沒完啊！

「還有什麼事？」

「我還想問末崎老師一個問題。妳知不知道有誰對田草先生心懷怨恨？」

「拜託妳別再煩我了，好嗎？」繪里不耐地起身。說道：「妳看不出來我正在忙嗎？我想在天黑前完成這個工作。」

「真是辛苦啊！」奈奈子以一副事不關己的表情，呢喃道：「需要我幫忙嗎？」

「妳穿成這樣，能幫什麼忙？」

奈奈子聽了繪里的譏諷，絲毫沒有造成影響，她低頭看了看自己的服裝，一條美腿往前舉起，洋裝的下襬隨之搖曳。

「這衣服很可愛吧？我很喜歡呢！」

「那很好，看來妳幫不上忙。」繪里表情不屑道。

「好吧！那妳知道有誰對田草先生心懷怨恨嗎？」

「不知道，我跟田草幾乎沒說過話。」

「能不能請妳再好好想一想？」

「我說妳啊！」煩人的糾纏加上炎熱的天氣，讓繪里的煩躁攀升到了頂點。「不過只是個輔導老師，又不是刑警，沒事調查那種人的意外事故，是要做什麼？我現在很忙，能不能請妳別再煩我？」

「咦？」奈奈子愕然地睜圓了眼。「末崎老師，妳怎麼說這種話呢？田草先生也算是妳以前的同事吧？你們好歹曾經在同一所學校裡工作，怎麼會說他是『那種人』？妳不是說妳跟他幾乎沒說過話嗎？」

「呃……我只是隨口說說而已。」繪里瞪視著奈奈子一會，接著眼神游移，思考該如何回應。「我也不知道該怎麼形容，總之他給人的感覺很不好……更何況，他還想要溜進學校裡偷東西。」

「所以他被殺也是活該？」

「我可沒那麼說。妳到底夠了沒有？那只是一起單純的意外事故！」

「末崎老師，我知道妳因為天氣熱而煩躁。」奈奈子聳了聳肩，慢條斯理地說。

「妳不知道這是妳造成的？」

「如果這是一場凶殺案，孩子們也可能置身於危險之中，每個大人都有把這起案子好好調查清楚的義務，不能置之不理。」

奈奈子以試探性的眼神望向繪里，她完全沒有因繪里的怒目相視而退縮，反而是繪里被她搞得方寸大亂，不知該不該生氣。

這女人到底是怎麼回事……

「打擾了。」奈奈子說完，轉過身去……

繪里鬆了一口氣，正要蹲下繼續工作時，頭上又傳來說話聲。

「啊！末崎老師，我再問最後一個問題。」

繪里厭煩地嘆了口氣，雙手插腰，怒視奈奈子。

「或許這與案子無關，我還是想確認一下。末崎老師，妳為何從來不用三樓的廁所？」

「咦……？」繪里一時之間，說不出話來。

「我好幾次在走廊上看見妳，妳總是從三樓走樓梯到二樓，進入教職員專用廁所，其他老師都是就近使用教室附近的。為什麼妳上廁所要跑到二樓，不使用三樓的呢？」

「沒為什麼……只是想把三樓廁所留給孩子們用，而且我不喜歡在吵鬧的環境上廁所，不行嗎？」

「我問過真央，她說，老師妳在去年之前，都是和孩子一起使用相同的廁所。」

「那又怎樣……使用哪間廁所是我的自由，妳調查這種他人隱私，到底想幹什麼？」

「哎呀呀，如果惹妳不高興了，我向妳道歉。」奈奈子吐了吐舌頭，臉上卻不帶任何歉意。「喜歡在小事情上鑽牛角尖，是我的壞毛病，真是要不得啊！」

奈奈子一邊轉著陽傘，一邊握拳在頭上輕敲。

這個女人……繪里啞然無言。

奈奈子露出一臉滿不在乎的表情，哼著歌轉身離開。

絕對不會錯！這個女人一定懷疑是自己殺了田草。繪里惴惴地忖度。

而且她是靠著能夠看見氣場的超能力察覺了真相。聽起來是如此荒誕不經的事情，繪里卻感覺到全身正冒出冷汗……

奈奈子雖已走遠，繪里卻只能一臉茫然地站在原地發愣。

＊＊＊

到了隔天，案情有了重大突破，警方調查出田草明夫企圖潛入學校的動機。

原來田草是裝設針孔攝影機的慣犯，據說他生前在好幾所國中及國小都擔任過工友，經常會偷偷潛入這些學校，在更衣室及廁所安裝針孔攝影機，並且把拍到的影像在網路上高價販賣出去。換句話說，他偷拍並不是為了滿足自己的異常慾望，而是將偷拍影像當成了生財工具，從中獲取高額利潤。

直到現在，繪里依舊不敢相信，世界上會有人願意花錢買那種影片。受害的不只是學生，就連女老師也難逃田草的魔掌，有很多受害者甚至毫不知情。田草除了會違法販賣偷拍影像之外，還會利用影像來威脅師生，其他國中有些學生似乎還被他取得了個資。

一想到田草不知會拿那些學生個資來做什麼，繪里便感到不寒而慄。

沒錯，田草是個死不足惜的男人。

警方先是調查田草的住處，發現了他的惡行，於是開始在校園內進行搜索。果不其然，警方在學校的廁所及更衣室，發現了偷拍用的針孔攝影機，印證了其推論。這些針孔攝影機都已經沒電，拍攝到的影像並沒有被取走的跡象。警方依此推測，田草墜樓而死的那天晚上，是為了取回針孔攝影機的影像而潛入學校。

一名女警以私下一對一交談的方式，把這些事告訴了繪里，還告知她也是受害者之一。繪里曾遭受田草脅迫，對自己也是受害者一事當然心知肚明，不過她在女警的面前表現出大驚失色的模樣。繪里對自己的演技沒有什麼自信，但似乎沒有引起女警的懷疑。

學校緊急召開家長說明會，向受害孩童的父母說明案情。由於歹徒曾是學校的工友，引發了家長們的激烈譴責。繪里雖然沒有參加這場說明會，從隔天校長及教務主任那副死魚般的表情看來，不難想像校方在說明會上承受了多大的壓力。詢問及責罵的電話幾乎沒有停過，大量媒體記者湧入校園。

明明校方也是受害者，許多報導卻宛如將校方當成了加害者。學校到底在搞什麼？我們怎麼能夠把孩子託付給這種無法保護學生安全的學校？為什麼不多花點錢裝設多一點防盜裝置？老師真的有心想要保護學生嗎？孩子們的未來就這麼葬送在你們手上……諸如此類。

繪里也接到了不少來自家長的電話，在電話裡被罵得狗血淋頭。每天都要花好幾個小時應付，放學後留在學校的時間當然也變長了好幾倍。改考卷、寫聯絡簿及備課的時間都受到擠壓，往往忙到半夜十一點還沒辦法回家。

每當爆發校園醜聞，學校教師總是會像這樣受到單方面責難，簡直毫無尊嚴可言。

只有願意犧牲人生的人，才能當老師……

該如何對孩子們說明這起事件，每個家長的態度都不相同，校方也不干涉。有些事情不知道確實會比較幸福，何況要讓低年級的孩童理解狀況，也不是那麼容易的事。而且孩子們都有著敏銳的觀察力，相信大部分的學生都已經從學校老師及父母的表情中，看出了不對勁。由於課程進度不能延誤，即使是在校方大受抨擊的期間，學校也不可能停課。

對於各個家庭及孩童的心理輔導方面，校方因應這起案子所雇用的臨床心理師，似乎發揮了不小的功效。輔導室在放學後不僅接受學生的心理諮詢，同時也開放給家長提問，因此白井奈奈子變得異常忙碌。繪里實在不喜歡奈奈子這個女人，她的工作能力似乎相當不錯，家長們對她的評價意外地好。

雖然警方發現針孔攝影機的時間，比繪里原本的預期要晚一些，但整個事態可說是完全依照繪里事先擬好的劇本發展下去。對繪里來說，讓事態這麼發展，可說是逼不得已的抉擇，因為她永遠忘不了田草當初那得意洋洋的嘴臉。

當初田草聲稱自己與一群駭客攜手合作，不擅長ＩＴ辦案的日本警察，絕對無法查出影片販賣管道與途徑。繪里當然並不完全相信田草的鬼話，只是自己並不具備相關知識，以至於無法反駁。

然而，繪里心裡推測，只要田草在潛入學校時意外身亡，警方應該會對田草的家進行搜索，如此一來，多半能夠發現田草違法的蛛絲馬跡。即使這麼做會導致那些可怕的影片被警察搜檢到，為了孩子們好，這也是沒有辦法的事。只要田草不法的行徑曝光，警方必定會對影片的購買方進行徹查。為了永遠不再讓任何人受害，這可說是必要的手段。

偷拍的事情曝光之後，校園裡經常有警察到處走動。這一天，繪里在操場上收拾好體育用具，正要回到校舍時，看見了一名身穿西裝的男人，而男人所站的位置，正是當初田草墜樓的地點。男人看起來頗為年輕，繪里一眼就看出那是名警察，他正在和一個女人說話，女人赫然就是白井奈奈子。

繪里趕緊躲到了校舍牆的後側，偷聽兩人對話。警察會問奈奈子什麼樣的問題？繪里感到相當好奇。只可惜從繪里所躲的地點，聽不清楚兩人說話的內容。

繪里悄悄窺探了一會，察覺到兩人的表情不太尋常。他們似乎頗有交情，看起來十分熟稔，像是已經認識很久了。那氣氛也不像是單純的警察問話，更不像是男警察被狐狸精般的白井奈奈子給迷得團團轉。

繪里躲在牆後靜靜地觀察，只見男人露出了困擾的表情，說話也越來越大聲。

「等等，白井小姐！不能這麼做啦！我們沒有任何證據。」

就在此時，奈奈子猛然與繪里四目相交，奈奈子漾起了笑容，對著繪里揮揮手。

繪里別過了頭，假裝只是偶然經過，走向校舍正門口。

「末崎老師，請等一下！」奈奈子一邊朝著繪里跑去，一面叫喊著。

繪里轉頭一瞥，追上來的只有奈奈子，那名警察已不知去向。

「剛剛那個人是誰？你們好像很熟？」

「啊！他是搜查一課的刑警。」奈奈子若無其事地回答。

「咦？」繪里略一思索，說道：「搜查一課不是……」

「專門偵辦兇殺案的單位。」

「他來做什麼？那起案子不是意外事故嗎？」

「啊！嗯。」奈奈子合攏雙手，笑著說：「其實他是我的朋友。」

「妳的朋友？」

「對啊！剛剛那個刑警。」

「妳有那種警察朋友？」

「是啊！因為我經常協助警方辦案。」

「協助警方辦案……是什麼意思？」

「啊！糟糕……」奈奈子看了一眼手錶。「我跟家長約在輔導室見面，先走了。」

「等等……」

「末崎老師，我晚點再去找妳。」剛走沒幾步的奈奈子，倏然轉身面對繪里，偏著頭面露嬌笑。「我還有很多問題想要問末崎老師呢！」

繪里默然無語，直勾勾地看著奈奈子轉過身，嘴裡哼著歌，踏著輕快的步伐離開。

有很多問題想要問？繪里也正想說這句話。

為什麼專門處理凶殺案的刑警會出現在校園裡？田草的案子不是已經被判定為意外事故了嗎？難道是警方找到了什麼顛覆判斷的新證據？不，絕對不可能。自己的犯案過程絕對沒有任何疏失。繪里接著又忖度著：為什麼奈奈子說她經常協助警方辦案？那是什麼意思？一般民眾怎麼可能協助警方辦案？

奈奈子那一對彷彿看穿了一切的大眼睛，浮現在繪里的腦海。

繪里瞠目啞口地緊盯著奈奈子走進校舍門口，心中充滿了焦躁與不安。

＊＊＊

窗外的天色越來越昏暗，末崎繪里獨自在教室裡批改作業。

由於田草事件的原故，許多工作都沒有辦法如期完成。如今繪里正坐在教室角落的教師辦公桌，批改著孩子們所提出的習字作業。三十人份的作業，每一張都要仔細檢查，以紅筆訂正錯誤的部分。因為是二年級的作業，寫錯的機率很高，批改起來也特別費時費力。

拿著紅筆不停寫字，手指當然會感到疲累。更重要的一點，是白天奈奈子所說的那幾句話，不斷妨礙著繪里的專注力。就連眼睛也異常痠疼，已不知按摩眼角多少次了。

雖然很想休息，但手邊囤積的工作可不是只有批改作業而已。只要一天沒批改完，隔天馬上又會增加相同的分量，因此繪里無論如何，都想要在今天之內把作業全都批改完。

此時已過了晚餐時間，肚子因飢餓不斷地發出抗議。

「咦？末崎老師，妳真是辛苦。」

教室門口傳來了開朗又溫吞的聲音。

繪里嘆了口氣，抬起頭來。站在前方的人物，果然是白井奈奈子，只見她臉上掛著清爽的笑容，彷彿全天下的勞累工作都與她無關。

「有什麼事嗎？」繪里露出狐疑的表情。

奈奈子面帶微笑，輕輕提起手上的小紙盒。從包裝來看，裡頭裝的似乎是甜甜圈。

「末崎老師，這麼晚了還在工作？妳餓不餓？有人送了我甜甜圈。」

這所學校的教室裡沒有裝冷氣，從窗外吹進陣陣熱風拂過沾滿汗水的皮膚，感覺更加不舒服。相較於全身冒汗的繪里，奈奈子看起來卻相當清爽，妝容一點也沒有掉，肌膚上更是看不見一滴汗珠。繪里想起輔導室裡有冷氣，忍不住又嘆了一口氣。

「甜甜圈是誰給妳的？」繪里疑惑道。

奈奈子大剌剌地走進教室裡，未經同意就坐在附近的學生座位，把紙盒放在桌上。

「家長找我面談時帶來的伴手禮。」

「不能收家長送的禮物。」

「咦？」奈奈子吃驚地杏目瞪圓。「為什麼？」

「這是規定。」

奈奈子一臉沮喪地看著已被打開盒蓋的甜甜圈盒子。

「唔……總不能眼睜睜看它壞掉，看來也只能偷偷吃掉了。啊！不過，我不會強迫末崎老師吃的。導師必須以身作則，當學生們的楷模，絕對不能隨便壞了規矩。至於我呢，就當個壞孩子吧！」

奈奈子說完，舉起拳頭輕敲自己的後腦杓，吐了吐舌頭，接著她拿起甜甜圈咬了一口

繪里看在眼裡，頓時啞口無言。

「哇……」奈奈子發出陶醉又性感的嘆息聲，笑臉盈盈地說：「恰到好處的糖分鑽進大腦的每個角落，真是太美味了。」

哇妳個頭，這個臭娘們！

「就算妳要吃，也不必在我面前。既然工作做完了，怎麼不快點回家？」

「末崎老師，妳的工作還沒有做完？」

「妳看不出來嗎？」繪里以手指頭轉著紅筆，厭煩地反問。

「當老師真是辛苦，你們每天都工作到很晚吔！」

「能夠準時回家的人，大概只有妳而已。」

「自從針孔攝影機的事傳開之後，很多家長跑來問我問題，害我沒辦法像以前一樣準時回家。今天我也跟其他老師一樣，工作到剛剛呢！其實我有點驚訝，以前完全不知道當國小老師要工作到這麼晚。」

繪里手邊還有著堆積如山的事情，奈奈子卻說個不停，完全沒有想要起身離開的意思，繪里無計可施，只好一邊拿紅筆批改起孩子們的作業，一邊應付煩人的奈奈子。

「妳是第一次到國小當輔導老師？」

「嗯，從前我只待過國中。」

「國中老師還得忙社團，有時週末也要到學校，恐怕比國小老師更辛苦。」

「國小老師也完全不輕鬆啊！尤其是低年級的導師，真的是非常辛苦，幾乎所有的私人時間都花在工作上。一個老師要照顧三十個孩子，每天還要照顧那麼長的時間。在我看來，這個工作的制度根本就有問題。就算是經驗再豐富的母親，頂多只能照顧幾個孩子而已。即使是幼稚園，也是一個班有好幾個幼教老師一起分擔。」

奈奈子說著，憤憤不平地咬著甜甜圈。

繪里蓋上紅筆的蓋子，拿在手裡轉圈圈。

「畢竟這一行很少有人能做得久，現在每一所學校都鬧教師荒，這也是沒有辦法的事。我們不僅要做很多雜事，一旦孩子發生事情，必定是第一個遭到批評的對象。就像這次的命案，很多家長都把錯怪到級任導師頭上，像松林老師似乎就受了很大的打擊。」

「松林老師雖然年輕，卻相當有責任感，很認真照顧每個孩子。」

「這種有責任感的老師，通常都做不久。」繪里說完，嘆了一口氣，低頭望向學生們的作業，心中多了新的感慨。她以筆蓋輕敲桌面，輕聲說道：「像批改這個作業也是一樣。有些老師為了學生著想，仔細訂正學生所寫的一筆一劃，家長卻氣得將照片貼在社群軟體上，大罵老師矯枉過正。有些老師因而心灰意冷，決定辭職不幹。自己不眠不休地為孩子付出，換來的卻是父母的咆哮。在接下來的時代，這種事情只會越來越多，老師想對學生給予特別的照顧，也會越來越困難。」

繪里看著輕敲作業紙面的筆蓋，回想起過去那些放棄教職的同事。

那些離職者之中，真正因為遇上了什麼無法克服的難題而辭職的人並不多。由於從事教職的多是女性，大多數是因為結婚而辭去工作。只要一得到這種冠冕堂皇的理由，大部分的女性都會選擇離開。說穿了，還是因為這個工作太累人，才會讓大家一逮到機會就想逃走。能夠找到理由順利離職的人，就某方面來說，是相當幸福的。

繪里倏忽轉念一想，那自己的母親呢？母親並沒有因結婚或生產而放棄教職。那自己呢？自己是否有一天會精疲力竭，屈服於現實的殘酷？母親如果還活著，她打算做這個工作到什麼時候？這種吃力不討好的工作，母親是否能堅持到最後？

「這就叫做熱臉貼冷屁股吧！」奈奈子淡淡說道。

繪里聞言轉頭一看，奈奈子那眼鏡後頭的一雙水眸，正望向陰暗的窗外。凝重的氣氛，讓繪里下意識輕咳了一聲，原本打算不管她問什麼都三緘其口，沒想到卻忍不住發起了工作上的牢騷。

絕對不能掉以輕心，她來找自己，一定是為了那起案子。

繪里認為奈奈子的心中一定懷疑自己殺了田草，所以才會纏著自己不放，想要找出證據，這幾乎已是無庸置疑的事情。問題就在於，讓奈奈子發現真相的理由，竟然是她擁有超能力，真的是太過荒唐可笑。

奈奈子確實是個怪人，就算她真的有超能力，似乎也不是什麼令人震驚的事。只不過，超能力不能作為證據，她才會想盡辦法要套自己的話。雖然奈奈子在警界有熟人這一點頗令人擔憂，警察總不可能以超能力為理由逮捕繪里。當時那位搜查一課的刑警與奈奈子交談時，不也說了一句「我們沒有任何證據」嗎？

不過話說回來，繪里也想知道奈奈子的證詞，能對警方發揮多大的影響力，以及警方是否真的開始懷疑自己是凶手。換句話說，不僅是奈奈子想套繪里的話，繪里也想從奈奈子的口中問出一些端倪。

「對了……妳來找我做什麼？是不是有話想問我？」

「啊！對，我想再跟老師談一談那起案子。」奈奈子此時已吃掉了一個甜甜圈，她像孩子一樣舔著手指，仰頭看著繪里。「我們剛剛也聊到了，這所學校的老師們每天都很晚回家，有時到了晚上十點，教師辦公室還亮著燈呢！早上的時間又早，還不給加班費，真是黑心企業，我真的很佩服你們。」

「妳到底想說什麼？」

「那個摔死的田草先生……」奈奈子說到一半，倏然皺起了眉頭，似乎覺得稱安裝針孔攝影機的歹徒為「先生」很不妥當，趕緊改口說：「那個摔死的田草，聽說已經偷偷潛入這所學校好幾次。裝了針孔攝影機之後，他得經常回到學校來，回收攝影機裡的影像。換句話說，他摔死的那天，並不是他第一次偷偷潛入學校。末崎老師，妳不覺得這很奇怪嗎？」

「哪裡奇怪？」

奈奈子沒有回答這個問題，臉上漾起了笑容，從盒裡又拿出一顆甜甜圈。

「末崎老師，要不要吃甜甜圈？只有我一個人吃，實在不太好意思呢！」

「不不。」繪里克制住心中的不耐煩。

「真的不吃嗎？」奈奈子問完，咬了一口甜甜圈，露出幸福的表情。

「妳剛剛說的奇怪，是什麼意思？」繪里沉著嗓子，試著拉回正題。

「啊！對……」奈奈子停頓了一下，以中指抹下嘴角的砂糖碎塊，雙眸注視著繪里。那動作有一股奇妙的妖豔之美，彷彿可以看穿人的心思。「田草為什麼只在那一天觸動了防盜裝置呢？」

「或許只是從前運氣好。」

繪里顯得興味索然，重新改起手邊的作業，以紅筆訂正少了筆劃的字。

「不，沒這個道理，末崎老師，妳仔細想想。這所學校就跟其他大部分的學校一樣，在所有的老師離校之前，防盜裝置是不會啟動的。這也是理所當然的事，要是防盜裝置一天到晚被留在學校裡的老師觸動，保全公司的人恐怕會累死。唯一的例外，是設置在校門口的監視器，二十四小時全天候錄影。然而，國小校園這麼大，有心人士能從很多地方爬進校園，根本不必通過裝設了監視器的門口。換言之，從孩子們放學回家之後，到所有老師回家之前，在這段老師們加班的時間裡，校園幾乎可說是處於毫無防備的狀態。」

「每一所學校都是這樣的，只要不被教師發現，任何人都可以輕易闖入校園，這確實可以說是校園的一大問題。」

「沒錯，田草既然當過工友，不可能不知道這一點。換句話說，他根本沒有必要在所有老師都已經離校之後，冒著觸動防盜裝置的風險進入校園，回收針孔攝影機的影像。趁著教師辦公室裡還有老師時，偷偷溜進校園，就不用擔心會觸動，不是更加安全嗎？他只要小心不被老師們發現就行了。教師辦公室的位置在二樓，田草並沒有在二樓的廁所裝設針孔攝影機，從這一點就可以證明，田草也擔心在裝設針孔攝影機時被老師們撞見。」

奈奈子說得頭頭是道，完全不像是個腦袋單純的女人。**或許她是把白天那個刑警所說的話，原封不動地搬了出來。**繪里不禁如此思忖。照理來說，警察應該不會把這麼詳細的案情告訴一般民眾，搞不好那男刑警被她灌了迷湯，就全都說了出來。

「咦？」奈奈子在繪里正要開口時，歪著頭搶話：「對了，末崎老師，妳似乎從來不用三樓的廁所，對吧？妳的教室明明在三樓，卻總是到二樓使用教師辦公室旁的廁所，真是有先見之明呢！」

這丫頭果然開始套話了。繪里暗自尋思該如何應答。

自從遭受田草威脅之後，繪里便不再使用三樓的廁所。這是因為繪里從田草的口中得知，二樓的教師用廁所並沒有裝設針孔攝影機。為了避免遭警察懷疑，繪里早已事先想好了一套說詞。雖是用來應付警察的，但拿來應付一個輔導老師，似乎也並無不妥。

「只是碰巧而已啦！我是最近才開始不用三樓的廁所，以前也曾經用過，所以我也是偷拍的受害者。」

「為什麼妳最近不用三樓的廁所？」

「我這陣子腸胃不太好，經常拉肚子。」

「經常拉肚子？」

「是的，所以我不希望被孩子們發現自己一直在廁所裡，那會讓我覺得很丟臉。妳明白那種感覺嗎？」

「原來如此，我完全明白了。」奈奈子理解地點了點頭。

這個女人絕對不會那麼輕易被說服。繪里在心裡暗忖。不過，至少自己這套說詞並沒有任何矛盾之處。

「回到剛剛的話題吧！田草既然沒有在教師辦公室旁邊的廁所裝設針孔攝影機，這表示過去他一直是在老師們還留在學校裡的時間潛入校舍。偏偏就在那一天，他在防盜裝置已經啟動的時間裡，沿著校舍的排水管往上爬，企圖從三樓的陽臺進入理科教室。到底是為什麼他要這麼做？」

「這我怎麼會知道。」

繪里內心嘆了一口氣，再度蓋上紅筆的筆蓋。就算很想不理奈奈子，她這個質疑確實切中了案情的核心，要是警方在這個部分發現矛盾之處，因而開始懷疑這是一起凶殺案，局勢恐怕會對繪里自身不利。

如果能夠說服奈奈子，她應該會把自己的說詞轉達給那個熟識的警察。繪里聲色不動地思索著。

「既然他確實是在那個時間潛進了學校，有沒有可能是他基於某種理由，必須要在那個時間回收影像？畢竟他偷拍那些影像是為了賣錢，有可能是買家特別要求，一定要在那天之內拿到。我實在不願意想像背後有著什麼樣的理由……」

「嗯……原來如此。」奈奈子以食指抵著嘴唇，歪著頭低喃道。

「或許田草本來想要在我們離開之前潛入，卻因為某些原因而延誤了抵達學校的時間。學校裝設紅外線感應裝置，是在田草離職之後的事，他應該並不知情，可能以為在那個時間溜進學校應該不難。沒想到卻觸動了裝置，他倉皇逃走，就這麼失足摔死了……這就叫做自作孽，不可活，沒什麼好奇怪的。」

「對了，末崎老師，妳知道田草的興趣是賽馬嗎？」奈奈子突然提出毫不相關的問題。

「賽馬？」繪里不知道這件事，也不明白這代表什麼意義。

「是這樣的，警察在田草的錢包裡，發現了便利商店的收據。」

「然後呢？」

「咦？末崎老師，剛剛妳的肚子是不是叫了兩聲？我看妳還是吃一顆甜甜圈吧！」

奈奈子裝模作樣地將甜甜圈的盒子遞了過來。

繪里雖然忍飢挨餓，但並沒有聽到肚子發出任何聲音。繪里皺起眉頭，強忍著焦躁的心情，起身從奈奈子遞過來的盒裡拿出最後一顆甜甜圈，咬了一口。

「然後呢？那收據代表什麼意義？」

「末崎老師，請用濕紙巾。」奈奈子充耳不聞地遞出了濕紙巾。

「然後呢？」繪里粗魯地伸手奪過，再次催問。

「啊！對，收據……呃，我剛剛想要說什麼？」奈奈子舉起拳頭，輕敲自己的太陽穴。

「哦！對了。警察查看那張收據後，發現田草在當天晚上八點左右，在學校附近的便利商店購買了賽馬報。這份賽馬報被田草胡亂折起，塞在褲子後側口袋裡。」

「噢……所以呢？」

「咦？末崎老師，妳還不明白嗎？」奈奈子說得煞有其事，繪里只好拚命思考這件事代表的意義，只是沒等繪里想完，奈奈子就已解釋道：「田草八點就來到這附近的便利商店，卻到九點四十八分才潛入校舍。這中間的一個半小時，他去了哪裡？做了些什麼事？」

繪里沉默不語，只是不停轉動著手中的紅筆，半晌後才開口。

「或許是到處閒晃，也或許是去吃飯什麼的。」

「如果是這樣的話，就不符合末崎老師剛剛的假設了。在時間上，田草絕對可以在老師們還沒離開學校前潛入學校，沒有必要在所有老師離開後才冒著危險做這件事。」

「或許是事出突然吧！搞不好那天他原本並不打算溜進學校，在我們都離開之後，他臨時被迫必須在當天晚上取得影像資料。當然這只是我的想像，不過他做那種買賣，一定會跟一些具有反社會人格的人扯上關係，遭到了威脅也不一定。」

「唔……聽起來似乎有點道理。」奈奈子說著，慢慢地露出意味深長的微笑。「但是末崎老師，妳知道嗎？警方分析田草的智慧型手機中的紀錄，發現田草在八點四十分左右，跟販賣偷拍影像的買家有過聯繫。」

繪里瞳孔倏地一縮，瞇眼盯著手中的甜甜圈，在心中不斷要求自己的手指不能顫抖。

「什麼樣的聯繫？」

「內容只是隨口閒聊一些關於賽馬的消息。總而言之，田草並沒有如妳所猜測的，遭到買家威脅，必須立即到學校取回偷拍影像。」

「噢，是嗎？」

繪里內心暗自鬆了口氣，幸好田草並沒有留下「等等要到學校見末崎繪里」之類的訊息，證明自己遭受威脅。

田草是個做事相當小心的人，他從來不使用手機與自己聯絡，以免自己帶著證據向警察求助。正是因為如此，繪里才大膽推測，田草的手機裡應該沒有任何與自己有關的紀錄。

繪里想到這裡，驀然靈機一動。

「那些關於賽馬的閒聊，搞不好是某種暗語，那種人都是很謹慎小心的，買家或許是以暗語要求田草立即取得影像。」

「原來如此……末崎老師，妳的想像力真是連推理作家也自嘆不如。」

這句話簡直就像是，電視連續劇中凶嫌所說的臺詞。

奈奈子再度露出若有深意的笑容。

「這麼說來，田草在學校附近的便利商店購買賽馬報，也是一場偶然？他只是剛好來到了學校附近？」

「應該是吧！不然還會有什麼理由？」

「有沒有可能……是跟某個人約好了要見面呢？」奈奈子歪著頭，彷彿在想像那畫面，她以食指抵著臉頰，滔滔不絕地說：「等等就要潛入校園，反而先到便利商店購買賽馬報，這聽起來有點古怪。如果是跟某個人約好要見面，那就說得通了。田草來到學校附近時，發現時間還太早，打算買一份賽馬報來消磨時間，沒想到那個與他相約見面的人，卻下手將他給殺害了……」

奈奈子的推測幾乎完全正確。

繪里長期遭受田草脅迫。那一天，田草要求與繪里在教室裡見面，時間是田草所指定，只是繪里遇上了一定要參加的會議及無法暫時離開的工作，因而遲到了。田草曾經當過工友，知道繪里非常忙碌，他也預期到繪里恐怕無法準時赴約，才買了一份賽馬報來消磨時間。由於繪里曾提醒田草不能打開教室電燈，以免被人發現，田草只好打開教室的門，靠著走廊的燈光閱讀起報紙。

「妳上次也說過類似的話。有人在學校裡接應田草，又將田草從陽臺上推了下去。」

繪里鎮定地笑著回應奈奈子的推想。

「是啊！妳覺得不對嗎？」

「這個揣測有破綻，恐怕拿不到一百分。防盜裝置在那個時間是啟動的狀態，如果有人留在學校裡沒有走，應該會觸動防盜裝置才對。」

「只有走廊上才裝設有防盜裝置，教室裡並沒有，所以或許我們可以這麼推斷——在學校裡接應的這個人一直躲在理科教室內，這個人把田草推下樓之後倉皇逃走。換句話說，田草根本還沒有進入校舍，就已經從陽臺掉下去了。觸動防盜裝置的人不是田草，而是在學校裡的接應者。」

原來如此，真是有趣的推理。

「妳的意思是說，我們學校裡有一個人那天假裝離開學校，卻一直躲在理科教室裡？」

「是啊！妳不覺得這很有可能嗎？」

「嗯，聽起來確實不是不可能。」

繪里低頭沉吟，一來奈奈子的推斷本身並沒有什麼破綻，二來這樣的揣測對自己並沒有什麼壞處，似乎沒有必要加以反駁。

繪里乍然想起手上的甜甜圈，拿起來咬了一口。

「好吧！就算田草真的是遭到殺害，凶手的動機又是什麼？」

「這個嘛……凶手應該是個知道田草惡行惡狀的人，而且很可能也是偷拍的受害者，還遭到田草威脅。田草強迫凶手提供協助，但這種違背正義的行為，對凶手來說是一大恥辱。簡單的說，凶手是為了保護孩子們，才犯下了殺人罪。」

繪里轉頭望向窗外的夜空，一片漆黑的空間，看不到任何街燈，也沒有點點星辰。

「田草真的是一個大壞蛋。末崎老師，如果換作是妳，會不會也想要殺了他？」

繪里看著映照在夜晚窗戶玻璃上的自己，那張臉似乎泛著淡淡的笑意。

「應該會吧！」

「哎呀呀？」奈奈子發出了驚叫聲，但表情看起來絲毫不訝異。

繪里對於愛作怪的她，連瞧也沒瞧一眼。

「不過，我跟這起案子無關。田草潛入學校的時間……是幾點來著？」

「九點四十八分。」

繪里轉頭望向奈奈子，臉上的表情充滿自信。

「我有不在場證明。」

「妳跟誰在一起？」

「那個時間已經很晚了，我跟古茂田老師在附近的家庭餐廳吃晚餐。」

「原來如此，真是強力的不在場證明。」

「讓妳失望了。」

奈奈子聳了聳那嬌小可愛的肩膀，接著她站了起來，拿起甜甜圈的盒子。

「妳想問的，都問完了？」繪里問。

「總不能一直在這裡打擾末崎老師工作，今天就先這樣吧！」

奈奈子說完，轉身走向教室門口，繪里看著她離去，忍不住朝著她的背影開口。

「就算妳擁有不可思議的能力，妳畢竟不過是個輔導老師，為什麼非要做這種像偵探一樣的事情？」

奈奈子聞言停下了腳步，但沒有回答這個問題。

「田草是個敗類，他一死，很多孩子都會得救。雖然妳堅持那是一場凶殺案，我認為那只是一場意外事故。就當是意外事故，不是皆大歡喜嗎？為什麼要繼續追究？」

奈奈子轉頭望向質問的繪里，繪里正面承受著她的視線，並沒有選擇逃避，只是藏在眼鏡背後的盈眸無法看出一絲一毫的情感。

「現在輪到我問妳了。如果換作是妳，會不會想要殺了他？」

奈奈子依然沒有答話，默默地走出教室。

＊＊＊

隔天的下課時間。

繪里走在校舍的走廊上，前方出現白井奈奈子的身影，繪里霎時提高了警覺。

然而定睛一看，奈奈子正被自己班上的孩子們包圍著，臉上露出不知如何是好的表情。

照理來說，下課時間奈奈子必須待在輔導室內，或許是因為被孩子們纏住了，一時之間無法脫身吧！

繪里雖然很想在旁邊看好戲，畢竟是自己班上的學生，無法法坐視不理。

「怎麼了？」

繪里話剛落，奈奈子及孩子們同時轉過頭來。

真央依然緊拉著奈奈子的手不肯放，奈奈子則一臉十分困擾。

「同學們想邀請我參加優太的送別會，我跟他們說，沒有經過末崎老師同意，我不能隨便答應……」

「奈奈子老師！妳也來嘛！」

「一起來玩吹泡泡吧！」

「一定會很有趣的！」

優太、宗也、大地及真央你一言我一語地邀約奈奈子。

「老師，奈奈子老師應該可以來吧？」真央問道

「當然可以啊！一起來玩吧！」繪里笑著回答。
「送別會要玩吹泡泡？」奈奈子好奇地提問。
「去年的生活課上讓他們玩過，他們很喜歡。如今隔了快一年，我想趁這個機會讓他們再玩一次。上次玩是在一年級的九月，升上二年級之後就沒機會玩了。」
繪里臉上露出淡淡的苦笑。
優太即將在這個暑假轉學到其他學校，他的送別會卻因為田草的案子而延期了。原本送別會應該是很悲傷的活動，由於繪里準備了吹泡泡遊戲，同學們也各自有變魔術之類的才藝表演，因此有不少孩子一直在期待著。
或許是因為話題輕鬆的關係，繪里與奈奈子的對話少了緊張感。
孩子們不停呼喚著「奈奈子老師」，拉著她的手腕。
「繪里老師的泡泡很厲害喲！」
「跟其他老師的泡泡不一樣，真的很厲害！」
繼宗也之後，大地也一邊蹦蹦跳跳，一邊喊叫。
明明是很溫馨的場面，但奈奈子或許是不習慣與低年級孩童如此親近，從頭到尾只是任憑著孩子們擺佈，臉上帶著疲累的表情。繪里見狀，忍不住在心裡竊笑著。

「末崎老師有什麼吹泡泡的訣竅嗎？」被孩子拉扯得歪斜不穩的奈奈子，好奇問道。

「哪有什麼訣竅。」

真央整個人攀在奈奈子身上，奈奈子差點因真央的體重而向前撲倒。

「好了好了，奈奈子老師快被你們煩死了。」繪里一臉苦笑地說：「反正她會來參加送別會，你們今天就先放過她吧！」

孩子們離去之後，只見奈奈子一臉憔悴，有氣無力地整理著頭髮，同時不斷檢查著衣服下襬的髒污。

「現在妳知道我們為什麼一年到頭都穿運動服了吧？」

「怕衣服沾上鼻涕跟口水？」奈奈子沮喪地自嘲。

「妳雖然是輔導老師，卻好像很討厭小孩？」

「我不是討厭小孩。」奈奈子鼓起臉頰，搖著頭說：「只是不喜歡跟他們太親近。」

「有何不同？」

「當然不一樣，我喜歡孩子一天到晚說謊的特性。」

奈奈子朝著孩子們離去的方向瞥了一眼。

「什麼意思？」

「我的工作是看穿孩子的心思，所以喜歡說謊的孩子，更能讓我獲得成就感。」

奈奈子以雙手將眼鏡的邊框往上推，一面調整位置，一面望向繪里。茶褐色的雙眸彷彿可以貫穿繪里的全身，洞悉繪里的心思。

「我可沒有說謊。」

「如果真是如此，不知該有多好，可惜今天就得做個了結。」

奈奈子說完，鞠了個躬，轉身離去。

繪里目送奈奈子的背影漸行漸遠。**今天就得做個了結？那是什麼意思？不要想太多，絕對不會有事的。**繪里如此告訴自己。

就算奈奈子再怎麼懷疑，繪里猜想她也是無計可施，因為自己沒有留下任何證據。而且直到現在還沒有遭到警察逮捕，就足以證明這一點，更何況還有不在場證明。奈奈子那句話大概只是虛張聲勢而已。

繪里甩開心中的不安，正要走進教室，忽然被真央叫住了。

「老師……」
「怎麼了？」
真央剛剛抓住奈奈子時，還是個朝氣十足的頑皮小女孩，此刻卻一臉憂慮地仰望繪里。
「老師，妳不會離開我們吧？」
「為什麼這麼說？」繪里驚訝地在真央旁邊蹲了下來。
「因為我媽媽說……松林老師要離開我們了。」真央偏著頭說。
繪里一聽，登時恍然大悟。
松林是個年輕的女老師，在這次的事件裡，也是受害者之一。光是這一點，便已讓她身心受創，她卻還要承受學生家長的無情指責。或許是打擊太大的關係，從昨天就沒有到學校上課了。
事實上，這也不能怪松林太過軟弱。一來她遇上了幾個連教務主任也窮於應付的「恐龍家長」；二來松林資歷較淺，沒有處理這種事情的經驗，內心的挫折想必更大。
繪里不清楚松林是否真的會離職，真央多半是聽到一些在家長之間流傳的臆測或謠言。
「老師，妳不會離開我們吧？」

「傻孩子，老師怎麼會離開你們？」

繪里輕撫著真央的頭，接著起身走進教室，一一凝視每一個孩子的臉龐。

奈奈子曾問過繪里，會不會想要殺了田草？繪里毫不猶豫地點了頭。

直到現在，這樣的心情依然沒有改變。不過，繪里心裡有個小小的疑問……

如果是母親呢？如果生前長年從事教職的母親遇到這種事，她會怎麼處理？繪里猜想，母親應該也會與自己做出相同的決定吧！

無論如何，不能讓孩子的臉上失去笑容。面對朝著孩子逼近的慾望魔掌，自己當然應該要挺身保護。繪里甚至有點後悔，自己這個決定下得太晚了，如果能夠再早一點殺死田草，應該能夠減少受害的人數。

自己沒有做錯任何事，為了這群孩子，自己無論如何絕對不能被警察逮捕。

＊＊＊

這天放學後，繪里在操場上收拾好了教學用具，正要回到校舍。

經過田草墜樓地點時，繪里驚覺有兩個人站在那裡。如同上次一樣，是白井奈奈子與那個搜查一課的刑警。

繪里趕緊躡手躡腳地躲在校舍牆壁的後側，再次偷聽警方搜查的最新進展。

「還沒有找到那臺攝影機嗎？」

嬌軟的嗓音一聽就是奈奈子，刑警迅速提供了目前的調查狀況。

「是啊！那應該不是偷拍用的針孔攝影機，而是一般的攝影機。多半是用來裝設在密會的現場，留下讓對方無法背叛的證據。我們找到了一些影片檔，裡頭拍的是其他學校的教師將學生的個資告訴田草的畫面。但我們找來找去，就是找不到拍攝這些影片的攝影機。」

「有沒有可能是田草把攝影機裝設在這所學校裡，想要拍下與教師的密會過程，凶手不知道這件事，把田草殺死了？如果是這樣的話，攝影機一定還留在學校裡。」

「嗯，若真的是如此，那臺攝影機有可能拍下了行凶的過程。接下來，我們會向校方提出申請，在校舍內進行搜索。」

「好，我也會到一些可疑的地點找找看。」

繪里聽完這段話，頓時感到天旋地轉。

為了不讓兩人發現，繪里趕緊沿著原路往回走，從側門進入校舍，穿上訪客用的拖鞋，快步走向自己的教室。平常自己所穿的涼鞋放在正門口的鞋櫃裡，如果從正門口進入，一定會被那兩個人發現。繪里走進一個人都沒有的教室裡，打開了電燈，一顆心劇烈跳動，雙眼在教室內左右張望。

沒想到田草竟然安裝了攝影機。

仔細想想，他本來就是在廁所裝設針孔攝影機的偷拍狂，裝設攝影機是他的看家本領。當初田草威脅自己交出學生的個資，自己若真的就範，過程還被他拍攝下來，又會成為新的把柄。這確實很像田草會幹的事，真是個可怕的男人！

問題是攝影機到底在哪裡？

二年級的教室裡有許多的雜物，到處張貼著摺紙作品及五顏六色的裝飾物，角落還堆放一些上課會用到的教材。能夠安裝攝影機的視覺死角實在太多了，在警察進行大舉搜索之前，一定要把攝影機找出來才行。

繪里仔細確認每一座置物櫃的上方，就連倉鼠「丹司」的籠子也檢查，棚架、打掃工具櫃、講桌……每一個角落都不放過。只是繪里找了許久，就是沒有攝影機的影子。

此時，繪里心念一轉，望向放置在教師辦公桌角落的一個鋁盒，原本那是裝糕餅的盒子，繪里拿它來當作遺失物招領盒。孩子們在教室裡撿到遺失物，通常會交給繪里，再由繪里放入遺失物招領盒；當遇到繪里不在時，有些孩子會直接把遺失物放入盒裡。

既然到處都找不到，或許……。繪里打開盒蓋朝裡頭一望，鬆了一口氣，果然看到一臺小型數位攝影機。

看來……就是這個了吧！多半是某個孩子以為是遺失物，放進了鋁盒裡。真是千鈞一髮，要不是剛好偷聽到奈奈子與刑警的交談，搞不好就要吃牢飯了。繪里心中感謝著那個刑警被狐狸精撒嬌個幾句，就把偵辦的內容全都說了出來，這下子就沒有任何證據可以證明自己的犯行了。

繪里拿著攝影機，一個人暗自竊笑。

「末崎老師，什麼事情那麼好笑？」

背後突如其來的說話聲，讓繪里嚇得心臟差點從喉嚨跳出來。她反射性地轉頭一看，奈奈子竟然就站在自己的正後方，她趕緊翻過身，將拿著小攝影機的手藏到腰後。

「咦？妳是不是把什麼東西藏在背後？」

「沒……」繪里說話變得結結巴巴，由於太過緊張的原故，心臟彷彿隨時要爆炸一般，她顫抖著說：「沒什麼……」

繪里隨即緊緊閉上了雙眼。至於為什麼要閉眼睛？她自己也不明白。過了好半晌，她努力說服自己恢復冷靜後，才緩緩睜開了雙眼。

只見奈奈子正以一副狐疑的表情看著自己。**不要緊！對方還沒有抓到任何關鍵性的把柄。**繪里在心中如此告訴自己，卻還是忍不住用力捏緊了藏在後腰的攝影機，掌心不斷滲出汗水，濡濕了機身。

「噢，是嗎？我看妳眉開眼笑，還以為是孩子們送了多棒的禮物，讓妳這麼開心呢！」

「我哪有眉開眼笑？是妳看錯了吧？」

「唔……」奈奈子露出一副不以為然的表情，旋即她看著繪里的腳下說道：「咦？末崎老師，妳為什麼穿著訪客用的拖鞋？妳平常穿的那雙涼鞋呢？」

「啊！這是因為……」繪里心頭一驚，拚命似地想擠出理由。「因為我剛剛在外頭處理事情，突然很想上廁所。」

「上廁所？」

「我不是說過嗎？我最近腸胃不太好。」繪里瞪著奈奈子說道：「因為很急，沒有時間走正門，就從側門進來了。妳不提，我自己也忘了，等等得去換回涼鞋才行。」

「如果腸胃狀況一直不佳，最好到醫院做個檢查。」奈奈子笑著建議。

「呃，好的。對了，妳來找我有什麼事嗎？」繪里說著，無其事地與奈奈子拉開距離。

「對了，末崎老師，我想問妳一個問題。」

「又是那案子的事？」繪里露出一臉厭煩的表情。

不過，這種拐彎抹角的譏諷，對眼前這個少根筋的女人是不管用的。

「是啊！沒錯。是這樣的，古茂田老師跟我說起了一件耐人尋味的事。她告訴我，那一天雖然妳們是一起回家，但末崎老師在回家之前，曾經有二十分鐘的時間不在教師辦公室裡。請問妳那時候去了哪裡？」

「妳問這個做什麼？」

「只是想確認一下，或許妳聽見了什麼不尋常的聲音。」

「那天回家之前，我一直待在這間教室裡。」

這原本是用來應付警察的答案。

「就是這間教室？」

「嗯，每當我想要一個人專心做事，或是要準備隔天的課程時，我就會留在教室裡。我記得那天因為隔天要舉辦優太的送別會，我待在教室裡準備一些東西。妳看那邊不是有一瓶泡泡液嗎？」

繪里指著教師辦公桌上的一瓶寶特瓶，奈奈子一臉好奇地轉頭望去，繪里趁機將手裡的小型攝影機塞進運動服的口袋裡。

「哇！那該不會是老師自製的泡泡液吧？」

為了避免孩子們誤飲，繪里在寶特瓶的瓶身上纏了一層膠帶，上頭還以簽字筆寫著：

『吹泡泡用，不能喝。』

「全班有三十個孩子，市售的泡泡液一定不夠用。」

「我昨天來的時候，還沒有看到這瓶泡泡液。」

「這種東西長期放在教室裡有誤飲的危險，而且也會變質。當初製作的泡泡液已經丟掉了，這一瓶是我剛剛才重新調製的。」

繪里一邊說，一邊將掌心的汗水擦在運動服上。

「但是……末崎老師總不會是在教室裡調製泡泡液吧？」

「我在教室裡製作的是吹泡泡用的鐵絲環，就是旁邊那個紙袋。」

寶特瓶的旁邊有個紙袋，裡頭放著許多以鐵絲衣架製作成的吹泡泡用鐵絲環，還有盛裝泡泡液的鋁盤，以及吸管等各式各樣的吹泡泡道具。

「去年使用過的道具，已經送給一年級的老師了，全部都得重新製作才行。」

「原來如此，這麼多的道具，製作起來確實要花二十分鐘吧！」

實際上，繪里早已事先做好這些道具，在殺害田草當天的傍晚，偷偷拿到教室裡擺放。即便繪里已預期到送別會將會延期，孩子們暫時沒有機會吹到泡泡，只是若沒有把吹泡泡的道具準備好，被其他的老師發現的話，可能會引來懷疑。那天晚上能從背後偷襲，成功殺害田草，算是運氣不錯。

奈奈子以一副充滿好奇心的表情，往紙袋裡看了兩眼，倏忽像是想起了某件事，轉頭朝繪里看過來。此時的繪里已完全恢復了冷靜，剛才一度相當驚險，不過攝影機已平安落入繪里的口袋裡。

「有什麼事嗎？」

「老師，妳知道遺失物招領盒在哪裡嗎？」

「咦？」繪里吃了一驚，不由自主地望向桌上的鋁盒。
眼尖的奈奈子順著繪里的視線望去，立刻便發現了盒子。
「啊！就是這個吧？」
「妳要做什麼？」
「是這樣的，我在這間教室裡掉了一樣東西，正不知如何是好，孩子們告訴我在遺失物招領盒裡。」
「妳掉了一樣東西？」
「是啊！」奈奈子哼著歌，打開了鋁盒的盒蓋後，露出難以置信的表情，歪著頭說道：「咦？怎麼會沒有？」
「妳，掉了什麼？」
「真是奇怪……」奈奈子沒有回答繪里的問題，不解地偏著頭，以食指抵著臉頰。「孩子們明明告訴我，是放在這裡頭……」
「妳到底掉了什麼？」
「嗯……我掉了一臺攝影機啊！」奈奈子一面說，一面在盒裡翻找。

「咦？」

心中的不祥預感迅速膨脹，終於化成了現實。

「一臺攝影機。孩子們放學回家時，明明是在這教室裡。」

「攝影機？」繪里握緊了口袋裡的攝影機，拚命思考該如何化解眼前的危機，過了好半晌，還是只是冷汗直流，什麼好辦法也想不到。「……會不會是妳搞錯了？」

「不，絕對不會錯的。啊！妳看。」奈奈子的服裝明明沒有口袋，卻不知從何處取出了一隻智慧型手機，只見她舉著手機螢幕，說道：「那臺攝影機有藍芽連線功能，這上面顯示連線中，表示攝影機就在附近。沒錯，一定在這間教室裡。」

繪里撇過頭，腦袋裡快速思考應對方式。

到底該怎麼辦才好？怎麼做才能度過眼前的難關？這女人怎麼會如此碰巧，在這教室裡掉了一臺攝影機？不，等等……這搞不好是……

「啊！我知道了。我用手機操控，讓攝影機拍照，這樣就會發出電子音，一聽聲音就知道在哪裡了。」

「妳要找的攝影機，是不是這一臺？」繪里從口袋取出，遞給了奈奈子。

「咦？」奈奈子做作地側著腦袋，露出錯愕的表情。「怎麼會在末崎老師的口袋裡？」

「妳是故意的吧？」

「什麼故意的？」

「這不代表任何意義！」繪里大聲喊道：「教室裡出現這麼貴的東西，我當然會想要把它帶到教師辦公室去，這完全是合理的行為！」

奈奈子面對繪里的怒吼，只是眨了眨水亮的眸子。

「原來如此，這也說得通。」

眼鏡後頭的水眸閃爍著戲謔的鋒芒，過去天真無邪又少根筋的笑容，如今卻有如惡魔一般令人憎恨。

沒錯，這顯然是一道陷阱！奈奈子為了陷害自己，故意洩露她與刑警的那段對話。白天奈奈子說的那句「**今天就得做個了結**。」也只是要布局，讓自己更加焦躁。

「這種東西絕對不會是小學生的遺失物，根本沒有必要放在這盒子裡頭。我把它帶到教師辦公室去，有什麼不對？」

「好吧！妳說得有道理。」奈奈子聳肩說道。

「妳一直認定我就是兇手，但妳唯一的根據，只是妳的超能力而已！」

「不是超能力，是通靈能力。我是從末崎老師身上的氣場看出了真相。」

「那又怎麼樣？妳有證據嗎？妳有明確的證據能夠證明我是兇手嗎？如果有的話，就拿出來看看吧！」

繪里激動地怒瞪奈奈子尖聲對峙，明知道太過感情用事會中了她的詭計，卻怎麼也無法壓抑自己的滿腔怒火。

「唔……」奈奈子以中指輕敲自己的額頭，淡然地說：「很可惜，我目前還沒有找到證據，可是我一定會找到的。」

奈奈子做出捏起裙襬的動作，微微屈膝，朝著繪里行了一禮，宛如下半身穿著一條透明的裙子。接著她轉過了身，踏著輕快的腳步走出教室，並沒有取走繪里手上的攝影機。

「該死的！」繪里抓著攝影機用力敲打桌面。

當怒氣平息之後，繪里的思緒逐漸恢復了冷靜。說到底，奈奈子正因為沒有任何證據，才會安排這種卑劣的陷阱，幸好自己並沒有屈服。警察找不到證據，就拿自己沒輒。

仔細想想，自己的運氣很好，一定是母親在天上守護著自己吧！

為了孩子們，自己絕對不能被那種女人抓到把柄。

＊＊＊

千和崎真站在廚房吧檯邊，一邊哼歌，一邊攪拌著蛋白霜。

由於雇主像個完全不會做家事的三歲孩童，因此不管是打掃、洗衣、準備三餐，甚至是開車接送，都是真的工作。

家裡的廚房雖然寬敞，雇主卻從來不曾使用過，這塊區域就像是真一個人的城堡。偶而放鬆一下，做做自己喜歡的料理或糕點，可說是在這嚴苛的工作環境裡唯一的悠閒時光。

客廳的門猛然被打開，剛沖完澡的城塚翡翠搖搖晃晃地走了進來，猶如正在夢遊似地腳步虛浮，彷彿隨時會癱倒在地上。頭髮呈半乾的狀態，似乎是吹頭髮吹到一半就已用盡了所有氣力。身上只穿著一件清涼的小可愛，肌膚上還掛著不少水珠。

翡翠一走到沙發邊，便整個人趴倒在沙發上。真站在吧檯內，能把翡翠那珠圓玉潤的臀部看得一清二楚。

「喂！妳別用那種奇怪的姿勢躺著！看起來真礙眼！」真擰著眉罵道。

「黑心企業啊！真的是黑心企業……」趴在沙發上的翡翠嘟噥道：「日本的國小竟然是如此嚴苛的工作環境，這社會真的是沒救了，難怪義務教育會這麼失敗。一群在不友善的環境裡接受教育的孩子，長大後出了社會，當然也只能一輩子活在苛刻的工作處境中。」

「要比活在嚴苛的工作環境裡，有誰比得過我？」真一臉嘲弄地反諷道。

翡翠默不作聲，彷彿沒有聽見。

據說要當一名神探，必須擁有一對順風耳，以及對不利於己的事情裝聾作啞的能力。

真嘆了口氣，繼續攪拌起蛋白霜，由於攪拌機壞掉了，只能使用攪拌棒土法煉鋼。

「既然這麼累，為何不放棄算了？反正這又不是什麼重大的案子，那個老師的殺人動機，也頗有令人同情之處。」

「阿真，如果是妳，妳會殺了那個人嗎？」

翡翠緩緩坐了起來，在沙發上呈小腿外翻的半跪坐姿。

由於翡翠背對著真，真看不見她的表情，只能隱約瞧見她的側臉。

「我是不至於會那麼做啦！」

「沒錯，不管怎麼說，殺人就是不對。」翡翠說著，輕輕地搖了搖頭。「以現有的證據，就算強行逮捕她，最後也是落得不起訴處分。如果驗屍能夠找到他殺證據，或許還有一線希望，可惜頭部傷口狀態不佳，無法完全排除事故死亡的可能性。我只能說這是一起命運之神眷顧凶手的命案，在逮捕她之前，至少要找到足以將她起訴的證據才行……」

翡翠是個很少陷入沉思的人，大部分的懸案，她都能在一瞬間破解。這次的案子，她也是在案發現場一眼就看出是一起凶殺案，而且斷定凶手是末崎繪里。

至於翡翠到底是靠著什麼樣的邏輯推論，才得到這樣的答案？真並不清楚。即使翡翠能夠一瞬間就看出凶手是誰，但要找出明確的證物，卻往往讓翡翠傷透腦筋。翡翠擅長的是以環環相扣的各種情況證據，來推導出凶手身分。然而，這樣的推斷手法很難令檢察官信服，因此警方也不敢貿然行動。這起案子也跟以往一樣，在尋找證據的環節上遇到了瓶頸。

好半晌後，翡翠嘆了口氣，走下沙發，朝著真走來，兩隻腳在地板上留下不少水滴。

「阿真，那是晚餐嗎？」

「晚餐的前置作業已經完成了，現下我正在做戚風蛋糕，因為新谷小姐送給我們一些特別美味的雞蛋。」

「由紀乃？」翡翠將臉湊近攪拌盆，像小狗似地嗅聞。「嗚，腦袋開始渴望糖分了。」

「別急，做好就可以吃了。」說完，真在蛋白霜裡倒了些砂糖，又開始攪拌。
「阿真，妳從剛剛就一直往裡頭倒糖，為什麼不一次倒足？」
「這就是製做蛋白霜的訣竅，就像是一種魔法。」
「聽起來一點也不科學。」翡翠鼓起了臉頰反駁道。
真一邊迅速攪拌，一邊無奈地從記憶中挖出關於蛋白霜的知識。
「在蛋白霜裡加入砂糖，除了增加甜味之外，更重要的是讓泡沫安定。」
「讓泡沫安定？」
「詳情我也不是很懂。總之，就是砂糖吸了水分之後會產生黏性，讓泡沫不容易破裂。如果一次加太多砂糖，反而會變得太黏稠。」
「噢，聽起來有夠麻煩的。」
這個臭丫頭。
「好，有尖角了。」真低頭看著尖起的細緻泡沫，滿意地點了點頭。
「嘿咻！」翡翠倏忽將手指插進蛋白霜裡，掬起了一手指的白色泡沫。
「啊——！喂——！」

「太甜了！」翡翠將手指舉到嘴邊舔了舔，眉心微微一顰，嫌棄道。

「廢話！我還是第一次看到有笨蛋吃這種狀態的蛋白霜！」

「蛋白霜太甜是因為，砂糖的目的除了增加甜度之外，還有讓泡沫安定……」翡翠像個孩子一樣咬著手指低聲嘟噥著。「砂糖……這麼說來，『那句話』應該是謊言？」

翡翠凝睇著什麼都沒有的空間，雙眸綻放出妖豔的光芒，下一瞬間，她從真的手中搶過攪拌盆，目不轉睛地盯著盆內。

「啊！等等！」

「阿真，就是這個！」翡翠以食指掬起一些蛋白霜，自鳴洋洋地大喊。

「什麼？」真握著攪拌棒，愕然地愣怔在原地。

翡翠朝著真伸出食指，將蛋白霜抹在真的鼻頭上。

「喂，妳幹什麼！」鼻子沾上蛋白霜的真尖聲喝斥。

翡翠依然咯咯笑個不停。

「咿咿—噢……」翡翠倏忽哼起了古怪的旋律，舉起攪拌盆做出拉小提琴的動作。

真一頭霧水，不明白翡翠是吃錯了什麼藥。

「不愧是阿真，過來讓我親一下。」翡翠一臉興奮地請求。

「不要！住手，噁心死了！」

「接下來……」

翡翠踏著輕盈的步伐，伸手關掉了電燈開關，客廳霎時變得一片昏暗，只剩下角落的一盞氣氛燈仍舊釋放著橘紅色的光芒。

真一邊擦掉鼻子上的蛋白霜，一邊心裡直犯嘀咕：這傢伙又開始了。

翡翠的興趣是變魔術，最喜歡做出一些表演動作，當她開始練習或玩起舞臺遊戲，真的工作就是在一旁當觀眾。

微弱的燈光中，只見翡翠緩步向前。

「各位紳士淑女，讓大家久等了。接下來將公布謎底……」

翡翠拿著攪拌盆，在客廳中央停下了腳步。

「這次的案子讓我吃了些苦頭，不過我特地潛入學校，還是有些收穫。凶手是末崎老師，這是無庸置疑的事情。然而，要逮捕這種基於信念而行凶的人，我們需要無可撼動的明證，而且是最特別的鐵證。到底是什麼樣的證據，能夠指正末崎老師的犯行？聰明的各位讀者，是否已經看出來了？」

翡翠舔了一口食指上的蛋白霜。

這種過度的性暗示的動作，讓真無言地嘆了口氣，不過既然翡翠上演了這一齣戲碼，就代表案子已經破了。

「這就是提示。請各位想想看，為什麼這能夠成為逮捕凶手的鐵證？已經知道答案的讀者，也可以思考另一個問題……我為何能夠斷定這起案子是一起凶殺案？我又為什麼知道凶手是末崎老師？請大家根據末崎老師的不在場證明，以及過去文中提過的種種線索，來試著進行推理。」

翡翠的身上只穿著一件下襬很短的小可愛。

「……以上就是城塚翡翠所給的提示。」

翡翠捏起根本不存在的透明裙襬，行了一禮。

千和崎真打開了電燈，心裡只想趕快繼續做自己的戚風蛋糕。

＊＊＊

末崎繪里走在空蕩蕩的走廊上。

窗外一片漆黑，如此靜謐的氛圍，讓繪里想起了那天晚上發生的事……

就在那一晚，田草死在自己的手裡。

繪里穿過了一個人都沒有的走廊後，拉開了教室的門，整個世界彷彿只有這裡才點著燈光。這裡是繪里所帶班級的教室，宛如繪里的城堡一般。

另一方面，這裡也是擊殺田草的犯案地點。

「歡迎妳的到來。」

一踏進教室，前方旋即傳來輕柔的說話聲。

「說得好像這裡是妳的教室一樣。」繪里嘲諷道。

自己才是這間教室的主人。

原本只是訪客的白井奈奈子，正站在講桌的後方，像是即將要開始上課的教師。綁著公主頭的茶色頭髮、紅框的眼鏡、清秀雅致的淡妝、有著白色摺邊的上衣……穿著打扮明明與平常沒有什麼不同，今天的奈奈子卻散發出一股有別於過去的詭異氛圍。

繪里靠著本能察覺到這一點，心中湧起一股莫名的恐懼。

「末崎老師，今天我會拿到一百分喔！」奈奈子合攏雙手，微笑著宣告。

雖然臉上笑容可掬，凌厲的視線卻彷彿要貫穿繪里的身體，好似一個不留神，就會陷入萬劫不復的處境。不知為何，繪里的心裡有著這樣的預感。

「一百分？」

「沒錯！我今天的答案，一定能從老師的手上拿到一百分。」

「什麼答案？我不知道妳在說什麼。」

「當然是凶殺案的答案啊！」

繪里聞言膩煩地吁了口氣，身旁是宗也的座位，雖然對宗有些不好意思，繪里決定先坐下來休息一下，長時間站著工作，雙腿已經又痠又累。

「我說過了，那是一起意外事故。」

「不，那是一起凶殺案。」

「妳有證據嗎？」

「如果只是要證明那是一起凶殺案，證據打從一開始就多得數不完。」

奈奈子攤開雙手，輕搖著手指回應，接著她將雙手的指腹併攏，擺出類似膜拜的奇妙姿勢，在講桌的後方緩步走動，以側臉面對著繪里。

「讓我察覺案情不單純的第一個點，是遺體的手上戴著工作手套。田草企圖潛入校舍，誤觸了防盜裝置，倉皇逃走時墜樓身亡……在這樣的情況下，遺體卻戴著工作手套，這實在是太不合理了。」

工作手套？繪里聽得一頭霧水，腦袋完全會意不過來。

奈奈子乍看之下與平時毫無不同，然則說話的口吻卻有著極大的差異，這阻礙了繪里的思路，讓她無法深入思考這番話的重要性。

「工作手套？戴著工作手套，有什麼不對嗎？」

「哎呀呀，妳不懂？真的不懂？」

奈奈子作做地反問，將手指向外攤開，做出有如開花的動作。然後她在講桌後頭來回走動，並將波浪捲的髮絲捲在手指頭上，侃侃地開口說明。

「妳仔細聽清楚了。我們先假設田草從陽臺潛入校舍，來到了走廊上。在這樣的假設之下，我認為他的身上應該要帶著某樣的東西，但是這樣東西卻不在他的身上。在我看過案發現場的照片之後，首先推測這東西可能是掉了，經過我向機動搜查隊的人員求證，他們在現場及周邊一帶也沒有發現。換句話說，田草打從一開始就並未攜帶這樣他一定得帶在身上的東西。」

「他一定要帶在身上的東西？妳指的是什麼？」

「答案就是，手電筒之類的照明器具。天底下有哪一個小偷，在晚上犯案時會不帶照明器具的呢？」

「照明器具？」繪里嗤嗤一笑，試著反駁道：「現在這個時代，根本不需要那種東西，只要拿出智慧型手機……」

話還沒說完，繪里恍然大悟。

奈奈子放開手指，原本纏繞在纖白手指上的髮絲迅速彈回原狀，她以側臉橫睨著繪里，翠綠的雙眸射出了犀利的鋒芒。沒錯，正是這麼回事，藏在眼鏡後方的翡翠色眸子，此時竟是如此冰冷。

「妳說對了，現在這個時代非常方便，智慧型手機就有照明的功能。只要身上帶著手機，根本不需要帶手電筒出門。然而說來奇怪，田草的手機是放在西裝外套的內側口袋裡，照明功能也是關閉的狀態。」

「應、應該是在逃走的時候，順手關掉了吧！」繪里聲音發顫地說道。

「是啊！這確實是必須思考的可能性之一，不過呢……」

聽到這裡，奈奈子已發出了「呵呵呵」的詭譎笑聲。

繪里已察覺到自己的失策。

「我想妳應該猜到了。沒錯，手上戴著工作手套，是沒有辦法開啟或關閉手機上的照明功能。當時校舍裡正響著警報聲，田草倉皇逃走。難道他會先脫掉工作手套，關閉手機上的照明功能後，再把手機放進外套內側口袋裡，重新戴上手套，接著沿著陽臺水管往下爬……？」奈奈子漾起狡黠的笑，晃著腦袋說：「不管怎麼想，這都太不合理了。」

整間教室陷入了片刻沉默──

「他可是要溜進校舍做壞事……」繪里勉強擠出了辯駁的理由。「為了避免被人發現，故意不使用燈光，也不是什麼奇怪的事情……」

「末崎老師……」奈奈子露出略帶刻薄的苦笑，搖頭說道：「那是個沒有月光的夜晚，校舍在校園的正中央，街燈全都照不到。理科教室全拉上了窗簾，室內必定是一片漆黑的狀態。理科教室裡有實驗桌，地板上到處是紙箱、電纜線等障礙物，一旦摔跤了，很有可能會打破棚架上的燒杯之類的玻璃物品。在這種狀態下，田草一定會選擇開啟照明，不可能摸黑前進。況且就算附近鄰居看見了燈光，也會以為是學校老師還沒有離開。」

「好吧！」繪里氣定神閒地吸了口氣，反正自己依然保有優勢地位。「我們就暫時假設那是一起凶殺案。不過，就算田草是遭人殺害，也跟我無關。田草遭到殺害時，我正在和古茂田老師一起吃晚餐，凶手絕不可能是我。」

「末崎老師，妳的不在場證明根本稱不上是不在場證明。」奈奈子豎起食指，像指揮棒一樣左右搖晃。「妳仔細聽清楚了。防盜裝置發出警報聲的時間，是九點四十八分。妳在那個時間，確實正在和古茂田老師一起用餐。然而，九點四十八分只是防盜裝置被觸動的時間，並不等於田草的死亡時間。田草如果是死於意外，那也就罷了，既然田草是被人謀殺的，當然不能直接把死亡時間認定為九點四十八分。事實上，早在這個時間之前，田草就已經遭到了殺害！」

繪里在奈奈子的凝視壓力下，低頭垂目，抿緊著唇線。

自己在什麼階段之前還算安全？應該如何反駁？繪里完全沒有了頭緒。這個女人到底知道了多少？或者應該說，還有什麼事情是她不知道的？

「如果是這樣的話……為什麼警報會被觸動?」

「很簡單,請看看這個。」

奈奈子笑著彎下了腰,從講桌底下取出了一樣東西,輕放在講桌上——那是原本放在教室後頭的倉鼠籠子。

倉鼠是夜行性動物,籠子裡的丹司還在滾筒裡跑個不停,雖然籠子被奈奈子拿起來,丹司似乎也不特別慌張。

繪里看著那不斷轉動的滾筒,整個人怔愣住了。

「天性善良的真央曾經告訴我,丹司經常逃出籠子外。而末崎老師妳也曾說過,丹司就算逃走,最後也會回到相同的地方……」

奈奈子一邊解釋,一邊打開籠子的門。她的手上似乎捏了一樣東西,或許是飼料吧!丹司雖然有些畏畏縮縮,還是被引誘出了籠外。

「防盜裝置分成很多種,這次被觸動的是三樓走廊上的紅外線感應裝置。只要有溫度的變化,紅外線感應裝置就會啟動,並不見得必須是人。常有野貓溜進學校,誤觸警報裝置的新聞,不是嗎?」

奈奈子說著，將飼料放在講桌上，丹司一抓起來就張口大嚼。

「換句話說，只要在離開校舍前，先把籠子和教室的門打開，即便無法精準控制時間，可愛的丹司仍然會逃出教室外，觸動防盜裝置。過了一段時間，聰明的丹司又會回到牠最喜歡待的地方……現在我們就先讓牠回到籠子裡，免得牠又逃走了。」

奈奈子以熟稔的動作將丹司捧在掌心，放入籠內的同時，側頭睨了繪里一眼。

「這是魔術戲法中常用的手段，大部分的人都會在不知不覺之中，把兩件不相關的事劃上等號。藉由把『田草的死亡』與『警報』這兩件絲毫沒有關連的事結合在一起，不僅可以捏造出不在場證明，還可以加深警方認定田草是意外死亡的印象。」

猶如翠綠寶石般的眸子，閃爍著一絲詭異，一步步朝著繪里進逼。

「這只是妳自己的想像而已……沒有任何證據可以證明。」

「唉，果然沒有證據，就沒有辦法拿到一百分？」奈奈子鼓著腮幫子說道。

「那還用說嗎？而且我不是凶手，所以妳也不可能拿得出證據。」

「好，妳要證據，我就讓妳看。」

奈奈子將手伸到半空中，彈了一下指頭，啪的一聲輕響，眼前出現了一條紅色的手帕。

那手帕自空中慢慢飄落，吸引了繪里的目光。當落在講桌上後，中央向上隆起，似乎蓋住了某種細長狀的物體，就好像那物體原本就放在那裡，手帕只是剛好落在上頭。

然而，直到剛剛為止，講桌上除了倉鼠的籠子之外，什麼東西也沒有，繪里只感覺自己彷彿在看了一場魔術表演。

「這就是我找到的證據。」

「妳找到的證據……？」

絕對不可能！一定只是虛張聲勢而已！繪里心中暗忖。

那條紅色的手帕有點厚度，看不出來底下的東西到底是什麼？

「有一樣東西，我本來沒有多加注意，後來我才發現那是破案的關鍵。而那樣東西就是，田草褲子口袋裡的賽馬報。」

「賽馬報？」

「那份賽馬報上頭有一點濡濕的痕跡。田草將它摺了好幾摺，塞在褲子的後側口袋，也就是這個位置。」

奈奈子特地自講桌後頭走出來，將小巧可愛的臀部向後突出，指著臀部的左後方。

「就是這個露出口袋外的部分，有一點濕掉了。我上次已經說過，田草是在案發當晚才買了這份賽馬報，由此推想，這份報紙很有可能是在遭到殺害的前一刻弄濕的。但為什麼會弄濕，以及被什麼弄濕，我原本完全摸不著頭緒。不，正確來說，我原以為是被水弄濕了。所以我推測或許是凶手在拖拉屍體時，通過了某個地上有水的地點。只是那地點到底是哪裡？我想不出來，也不認為可以當作證據。畢竟國小校舍裡有太多接近水的地方，有可能是廁所，也有可能是水龍頭的旁邊，我一開始只當這是無關緊要的小事。」

田草的遺體濕了……？繪里驀然想起，那天晚上確實發現田草所穿的拖鞋有一點濕。

原本繪里以為那是因為田草在與自己見面前，曾潛入過廁所，才把拖鞋弄濕了。然而，若是連放在褲子後側口袋的報紙也濕的話，那肯定是自己在搬運遺體時弄濕的。

只是……到底是碰到哪裡的水？

「另外還有一點，請看這張照片。」

奈奈子伸出手指，兩指之間驟然出現一張照片，照片中拍的是田草遺體的某部位特寫。

「這是放大之後的照片。」

奈奈子向繪里走近了一些，將照片遞了過來。

不知為何，奈奈子竟別過了頭，原本臉上充滿自信的表情，完全不見蹤影。她的動作，看起來像是想要趕快把手上的髒東西推給繪里。

「能不能請妳拿著……？」奈奈子背對著繪里請求。

繪里迫於無奈，伸手接下奈奈子戰戰兢兢遞上來的照片，而奈奈子立即回到了講桌的後方，簡直就像要倉皇逃命一般。

繪里定睛一看，照片拍的是田草的腳底板，他沒有穿皮鞋，露出穿著襪子的腳踝。

「上頭不是有一隻螞蟻嗎？」

「螞蟻……？」

襪子上確實停著一隻螞蟻。回想起來，奈奈子確實是個很怕昆蟲的人，繪里曾好幾次目睹有孩子拿著從校園裡抓到的昆蟲給她看，嚇得她尖聲大叫。

問題是，螞蟻在這案子裡又代表什麼意義？

奈奈子重新打起了精神，繼續振振有詞。

「當然這隻螞蟻或許只是剛好停在那裡而已，這也是很有可能發生的事情，我原本也這麼認為。但是……如果這隻螞蟻的存在具有特別的意義呢？這似乎是個值得深入探討的問題。田草的遺體濕了、上頭停著螞蟻，綜合這兩個線索，能夠得到什麼結論？沒錯，我一開始也沒有想通。」

繪里越聽越是納悶。她到底想表達什麼？螞蟻為何能成為證據？

「就在前幾天……妳還記得嗎？我曾經說過我喜歡孩子，是因為孩子常說謊。」

奈奈子又說起了毫不相關的事情，更讓繪里一頭霧水。

「因為我在那個時候，發現孩子們話語中的矛盾之處，而我的腦袋裡正想著這件事，才說出了那樣的話。孩子是常說謊的生物，話中出現一些矛盾，也是理所當然的。因此當時我的第一個直覺反應，就是那孩子說了謊。然而，後來我才知道，並不是我所想的那樣，完全是我錯怪孩子了。末崎老師，當時那些孩子的話中出現了什麼樣的矛盾，妳猜出來了嗎？」

「我完全不知道妳在說什麼……」繪里忐忑地低喃著。

不知為何，繪里感到一股寒意湧上心頭。這是怎麼回事？為何自己會感覺到兩腿痠軟？

擁有綠色瞳孔的獵人，正盯著眼前的獵物。

「末崎老師，妳仔細聽好了。當時宗也先說了一句：『繪里老師的泡泡很厲害。』接著大地也說了一句：『跟其他老師的泡泡不一樣，真的很厲害。』有聽出來了嗎？」

繪里一臉困惑地搖了搖頭。

「矛盾就藏在這裡頭，末崎老師，妳仔細再聽清楚。妳曾經告訴我，小池大地是今年度才轉進這所學校的轉學生。妳也曾說過，上一次讓班上同學玩吹泡泡，是一年級時的九月的生活課，距離這次要在優太的送別會上玩吹泡泡，已經相隔了一年。換句話說，小池大地根本沒有參加過妳所舉辦的吹泡泡活動！」

奈奈子將手指像指揮棒一般搖晃著，語速卻越來越快，最後根本就如連珠炮似地。

「既然他從來沒有參加過，又怎麼會說出那種話？為什麼他能夠自信滿滿地說出，妳製作的泡泡『跟其他老師的泡泡不一樣』？如果他沒有說謊，那麼他到底是在什麼時候，有了這樣的體驗？」

奈奈子說完這串話，猛然伸手拍向講桌，原本覆蓋在那神祕物體上的紅色手帕，輕輕地滑落到覆蓋物的旁邊。繪里這才清楚看見，那令自己心驚膽戰的東西是什麼？

「末崎老師，妳教了那麼久的書，心裡應該很清楚……」奈奈子露出有氣無力的微笑。「孩子往往會做出讓大人意想不到的事情。」

繪里木然地看著講桌上的那樣東西。

「這哪能當作什麼證據……」

「如果是市售的產品，當然不能當作證據，但這次的情況有些不太一樣。聽說蛋白霜要打得好，訣竅就是加入一些砂糖。砂糖溶於水之後，會提高泡沫的黏性，黏性一高，泡沫就不容易蒸發，也就不容易破裂。同樣的道理，也可以用在吹泡泡的泡泡液上。末崎老師，妳的特調泡泡液正因為加入了砂糖，才會引來螞蟻。」

放在講桌上的那個東西，正是繪里為了優太的送別會特別調製的泡泡液。

——媽媽的肥皂泡泡有個祕密，只偷偷告訴繪里喔！

母親特別傳授的泡泡液調製法，是能夠讓孩子們展顏歡笑的魔法泡泡。

「我請警方對遺體上濡濕部位的液體進行檢驗，根據分析結果，不管是砂糖比例，還是界面活性劑的種類，都與這泡泡液的成分完全相同。由此可知，那天放學之後，大地一定是跟朋友一起偷偷回到教室，拿走妳所準備好的泡泡液，玩起了吹泡泡的遊戲。或許是因為同學們都說妳調製的泡泡很厲害，他不甘心只有自己沒玩過，才會做出這種舉動。當時吹泡泡的道具都放在教室裡，這讓他興起想要搶先一步的念頭。然而，當他在玩的時候，泡泡液不小心滴了出來。滴在桌上的泡泡液，或許都被他擦掉了，但滴在地板上的，他並沒有發現。

那個時期全校除了妳的班級之外，並沒有任何班級使用泡泡液當作教材，更何況這種含有砂糖且成分完全一致的泡泡液……末崎老師，只有妳才調得出來。」

「不對……等等……就算這可以證明田草是死在這裡，也不能證明是我殺了他……」

「末崎老師，那妳就錯了。」奈奈子緩緩地搖頭說道：「妳自己曾說過，那天妳離開教師辦公室的期間，一直是待在這間教室裡。」

「可是……可是……或許在我進入這間教室以前，田草就已經被人殺了……」

奈奈子的翠綠雙眸瞬間綻放出凌厲，彷彿早就在等這句話。

「末崎老師，妳忘了嗎？田草在八點四十分，還曾經與買家互傳訊息。換句話說，他在八點四十分之前一定還活著，絕不可能在妳走進教室之前，已經被人殺死了。」

八點四十分，那正是自己為了殺死田草而踏進這間教室的時間。繪里細細回想，當時田草的手上確實拿著智慧型手機，螢幕的光芒微微照亮了他的臉孔……原來他正在和另一個人互傳訊息。

「田草在這裡遭到殺害，身體沾上泡泡液，必定是在八點四十分之後。末崎老師，那個時間妳正在教室裡。而說出這句話的人不是別人，正是妳自己。」

「可是……可是……」

繪里拚命苦思，卻已完全想不到任何可以起死回生的藉口。

「白井小姐……」繪里顫抖不已地說道：「妳應該也很清楚，那種人就算死了，也不會造成任何人的困擾。要是他還活著，肯定會有更多的孩子成為犧牲者。一旦有孩子被他掌握個資，必定會遭受更直接的傷害。只要妳……只要妳不說出去……」

「末崎老師，這是不對的，妳別再說了。」奈奈子垂首，嬌軀左右輕晃。

「為什麼？我並沒有做錯事！我保護了孩子們！為什麼我必須受到懲罰……」

繪里話聲才落，奈奈子杏目瞪圓，對著繪里猛烈搖頭。

「不對！末崎老師，這是不對的！妳聽清楚了，殺人絕對不會是正義的行為！所謂的正義，就跟泡泡一樣短暫而脆弱！這個世界不需要自以為正義的殺人凶手！」

「那只是唱高調……」

「就算是唱高調，我們也只能選擇相信！妳聽清楚了、妳聽清楚了！每個人都只有一條命！沒有陰曹地府，沒有死後復活，也沒有輪迴轉世！」

奈奈子眼神冷冽，波浪捲的秀髮劇烈搖擺，語氣卻宛如懇求般的大喊著。

「我們只有一條命！每個人都只有一條命！生命是如此短暫、如此脆弱，所以我絕對不會對任何自以為正義的殺人行為，睜一隻眼閉一隻眼！唯有緊緊守護著不能殺人的社會規範，我們才能排除一切危害生命的暴力行徑。就算是為了保護重要的人，一旦殺了人，就必須接受制裁、必須付出代價！如果沒有辦法守住這個規則，我們要如何捍衛所有的生命不受殺人暴力的威脅？」

奈奈子舉起了拳頭，彷彿在確認著這悲哀的事實，那翠綠色的盈眸正含著淚水。至少在繪里看來是如此。

「末崎老師，妳能帶著自豪的心情，把自己所做的事情告訴孩子們嗎？妳能告訴孩子們，只要自認為沒有錯，就算殺人也沒關係嗎？妳能抬頭挺胸地告訴孩子們，一個自以為正義的殺人魔，有權力殺死任何人嗎？」

繪里倒抽一口涼氣，頹然地垂下了頭，她心裡明白，自己無論如何都說不出口。

驀然間，心裡有一種如夢初醒的感覺，就好像懸浮在空中的泡泡突然破裂了。繪里猛然驚覺，原來奈奈子的想法才是對的。

原來如此……如果母親還活著，或許也會說出相同的話。

繪里頓然醒悟，原來那泡泡液是代替母親給自己的一記當頭棒喝。自己原本想守護的孩子，卻做出把自己逼上絕路的意外舉動，或許也是一種啟示吧！

「一百分，白井小姐。」繪里嘴角揚起一抹苦笑，低聲呢喃道：「但我身為教師……那種人我非殺不可……」

就算事情已成定局，繪里無論如何也想要抒發自己的心情。

然而，這樣的一句話，換來的是悲傷的回應。

「真是這樣嗎？有必要做到這個地步？妳願意為了這個工作……犧牲自己的人生？」

「當然！若不是抱著這樣的決心，這工作早就做不下去了。」繪里摀著臉輕聲嘆息。

不能後悔，無論如何都不想為了這種事情而後悔。身為一個教師，是自己最大的驕傲，若非如此，要如何忍受這麼艱辛的工作？

繪里抬起了頭，瞧見奈奈子正拿著吸管，沾了一點泡泡液，接著將吸管的尾端湊到嘴邊。七彩的泡泡緩緩膨脹，下一秒，懸浮在靜謐的教室內。

奈奈子比著門口，以繪里從來不曾聽過的溫厚聲音提出建議。

「末崎老師，只要妳願意跟我一起走，可以視為自首。」

「妳絕對不是單純的學校輔導老師。」繪里怔然地盯著飄浮在空中的泡泡。
「妳是怎麼看出來的？」
這幾乎已是雙方心照不宣的事情。
繪里見奈奈子裝模作樣地露出驚詫的表情，臉上漾起了無力的微笑。
「我唯一只掛念優太的送別會……這件事能麻煩妳多費心嗎？」
「放心交給我吧！變魔術是我的拿手好戲。」奈奈子溫柔地笑道。
原本懸浮在空中的泡泡驟然破裂，消失得無影無蹤。

"Bubble Judgment" ends.
and...again.

「為什麼我還得幹這種事……」
千和崎真氣得差點不省人事，她站在浴室的門口，浴室寬敞得令人咋舌，正中央擺著一座有著傳統彎腳造型的浴缸。

這是城塚翡翠砸下重金精心打造的超豪華浴室。

浴缸裡堆滿了白色泡沫，正中央坐著一個人——沒錯，正是城塚翡翠。泡沫蓋住了她絕大部分的雪白肌膚，只露出一部分嬌小可愛的肩膀。

「這也是沒辦法的事。」

翡翠的舉止儀態簡直把自己當成了女王，令真不禁搖頭嘆息。

翡翠優雅地伸出了手腕，只見那纖纖玉指上包紮著ＯＫ繃。

「我的手變成了這副模樣，要怎麼洗頭髮？」

「妳是三歲小孩嗎？」真再次重重嘆了口氣。

說穿了，只是被紙割傷手而已。

翡翠在破案之後，依然遵循當初簽訂的契約，在學校擔任輔導老師一職，直到學校放暑假為止。這種敬業之心當然令人佩服，只是到頭來給真添了不少麻煩而已。

「阿真，說真的，妳的服裝太中性了。該怎麼說呢……總之就是乏善可陳。為什麼妳不把自己打扮得性感一點？」

「打扮得性感一點，對我有什麼好處？」

真低頭看著自己身上的T恤，上頭印著一隻滿臉無奈的藏狐，看起來確實沒有一絲性感的要素。

真再次發出絕望的嘆息，一把拿起洗髮精，就翡翠的頭上亂倒一通，接著在浴室專用椅上坐了下來，粗魯地在翡翠的頭上亂搓亂抓，害得翡翠慘叫連連，真完全充耳不聞。

「難得妳幫我洗頭，要不要拍張紀念照？」

「拍妳的頭。」真往翡翠頭上敲了一記。「對了，我差不多該把報告書寫一寫了。」

這次的辦案手法要是被警界高層知道，肯定會引來非議吧！

這個部分當然沒有必要老實寫在報告書上，至於翡翠為什麼能靠著初步勘驗的資料及照片，就鎖定凶手的身分，這點還是應該在報告書中說明清楚比較好。只是真自己也不清楚翡翠是怎麼做到的，因此想要問個明白。

「噢，那其實很簡單。」翡翠聽了真的提問，點頭回應。

真雖然看不見翡翠的表情，但從聲音聽來，她的心情相當不錯。

「當我們認定這是一場凶殺案，殺害的第一現場必定是那一樓層的某一間教室。若不是班級教室，就是理科教室、理科準備室、雜物室的其中之一。如果第一現場是理科教室，警方在進行初步勘驗時，應該會發現血跡；準備室及雜物室都上了鎖，當然也不考慮；排除了這三間之後，就只剩下班級教室了。凶手既然要犯案，一定會在自己擔任導師的教室裡下手，不會選擇其他老師的教室。畢竟在自己的教室，就算為了湮滅證據而進行清掃，也不會引來任何人的懷疑。我又另外確認了案發當天晚上，有哪些老師留在學校裡。一查之下，便知道有一年級的古茂田老師、四年級的松林老師，以及二年級的末崎老師。在案發的那個樓層，班級教室就只有五年級的教室及二年級的教室。其中符合條件的，只有二年級的末崎老師，因此她當然就是凶手。」

翡翠說得頭頭是道，真卻感覺腦袋有點轉不過來。

「為什麼妳能夠斷定，殺害的第一現場是在三樓？也有可能是其他老師在其他樓層殺了人，再把屍體搬到三樓去啊！」

「那所學校雖然有推車，卻沒有電梯設備。死者是個身材高大的男人，憑女人的力氣，不可能扛著屍體上樓。那天晚上留在學校的三名教師，都是女性。」

「唔……妳怎麼不會認為田草是在更早的時間遭到殺害？剛開始，妳也不知道田草最後傳送訊息的時間，在那種情況下，怎能斷定凶手一定是最後留在學校裡的老師？」

「如果田草死得太早，警方勘驗屍體時的死亡推測時間，會與警報被觸動的九點四十八分，產生太大的誤差，因此絕對不可能。」

真聽得似懂非懂。

每次聽翡翠的推理，真都有一種被騙得團團轉的感覺。她總是不禁懷疑，翡翠其實是靠通靈能力看出了真相，而那些所謂的推理，其實都只是事後想出來的藉口。

姑且不論真相為何，為了寫出報告書，真也只能在心中反覆推敲翡翠的說詞。

真一邊思考，一邊抓洗著翡翠那包著小小腦袋的頭皮。為了避免泡泡滲入眼中，翡翠維持著將頭往後仰的姿勢。

「話說回來，妳為什麼要堅持擔任輔導老師到最後？心裡在打著什麼算盤？」

真問話的同時，手忙著按摩翡翠的頭皮，不過翡翠並沒有答腔。由於看不見她的表情，真還以為她只是因為太舒服，不想開口說話。

「因為我有責任。」

過了好半晌，翡翠才說出了令真頗為訝異的答案。

「我給那些孩子帶來了悲傷……」

真不由得停下了雙手的動作。

「我是不是不該這麼做？」

真無言地輕撫著翡翠那滿是柔軟泡沫的秀髮。

「騙妳的啦！」翡翠聳了聳白皙的肩膀，轉過頭來，吐了吐舌頭，輕笑道：「我只是覺得……偶爾體驗一下身上沾滿了鼻涕跟口水的感覺也不錯。」

「什麼嘛！」

翡翠沒有理會真，自顧自地哼起歌。真只好繼續為翡翠搓揉起了頭髮，翡翠不時會以雙手掬起泡沫，朝著空中吹出。

「我問妳，」真忍不住開了口。

對於翡翠這個人，真所知相當有限，雖然多少知道一點關於她的事情，但那可能都是假的。不管是姓名、年齡，還是出身，或許都只是一場謊言……

「妳成為偵探的理由？」

當初翡翠與末崎繪里的對決過程，真一如往昔透過耳機全程監聽。當時，翡翠喊出的那些話，如今依然在真的腦海裡迴盪。翡翠很少會表現出如此激動的情緒，真清楚記得她大聲說出的每一個字。

妳想要守護的人是誰？那是否也只存在於虛構的世界之中？

「妳想問什麼？」翡翠轉過頭來反問。

當時，翡翠曾問了末崎這麼一句話：妳願意為了這個工作，犧牲自己的人生？

真不禁也想要以同樣的話來詢問翡翠：妳呢？妳願意嗎？

「沒什麼。」

真朝著手裡的泡沫輕吹一口氣，翡翠開心地接下飄來的泡沫，笑得有如花枝亂顫。

那白色的泡沫就像是一時的美夢，轉眼之間，已消逝得無影無蹤。

第三話

不值得相信的目擊者

「這是我們的調查結果。」雲野泰典說著，把幾張列印紙及照片擺在桌上。

神情緊張的宮本夫人朝著桌上看了一眼，面露疑惑之色。

「請容我直接說出結論，宮本先生的身邊並沒有關係曖昧的女性。」

這間貴賓室裡除了兩人之外，當然沒有第三人。

宮本夫人一身上流裝扮，身上的飾品極盡華麗。而雲野砸下大錢打造的這間貴賓室，所呈現出的奢華程度也不遑多讓。

「真的嗎？」宮本夫人的臉上帶著鬆了口氣卻又無法完全相信的複雜表情。

「畢竟選舉快到了，或許宮本先生有些工作不能讓您知道。」

「這個我能理解。」

「但是請放心，這是我們所歸納出宮本先生這一整個月的工作行程，他完全沒有任何出軌的行為。」

宮本夫人愣愣地看著桌上的資料，半晌後，彷彿終於接納了事實，她閉上了眼睛，整個人癱靠在沙發的椅背上。

「看來是我杞人憂天了。真像個傻子……」

「聽說您原本還打算要與宮本先生離婚，幸好您沒有魯莽行事。」

「我感覺到他的態度和從前差很多，所以才誤以為……」

「多半只是工作造成的壓力，畢竟現在對宮本先生來說，是相當重要的時期。」

接下來，雲野詳細說明了資料中的細節，當離開貴賓室時，宮本夫人臉上已帶著輕鬆的表情，似乎對結果相當滿意。雲野把費用的說明交給部下處理，親自送宮本夫人離開。

雲野回到空無一人的貴賓室內，稍等了片刻後，打開了通往另一個房間的門。門後是社長室，也就是雲野的辦公室，裡頭站著一個中年男人，臉色蒼白且流露出了三分困惑。

「宮本先生，請坐。」

雲野笑著走向自己的辦公桌，在柔軟舒適的辦公椅上坐了下來。

「你到底……想怎麼樣？」神情僵硬的宮本走到椅子旁，以略顯沙啞的嗓音問道。

「您不滿意我對尊夫人的說詞？」

雲野操縱著電腦，關掉了對貴賓室的竊聽裝置。剛剛宮本藉由社長室內的擴音器，將雲野與自己妻子的交談聽得一清二楚。

雲野接著取出檔案夾，從裡頭抽出幾張照片，擺在宮本前方的桌上。宮本似乎是個不擅長隱藏表情的人，驚疑之色全寫在臉上。

「你什麼時候……」宮本難以置信地捂著嘴。

雲野不以為意地淡淡一笑。

「我的技術還不錯吧！不過，就算是其他的偵探，要拍到這種照片也不是什麼難事。只是現在是您相當重要的時期，還請務必謹慎行事。尊夫人剛好找上我這家徵信社，可說是不幸中的大幸啊！」

「你這是……在威脅我嗎？」

「當然不是。」雲野親切地笑道：「我完全是出於一片善意，想要幫助宮本先生呢！雖然只是微不足道的小事，但如果被媒體記者知道了，恐怕會遭到蓄意炒作。如此一來，難保宮本先生過去的努力不會化為泡影，甚至連尊夫人也會跟您離婚……尊夫人的娘家頗有權勢，要是與您反目成仇，對您來說，恐怕會成為致命傷。」

宮本尷尬地別過了頭，卻又畏畏縮縮地不停朝雲野偷眼窺望，似乎想要看穿雲野心中的陰謀詭計。雲野看著宮本額頭上冒出的汗滴，內心已是勝券在握。

「我看你的樣子……目的應該不是錢吧？」

「請您別誤會，我並不缺錢，完全是出於好意，想要藉這個機會與您親近一些。話說回來，我經營的事業相當雜，或許有一天會需要借助您的力量也不一定。」

宮本陷入了沉默，雲野則遞出那一疊照片，宮本粗魯地伸手搶下，塞進西裝的內側口袋裡，接著重重嘆了一口氣。

「看來要還這份人情，我得付出相當大的代價……」

「我絕對跟您站在同一陣線。您如果需要對任何人進行信用調查，我隨時候命。」

說完，雲野開啟麥克風，把磯谷叫進社長室。

「宮本先生要離開了。」

確認宮本離去之後，雲野再次坐了下來，工作已告一段落。雲野朝手腕上的老舊手錶瞥了一眼，時間差不多了，得趕快準備出門才行。

如果有人偷偷問雲野，接下來是做什麼的時間，雲野或許會這麼回答……

殺人的時間。

＊＊＊

黑暗中，雲野瞧了一眼手錶，靠著微弱的星光確認當下的時間，晚上十點五十八分。曾根本若是直接回家，沒有去其他的地方，這時應該快到家了吧！

此時，雲野正藏身在公寓停車場附近的草叢中，藉著長年鍛鍊出來的技術與經驗，已經把這一帶摸得一清二楚。這個位置不僅不必擔心被人發現，還可以近距離確認曾根本是否已經回家。雖然環境稱不上舒適，但像這樣躲藏在草叢裡是雲野早已習慣的事情。

一輛汽車駛入了停車場，車頭燈的光芒，令雲野忍不住瞇起了眼睛。雲野耐著性子凝神細看，直到看清楚車牌號碼，確認是曾根本的車，雲野立刻離開了草叢，走向公寓的緊急逃生梯。

這是一棟位於東京都郊區的公寓，建築物雖然稱不上老舊，也絕對不是新的。正面大門有自動上鎖裝置，機踏車停放場旁邊的側門，卻是任何人都可以自由進出。即使有監視器，裝設的位置沒有經過深思熟慮，死角非常多。

雲野熟練地避開監視器，閃身進入側門的緊急逃生梯。以前的工作，讓雲野有機會觀看多得數不清的監視器影像，有時一星期得看多達數十個小時。即使到了現在，雲野依然不忘繼續鑽研精進。也因此，他相當清楚哪一種鏡頭的監視器，會在什麼樣的角度下拍到可疑人物。只要看一眼監視器的種類及安裝角度，他就能知道哪些位置是死角。

曾根本的房間在四樓，由於電梯裡也有監視器，只能走樓梯。快步奔上樓梯的過程中，雲野不禁感慨自己年紀大了，體能大不如前，再多的訓練，也抵擋不了歲月的摧殘。雲野只能安慰自己，剛好趁這個機會運動一下，即便如此，他的嘴角依然帶著笑意。

雲野將緊急逃生門微微拉開一道縫隙，等候曾根本的到來。過了一會，曾根本走出電梯，來到了自己的家門前，掏出鑰匙打開了門。

當曾根本走進屋內後，雲野確認周圍沒有人，旋即快步走向曾根本的住處門口，以不留下指紋的方式在門上敲了敲。不按對講機，是怕有些對講機會留下紀錄。

不一會，曾根本戰戰兢兢地開了門，那動作顯得非常謹慎小心。

「社長……」曾根本流露出了驚疑不定的神情。

「抱歉，在這個時間來找你，但我想跟你談一談。」雲野迅速說明來意。

「社長，你改變想法了？」

曾根本依然不肯將門完全打開，雲野耐著性子試著說服。

「沒錯，我已經想通了。我會聽從你的建議，明天對警察說出一切。只是我希望讓你瞭解，我為什麼一直做著這種事情。能不能請你聽我解釋？」

為了避免被隔壁鄰居看見，雲野故意裝扮得與平常迥然不同。頭髮紊亂，身上穿著滿是皺折的大衣，脖子上沒有打領帶，看起來一副落魄憔悴的模樣。

這樣的打扮，顯然讓曾根本稍微卸下了心防，因為在曾根本的心裡，雲野變成這副模樣是理所當然的。曾根本略一沉吟，決定將門完全打開。

「我家裡很亂。」

「沒關係，我只講十分鐘的話就會離開。」

經過一陣猶豫爭扎，曾根本終於讓雲野進入屋內。

「打擾了。」雲野立即踏進屋裡，一直站在門口說話，會增加被鄰居看見的風險。

屋內是兩房一廳格局，一個人住略嫌太大了點。

雲野早已事先把屋子的方位格局查得一清二楚。

「你真的願意坦承一切？」曾根本一邊說，一邊領著雲野走進客廳，

「沒錯！我到今天才採取行動，是因為有一些事情必須安排，畢竟不能給你和其他社員添麻煩。」

「大衣掛那裡就可以了。」

「好。」雲野脫下大衣，吊在門口旁的衣架上，又捲起袖子，以便隨時能確認時間。

接下來的事情必須盡快結束，不能浪費太多時間。

客廳的中央有一張小型的餐桌，前後各有一張椅子，一張靠近屋內最深處的窗戶，一張則靠近門口。桌面比雲野預期的還要乾淨整齊一些，擺著一臺闔上的筆記型電腦。

「社長，請坐。」曾根本拉出靠近門口的椅子。

「好。」雲野嘴上應答，卻沒有就坐下，一雙眼睛不停觀察屋內的各個角落。

得想個辦法，稍微引開曾根本的注意力才行。

客廳深處的窗戶是軌道式，外頭連接陽臺，左右兩片窗簾只有右側是呈開啟的狀態，玻璃上可看見屋外的漆黑夜色，以及映照在上頭的自己身影。窗簾軌道上掛著兩個可以曬大量衣物的曬衣架，似乎是曬好的衣物收進屋裡之後還沒有整理。掛在窗戶左側的曬衣架較大，

形狀是方形，上頭整齊地掛著襯衫及睡衣；掛在窗戶右側的曬衣架則較小，形狀是圓形，上頭吊著許多襪子。

襪子依種類一雙雙分得整整齊齊，確實很像是做事有條不紊的曾根本的風格。由於他過去曾是幫派份子，這樣的性格讓許多人感到詫異，當然也有可能是在監獄裡待久了，才養成這樣的習慣。

「怎麼了嗎？」

「沒什麼……」曾根本站在餐桌邊，臉上依然帶著一絲戒心。

雲野偷偷將手伸向後腰處，以指尖輕觸那堅硬的物體。

曾根本的體格比雲野還要壯碩一些，運動神經也較優秀。雲野雖然練過柔道，身上又帶著凶器，但自知正面對決的贏面恐怕不高。為了讓曾根本分心，雲野往四周看了兩眼，忽見地上有樣東西。

「曾根本，沙發下面怎麼有隻襪子？」

「咦？」曾根本沿著雲野的視線方向望去，接著在沙發邊蹲了下來。「難怪我在曬衣服時一直找不到，原來掉到那裡去了。」

雲野迅速抽出插在後腰處的小型手槍，趁曾根本蹲在地上時，以槍口指著他的太陽穴。

「不要動。」

雲野可以感覺得出來，蹲在地上的曾根本倒抽了一口涼氣，他眼角餘光已瞧見了抵著自己太陽穴的東西。

「社長……你不要幹蠢事。」

「你可別輕舉妄動，不要逼我開槍，這個距離絕對不可能打偏的。」

雲野以雙手緊握著手槍，完全不讓對方有可趁之機。對方就算想反擊，也絕對不可能打掉自己手中的槍。

「慢慢站起來。」

「社長，那把槍不是已經交給警察了……」

「別說廢話，站起來。」

曾根本依照指示緩緩起身。

「坐在那裡。」雲野以視線示意餐桌旁的椅子。

那張椅子緊鄰窗邊，前方桌上擺著筆記型電腦。

曾根本輕輕點頭，在那張椅子上坐了下來。或許是因為恐懼與緊張的關係，雲野可以感覺到對方的身體在微微顫動。相較之下，雲野卻是極度冷靜，持續以槍口對準曾根本的太陽穴，完全沒有露出任何破綻。

「立刻把那個檔案刪除掉。」雲野以眼神示意闔上的筆電。

「我怎麼可能……」

「如果你不照做，我就先殺了你，然後再把電腦帶走。只要你乖乖把檔案刪掉，我可以饒你一命。」

曾根本猶豫了一下，朝著筆電伸出顫抖的手指翻開螢幕，在鍵盤上輸入了密碼。可惜他敲打鍵盤的速度太快，雲野沒有看清楚密碼是什麼。

雲野全神貫注地觀察曾根本的一舉一動，被槍指著的額頭，冒出了細小的汗珠。

當螢幕上出現電腦桌面的畫面時，曾根本卻停下了動作。

「怎麼了？」

「社長，我認為還是不應該這麼做。」曾根本倏然喊出這句話，迅速闔上筆電。

「是嗎？看來我必須向你道別了。」

雲野察覺到曾根本有站起的意圖，立刻一個閃身，來到他的背後，以左臂勒住他的脖子，將全身的體重壓在他的身上。曾根本拚命掙扎，伸手想要抓住雲野手中的槍，然則雲野早就等著這一刻，立即扣下了扳機，小口徑手槍的擊發聲比預期更小了一些。

只見曾根本的身體再也不爭扎，雲野於是放開了手。曾根本垂下了頭，鮮血自太陽穴汩汩流出，他的身體微微往左傾斜，沒有從椅子上滑落下來，而是癱靠在椅背上。

雲野靜靜等了一會，直到耳鳴結束後，才輕吁了一口氣。**到目前為止，完全依照計畫進行。**雲野不禁暗自苦笑，剛剛才殺了一個人，自己卻一點也不緊張。

雲野回想起，從前某個接受自己提案的人在萬般無奈之中，所說的一句話：「**你想成為犯罪界的拿破崙嗎？**」雲野剛聽到這句話時，不明白那是什麼意思？後來一查之下，才知道那是夏洛克・福爾摩斯的勁敵莫里亞蒂教授*的稱號。

拿虛構人物來比喻現實中的人，實在是一件非常沒有意義的事情。過去曾有無數財政界人士及公眾人物被雲野抓到把柄，雲野向他們提出了各種的提案，從來不曾為此感到良心不

*注解：詹姆斯・莫里亞蒂教授（Professor James Moriarty），為知名的偵探夏洛克・福爾摩斯的主要對手，是數學系教授，在一般人眼中擁有良好的聲譽，其實是世界犯罪組織首腦，自稱為「犯罪帝王」，被福爾摩斯稱為「犯罪界的拿破崙」。

安。再加上連殺人也能如此冷靜，雲野內心不禁感慨拿「犯罪界的拿破崙」來形容自己或許頗為貼切。

雲野非常清楚如何殺死一個人，在踏入現在這一行之前，他在警視廳搜查一課當了超過十年以上的刑警，每天都在追緝凶嫌。雲野親眼見過無數的命案現場，逮捕過數不清的殺人凶手。因此，他很清楚如何殺人，也很瞭解如何找出一個殺人者。

相反地，這也意味著雲野比任何人都瞭解，殺人時絕對不能留下什麼樣的證據，以及該怎麼做才能讓警察相信死者是自殺。正是這樣的經驗，讓雲野能夠保持高度的冷靜，他不禁暗笑，自己恐怕是這世上最適合犯罪的人。

例如，雲野早已調查過，這棟公寓的隔音效果還不錯，當然或多或少還是會有人聽見槍響，不過就算聽見了，也會以為是有人在拉禮炮。或許會有鄰居依稀記得槍響的時間，那並不是什麼太大的問題。在日本社會，除非是拿著槍在屋外掃射，否則一般民眾就算聽見槍聲，絕大部分還是得等到案情曝光之後，才會驚覺當時聽見的是槍聲。換句話說，在開槍的當下，完全不用擔心會有人報警。

接下來，只要設法把現場布置成自殺的樣子，警察根本不會發現這是一起凶殺案，一切按照計畫進行，不會有任何差錯。

就在這個瞬間，雲野心中驟然萌生一股正在被注視的感受，他立刻轉過頭。能夠在犯罪的過程中產生這樣的直覺，而且如此相信自己的第六感，或許也算是一種犯罪的才能吧！

當雲野轉頭望向背後的窗戶，卻只在窗戶玻璃上看見了屋外的夜空，以及映照在上頭自己的冷酷表情。不，不對！雲野走向蓋住了左半邊窗戶的窗簾，將自己的身體隱藏在窗簾後，朝著窗外窺探。

這一帶雖然屬於東京都內，卻是相當幽靜的住宅區，附近並沒有高樓，只靜靜佇立著一些透天厝及小公寓，稀疏的窗戶透著燈火。乍看之下似乎完全沒有值得擔心之處，但是在大約五十公尺遠處，疏洪道的對岸，有一棟看起來冷冷清清的綜合商業建築。

該建築的三樓陽臺處，有一道人影……

雲野凝神細看，隱約可分辨出那是一個女人，只見那女人將上半身探出陽臺外，正瞧向這頭。雲野看不清楚女人的表情，一來距離太遠，二來女人的臉上似乎戴了一副大眼鏡，遮住了大部分的臉孔。

不，那不是眼鏡，而是雙筒望遠鏡……難道她都看見了？

雲野輕輕將手伸向窗簾，想要將其拉上，卻因為窗簾軌道上掛著曬衣架，拉到一半就卡住了。雲野暗自咒罵，先將掛在軌道上的圓形曬衣架拿了下來，重新拉上窗簾後，再把曬衣架掛回軌道上。

雲野將身體湊向窗簾的縫隙，再次查看對岸的綜合商業建築。原本站在三樓陽臺的女人已不見人影，似乎是走進屋內了。女人雖然拉上了窗簾，或許是因為窗簾質料較薄的關係，還是可看出屋內透出燈光。

殺人的過程全都被目擊了？……或許是自己多慮了。難道那五十公尺公尺外的建築物裡，真的剛好有一個人，拿著雙筒望遠鏡觀察這棟公寓，從窗戶看見了曾根本被殺死的過程？這可能性應該是微乎其微才對。

是不是應該立即逃走？雲野猶豫了片刻。

就算真的有萬分之一的機率，那女人拿著雙筒望遠鏡望向這棟公寓，但她真的看得出來這裡發生命案嗎？窗簾的軌道上掛著曬衣架，照理來說，應該至少會遮住屋內的一半景色。就算她看見了雲野，應該也看不見坐在椅子上的曾根本。更何況雲野在開槍的當下，是背對著窗戶，那女人應該看不見槍，也聽不見槍響。只要冷靜思考便可以明白，絕對不會有人能預期到，在這種地方會發生槍殺事件。

而且……。雲野倏然回想起來，祕書磯谷曾提過今天有獅子座流星雨，他不禁扯了一下嘴角。看來站在陽臺上的那個女人，應該是在觀看天空，根本不是往這邊瞧，完全是自己想太多了。

雲野最後決定選擇不逃走，繼續進行現場的偽裝布置。假設真的遭到目擊，就算自己現在逃跑了，現場留下太多的證據沒有處理，到頭來終究會被逮捕。既然如此，與其擔憂那萬分之一的可能性，不如好好把該做的事情做好再離開，才是比較合理的行動。

雲野首先從口袋取出橡皮手套戴上，並掏出手帕擦掉手槍上的指紋，將手槍塞入曾根本那癱軟的手中，再扳合五指，使手掌做出握槍的姿勢。當然除了右手之外，也不忘在槍上留下左手的指紋。

雖然使用手槍偽裝自殺的案子並不常見，不過雲野曾聽過一起案子——手槍上因為沒有死者的左手指紋，而被警方認定為謀殺案。理由很簡單，自動手槍必須使用左手才能將第一發子彈上膛。

由於屍體向左傾斜，鮮血只差一點就流到左手手掌，如果自己再晚一步，讓屍體的手指沾上鮮血，如何在槍上留下沒有血跡的指紋就成了一大難題。另外還有一個重點，就是必須維持鮮血在手臂上的流向。要是流動的方向不自然，讓警察發現屍體有被人移動過的痕跡，一切的偽裝都會失去意義。

雲野小心翼翼地在不移動曾根本左臂的前提下，將左手的指紋印在手槍上，接著把手槍放在下垂的右手下方。

硝煙反應及發射殘渣的問題，雲野也都考慮到了。當初曾根本在抵抗時，曾經試圖伸手抓住手槍。由於距離非常近，曾根本的手上及身體、衣服上應該都能驗出反應，警方只要一檢驗，必定會認為曾根本是舉槍自盡。當初殺曾根本時，雲野正是為了讓曾根本伸手抓槍，才會故意露出破綻。

接著，雲野將桌上的筆記型電腦轉至自己的方向，翻開螢幕一按鍵盤，螢幕上馬上出現要求輸入密碼的畫面。**果然沒辦法完全照著計畫走。**雲野心中暗忖，不禁輕輕一笑。

雲野原本預期靠著曾根本戴在手上的智慧型手錶，電腦應該不用輸入密碼才對。常理來說，只要事先設定好解鎖功能，戴著智慧型手錶的使用者一靠近電腦，密碼鎖就會直接解開。曾根本曾經炫耀過這個功能，雲野記得非常清楚。

雖說電腦剛啟動之類的少數狀況，還是需要輸入密碼，不過剛剛曾根本已輸入過一次，沒有理由智慧型手錶無法解鎖。若不是智慧型手錶的解鎖功能事先已被解除，就是……

雲野一點也不焦急，由於這是殺人計畫的重要關鍵，他早已把智慧型手錶的解鎖機制查得一清二楚。要啟動智慧型手錶的解鎖功能，有一個條件是手錶必須戴在手腕上。雲野低頭一看，智慧型手錶還好端端地戴在曾根本的左腕，這麼說來，應該是手錶上的感應器出了問題。於是雲野蹲了下來，仔細查看戴在屍體左腕的手錶，發現有一縷鮮血流入了錶殼的背面，血量並不多，如果趕緊採取行動，應該能夠卸下手錶而不留下任何痕跡。

雲野小心翼翼地解開錶帶，將手錶從屍體上取了下來，錶殼背面的感應部位，沾上了一點血跡。雲野取出事先準備好的面紙，仔細擦拭感應部位。這麼做當然不可能完全擦掉血跡，但讓感應部位恢復機能應該已綽綽有餘。雲野同時解下自己左手腕上的手錶，把手錶放進口袋，然後將曾根本的智慧型手錶戴在自己手腕上。

感應器立刻產生反應，要求輸入密碼。智慧型手錶的密碼不同於電腦的密碼，是四個數字。雲野過去常與曾根本一起工作，因此有機會偷看曾根本的智慧型手錶密碼。

像這樣平日多加留意他人的祕密並牢記在心，在重要的時刻往往能派上用場。雲野心裡很清楚，想要壯大自己的公司，就必須盡可能取得並活用一切資訊。即便雲野不知道曾根本的電腦密碼，只要解開智慧型手錶的密碼，就可以靠著解鎖功能解開電腦的密碼鎖。

雲野取下橡皮手套，輸入智慧型手錶的密碼，再重新戴上手套，按下筆電的鍵盤按鍵。智慧型手錶輕輕震動，通知解開了電腦的密碼鎖，電腦螢幕上也出現桌面的畫面。

雲野拿出事先準備好的ＵＳＢ隨身碟，插在電腦上，開啟曾根本平常所使用的收信軟體，建立一封新郵件。雲野早已事先打好了一封遺書，保存在ＵＳＢ隨身碟內。此時，雲野的手上戴著橡皮手套，不必擔心會留下指紋，只是過度碰觸鍵盤，還是有可能會把原本應該有的曾根本指紋抹掉，引起警方的懷疑。因此，雲野只以最小限度的操作，完成了這封郵件。

內容大致上是，抱怨女朋友因為自己有前科而提分手，以及厭煩了揭他人瘡疤的工作。雲野在寫這封遺書時，刻意摻雜了一些現實生活中實際發生的事情，而且這封遺書的寄送對象，就是設定雲野自己。

雲野接著使用ＵＳＢ隨身碟裡的特殊工具，從筆電裡找出了對自己不利的檔案，並加以刪除。利用這種特殊工具所刪除的檔案，不僅很難復原，甚至連同檔案曾經存在過的痕跡，都可以完全消除。

幸好曾根本並沒有把檔案存在雲端空間的跡象，要把雲端上的檔案完全消除到不留痕跡，就比較麻煩一些了。除此之外，雲野也確認過曾根本並沒有透過電子郵件，把檔案寄給任何人，但為了保險起見，雲野還是刪除了遺書以外的所有檔案。而雲野事先準備好的遺書檔案，當然也利用USB隨身碟裡的工具徹底清除了。

雲野故意打開遺書信件，這麼一來，當警察解除電腦密碼鎖時，首先看到的就會是這封遺書。一切確認妥當後，雲野寄出了信件。

處理完筆電裡的檔案之後，雲野闔上了筆電的螢幕。雖說一個要自殺的人還刻意闔上筆電似乎有點不太自然，這個部分現下也只能妥協，因為在雲野開槍的當下，筆電的螢幕是闔上的狀態。螢幕若保持開啟，警方在分析筆電時卻沒有在鍵盤上發現任何微量金屬，也就是所謂的發射殘渣，必定會產生懷疑。

像這樣的細節，一定要非常謹慎小心。反過來說，只要這些細節都注意到了，要瞞過警方的科學辦案手法，並不是什麼困難的事情。

雲野將筆電移回桌上原本的位置，USB隨身碟則故意留在筆電上，並不打算帶走。因為優秀的電腦鑑定人員能夠查出電腦曾經連接USB的時間。反正這個USB隨身碟本來就是曾根本的東西，是雲野從他的辦公桌上偷來的，購買收據上還留有曾根本的指紋。

雲野也解除了曾根本的手機密碼鎖，並刪除裡頭的所有紀錄。雲野世擦掉了自己的指紋，並且在手機上留下曾根本的指紋，接著雲野在屋裡左右查看，確認沒有其他電腦。

智慧型手錶當然必須戴回曾根本的手腕。雲野仔細將整隻手錶上的自身指紋及發射殘渣全部擦拭乾淨，並在手錶螢幕上留下曾根本的右手指紋。這麼做是為了避免產生只有手錶螢幕沒有驗出發射殘渣的狀況，若擦拭得太過乾淨，反而會讓警方認為打從一開始就沒有附著微量金屬。由於發射殘渣本來就不會均等分布，即使整隻錶上完全沒有，並不算是什麼可疑的現象。

鮮血不斷從屍體的頭部流出，沿著左臂滑落，在窗戶附近的地板上積了一大灘。雲野小心翼翼地避開地上的鮮血，將智慧型手錶戴回曾根本的左手腕上。錶殼背面感應部位的擦拭痕跡，應該會被不斷流下來的鮮血覆蓋。

戴上手錶後，鮮血確實流進了手腕與感應部位之間的縫隙。解下手錶會讓血流的方向產生變化，按常理來說，當把手錶戴回去時，應該會產生不自然的血流痕跡，不過雲野故意把手錶戴得鬆一些，來避免發生這樣的狀況。

雲野再次轉頭望向緊閉的窗簾，那是雲野剛剛自己拉上的，必須重新拉開才行。因為在開槍時，右側的窗簾是開啟的狀態，並露出了後頭的玻璃窗。這意味著玻璃上可能沾著許多肉眼看不見的微量血跡及發射殘渣，一旦警方發現玻璃上的那些痕跡，便會明白有人在曾根本死後把窗簾拉上，這麼一來，自殺的偽裝就會功虧一簣。

雲野站在窗邊，自窗簾的縫隙查看窗外的夜景。對岸的綜合商業建築的三樓點著燈，窗簾依然是拉上的狀態。**應該真的是自己杞人憂天吧！**雲野於是取下圓形曬衣架，拉開了窗簾，自己的臉孔映照在玻璃上，表情依舊沉著冷靜。

此時，雲野隱身在窗簾後，不用擔心會被人從窗外看見。他就這麼觀察窗外的景色好一會，附近街道上別說是警察，就連個路人也沒有。看來離去時，不必擔心會被人撞見。

雲野將手上的曬衣架掛回窗簾軌道上，當然並沒有忘記擦掉指紋。雲野雖然手上戴著手套，但當初第一次拉開窗簾時，他一時大意忘了先將手套戴上。或許是因為突然感覺到來自窗外的視線，才會沒有多想就採取行動。曬衣架上的部分位置若完全沒有指紋，似乎不太自然，不過警察應該不會連曬衣架也拿來採驗指紋。

警察組織就跟其他的任何組織一樣，人手跟時間都有限，他們只會對最可疑的位置採驗指紋。像這種看起來是自殺的案子，他們的採驗應該也是敷衍了事。

更何況，就算他們發現曬衣架的部分位置沒有指紋，這也不能證明任何事。因為曬衣架上的其他位置應該還是會有曾根本的指紋，沒有人會懷疑是有人把一部分給擦掉了。雲野接著又將窗簾上自己曾不戴手套摸過的位置，仔細擦拭乾淨。

如此一來，整間屋裡再也沒有自己的指紋。就像這樣，雲野一一消除掉警察可能會注意到的科學證據。

雲野冷靜地環顧屋內，做著全盤的檢查。有沒有哪個地方疏忽了？一時的大意，就有可能留下致命性的證據。

然而，這樣的細心檢查果然發揮了效果。

雲野發現了一個意外的疏失，他看著那樣東西，心裡一時拿不定主意……

屍體的周圍並沒有那個東西造成的痕跡，總不能把那個東西遺留在現場，看來只有把那個東西帶走了。把那個東西帶走，會不會有什麼問題？雲野在心中反覆推敲。

雲野最後下了結論，認為就算帶走了，警察也不會發現。於是，雲野把那個東西裝在塑膠袋裡，塞進公事包中。

一切妥當後，雲野披上大衣，走出了門外，以事先準備好的鑰匙將門鎖上。那是以3D列印技術製作出來的鑰匙，警察絕對無法追查出源頭，現場也沒有留下任何證物。

雲野走下樓梯，來到公寓外，他重新戴上手錶，瞥了一眼時間。犯案時間約十五分鐘，**接下來只要依照事先規劃好的路線回去就行了。**雲野早已查得清清楚楚，這條路線上沒有任何監視器。

真是太簡單了。雲野內心思忖著。

夜晚一片寂靜，完全沒有警察的蹤影。

＊＊＊

「是真的啦！」

涼見梓將手機抵在耳邊，從窗簾的縫隙朝窗外窺望，她眯起雙眼，仔細觀察對岸公寓的四樓窗戶。梓所待的房間是三樓，由於這一棟建築物的地基位置較高，朝對岸公寓四樓望去時，是微微俯瞰的角度。

梓透過雙筒望遠鏡望去，窗簾是拉開的狀態，因為被陽臺的欄杆遮住了，只能看見屋內的上半部，現下屋裡已經沒有人了。

『我說妳啊！』電話另一頭傳來母親無奈的聲音。『這種時間打電話回來，就只是為了說這種傻話？』

「我是真的看見了嘛！」梓情緒激動地大喊。

『別再胡說八道了！』

一如梓的預期，母親的態度相當冷淡。

『什麼對面的公寓闖進了拿著槍的強盜……』電話那頭傳來了清晰可辨的嘆息聲。『這裡可是日本，怎麼可能會有那種事！妳是不是又喝酒了？我想妳一定是看錯了吧！我真的從來沒見過像妳這麼會胡思亂想的孩子。妳還是先冷靜一下，好好把事情想清楚。』

「我是……喝了酒沒錯……」梓完全無法反駁。

梓所住的這棟建築物，是過世祖母所留下來的。從前祖母在世時，在一樓開了家小酒館，二樓及三樓都是住家。如今一樓改裝成出租店面，但因為地點不佳，沒有人願意承租。梓還沒有結婚，獨自住在二樓及三樓。

這棟建築物最讓梓滿意的，是三樓有著寬敞的陽臺。她經常像今天這樣，在陽臺上享受著涼風，一邊看星星一邊喝啤酒。聽說今天晚上有獅子座流星雨，梓獨自仰望夜空，藉由觀星來排遣寂寞的心靈。

沒錯，寂寞的心靈。梓最近才剛失戀，還沒有辦法走出傷痛，只能獨自一人喝著悶酒。流星雨就算不用望遠鏡也能看得到，只是梓天空看膩了，才會隨手拿起望遠鏡，朝著對岸公寓亮著燈光的窗戶窺望。

雖然不甘心，但母親說得沒錯。梓有自知之明，自己是個很會胡思亂想的人。

這裡可是日本，只有警察及黑道人物才持有槍械。不管是警察還是黑道人物，都不太可能闖進公寓裡搶劫，而且梓所看見的只是非常短暫的一幕。

屋裡的人立刻拉上了窗簾，不久之後，窗簾再度被打開，屋裡已經一個人都看不到了。如果真的有人開槍，照理來說，槍聲會被街坊鄰居聽見，引起一陣騷動。既然沒有任何人察覺槍響，可見得真的是自己看錯了。要不然，就是在拍攝影片。

梓驀然回想起，自己從前看過一部警匪片。一個耳後頭髮有點長的刑警，目擊了一場槍戰，慌忙想上前阻止，後來才發現那些人只是在拍電影。這部警匪片是在哪裡看到的，梓已經記不清楚了，或許是租來的ＤＶＤ吧！

梓一邊和母親通電話，一邊在房間裡走來走去，煩惱著這件事。她在鏡子前面停下腳步，以手指摳了摳鼻頭的黑斑。

「好吧！或許那個人只是拿著玩具槍在胡鬧。」

『一定是妳搞錯了。幸好妳沒有報警，不然這個臉可就丟大了。』

還好先打電話給母親，沒有給警察添麻煩。有誰會相信渾身酒氣的女人說的話？

逐漸恢復冷靜之後，就連梓自己也不認為以雙筒望遠鏡看見了那一幕。這裡可是日本，怎麼可能有人敢那樣胡亂開槍。何況如果那真的是一起命案，明天那棟公寓底下一定會停著很多輛警車，鬧得沸沸揚揚吧！就算真的要報警，也可以等到那時候再說。

梓又跟母親聊了幾句之後，便結束了通話。

陡然間，梓感覺到一股強烈的睡意，只想倒在床上呼呼大睡。

最近梓一直處於睡眠不足的狀態，前陣子因為書籍裝幀及雜誌短篇作品插畫，面臨截稿的壓力，幾乎沒有時間睡覺。梓決定把一切忘掉，好好睡一覺再說。

不管是剛剛看見的那一幕，還是失戀的心情，全都拋到九霄雲外。

回想起來，前幾天晚上廣播節目裡的星座占卜，說自己最近會遇到真命天子。沒錯，只要不放棄希望，終有一天必定能夠遇上好男人……自己的擇偶條件並不高，只要長得帥又有錢就行了……

今晚一定能睡個好覺吧！梓心想著，懶洋洋地躺在床上準備入睡。

＊＊＊

接下來的幾天，雲野泰典過著與以往毫無不同的生活。

雲野每天慵懶地坐在社長室的椅子上，看著一份又一份的文件資料，毫無刺激感可言。不過這也是沒有辦法的事情，自從徵信社壯大之後，自己親自前往調查現場的機會，可說是少之又少。

曾根本的屍體被人發現後，曾有幾名刑警來到雲野的徵信社，他們只是簡單問了幾句話便離去了。警方似乎認定曾根本是死於自殺，絲毫沒有懷疑。

這也是理所當然的事情。一來現場為密室狀態，二來還有一封作為遺書的電子郵件。再加上現場沒有任何不尋常的蛛絲馬跡，而且只要追查曾根本的過去背景，就可以查出那把手槍的來歷。即便是從前還在當刑警時的雲野自己，也不可能看出這是一起凶殺案。

雲野不禁感慨，原來殺人就只是這種程度的事情，明明殺了一個人，自己卻連惡夢也沒做一個。雲野非常冷靜地訂定了完美犯罪的計畫，還真的做到了，心裡對此並沒有什麼特別的感想，就只是一如往昔冷靜地排除掉一個障礙而已。

對雲野來說，殺人甚至不是一件能夠獲得成就感的事。

自從妻子過世之後，這十多年來，雲野一直處於這樣的心理狀態。徵信社成長速度驚人，身邊自然少不了歌功頌德的人物，雲野自己的心裡卻沒有什麼特別的感觸。在經營的過程中，雲野靠著水面下的利益交換，與政界、財界的許多大人物都建立起緊密的關係，不過他並不認為自己真的妥善運用了這些關係。

到頭來，這些關係不過是換來了金錢與名聲，讓徵信社的規模更加巨大而已，無法帶給雲野一個未來的明確目標。雖然生活不愁吃穿，金錢與名聲並沒有辦法讓自己回到妻子還活著的時候。

雲野對著手錶發起了愣，猛然回過神來，瞄了一眼錶面，距離下一場會議還有時間。在會議開始之前，必須先為接下來相當重要的法人調查案，構思出計畫的梗概才行。

就在這時，雲野偶然間想起了某個記者所說過的話——

「那是個姓遠藤的男人，與雲野有著很深的合作關係，他可不是什麼正義之士，說穿了只是個為了錢而當記者的貪婪之輩，雲野曾有好幾次花錢向他買消息。去年的某一天，遠藤提起了一個據說源自警視廳記者俱樂部*的傳聞。」

那天的對話，地點是在銀座某酒吧的一角。

雲野已不記得兩人原本所談的話題，只記得遠藤露出猥瑣的笑容。

「憑雲野先生的能耐，就算殺了人，也絕對不會留下證據。」

「你別胡言亂語了。」雲野一邊推敲遠藤的言下之意，一邊淡然地笑道：「日本的警察相當優秀，不管是什麼樣的案子，都能抓出凶手。」

雲野嘴上這麼說，心裡卻明白不是這麼一回事。

「不管是科學調查，還是刑警的辦案技巧，你都一清二楚。只要你有心，絕對不是難事。」遠藤笑著說完，隨即話鋒一轉，令人摸不著頭緒地說道：「不過，你也要小心一點，聽說警視廳現在有祕密武器。」

*注解：記者俱樂部，是日本各大媒體為了長期進行採訪，設置在公家機構或大型企業內的組織，多半有記者輪流值班，以便一有風吹草動能立即採訪。

「祕密武器？」

「我在記者俱樂部有個朋友，這是他跟我說的。不過，這聽起來很蠢，我自己是不太相信，這種怪力亂神的事情，只適合在喝酒時拿出來閒聊。」

「難道是什麼科學調查的新手法？」

「不，剛好相反。」遠藤嗤嗤笑了起來。

「剛好相反？」

「他們找了一個有通靈能力的女人來協助辦案。」

「是漫畫看太多了嗎？」雲野不禁噴笑出來。

「我那朋友也向我抱怨，他好不容易探聽到這個消息，說出來卻沒人相信。這種傳聞要讓一般的成年人採信，還真是不太容易。我那朋友還說，那個女人可以和幽靈對話，不管任何案子都可以破解。聽說外國的ＦＢＩ之類的調查組織，有時也會找這種人幫忙查案呢！」

「那只是連續劇裡的情節吧！」

「或許吧！」遠藤低頭看著酒杯，開心地笑了起來，看似已經喝醉了，口氣卻相當的認真。「最近不是有個專挑女人下手的連續殺人魔，把整個社會搞得雞犬不寧？」

「是啊！」

「那傢伙殺人從不留下證據……我那朋友說，那個通靈女人已經查出了眉目，沒多久應該就能把殺人魔揪出來。」

「你真的相信那種話？」雲野感到哭笑不得。

沒想到遠藤竟然會相信這種荒誕不經的迷信謠言，看來以後從這個人口中說出的消息都不太能信了。雲野心裡如此忖度。

遠藤自己似乎也是半信半疑，他喝了口酒，笑著搖了搖頭。

「你當成笑話聽聽就好。那個殺人魔若真的被逮到的話，或許我會相信也不一定。」

遠藤接著說出那個通靈女人的名字，其消息來源，當然也是那個記者俱樂部的朋友。

從那天之後，遠藤再也沒有提過這件事，而雲野跟遠藤也有好一陣子沒有見面了。

然而，雲野記得十分清楚，當時說完這些話的隔天，全日本的電視臺都在大肆報導殺人魔終於落網的消息。雲野因而對這件事大感興趣，開始透過一些管道蒐集關於殺人魔落網過程的消息。

據說那殺人魔真的很有一套，多年來犯案從不留下任何證據。他相當清楚警察的辦案手法，且從來不曾被監視器拍到身影。為什麼這麼厲害的人物，會突然被警察逮捕？關於這一點，沒有人能夠說出個所以然來，所有的新聞媒體都無法提出合理的說明，網路上出現了很多探討的聲音，最後也只是不了了之。

在調查傳聞的過程中，雲野查到了一個令自己背脊發涼的消息。

那個殺人魔曾與一名通靈人士一同協助警方辦案……

雲野整個人仰臥在社長室的椅子上，閉上雙眼，將手上的資料拋在桌上。如今這件往事突然浮上心頭，多半是因為自己剛殺了一個人。

熟悉警察辦案手法、絕不留下任何證據的殺人凶手，這種人竟然會落網。唯一的可能是……。雲野輕輕一笑，這真是太荒唐了。但不知道為什麼，雲野感覺到一股不祥的預感在腦海裡揮之不去。

當初遠藤所說的那個通靈人士，叫什麼名字來著……。雲野還記得當時自己很驚訝，沒想到那個通靈人士竟然是個年輕女人，只是偏偏就是想不起那女人的名字。

突然間，桌上的內線電話機響了起來，雲野按下擴音按鈕，話機傳出磯谷的聲音。

『社長，來了幾位警視廳的人……』

「噢？」雲野感到有些詫異。「讓他們進來。」

雲野在貴賓室裡會見了這幾個人。其中的兩名刑警，前幾天已經來過一次，他們都隸屬於警視廳搜查一課。從前雲野還在當刑警時，本廳裡並沒有這兩人。其中一個姓岩地道，是個看起來相當老練的警部補；另一人則姓蝦名，不僅年輕且有張娃娃臉。上次只有這兩人來拜訪，這次卻來了三個人，除了兩名刑警之外，後頭還跟著一個女人。

那是個美麗的女人，雖然身上穿著套裝，柔和的捲髮及帶給人甜美印象的臉部彩妝，在在都說明了她並非警界人士。臉上戴著一副紅框眼鏡，藏在眼鏡後頭的雙眸散發出智慧的神采，彷彿想要看穿雲野的底細。

「這位是……？」雲野看著女人問道。

兩名刑警堅持不肯就坐，女人則站在門口附近，對著雲野露出溫柔的微笑。

「她是協助辦案的專業人士。」岩地道臉上堆滿友善的笑容。「嚴格來說，她不是警察，如果你覺得不自在，我們可以讓她在門外等。」

「沒有什麼不自在。」雲野聳肩說道：「只是我有些意外，警察竟然會跟外人一起行動，看來你們的做法，已經跟我當年有很大的差別。」

「我們認為這麼做有助於案情的釐清。」岩地道一臉認真地說道。

「她是哪方面的專業人士?」

「這點暫時不便透露。來,打個招呼吧!」岩地道說完,轉頭對著女人輕輕頷首。

女人走上前來,才走了兩步,腳就被沙發的邊角絆到,整個人往前撲倒,發出了「哇哇」的可愛尖叫聲。雲野趕緊伸手將她扶住,以免她的頭撞上了桌角。

「對、對不起!我真是的……」

女人在雲野的手臂裡抬起了頭,臉上的眼鏡變得歪歪斜斜,鏡片背後的瞳孔可以看得一清二楚。這女人的瞳孔竟然是翠綠色,或許是混有外國血統吧!

「我叫城塚翡翠。這次的案子,我會盡可能提供協助。」

「城塚……」

雲野聽到這個名字的瞬間,全身彷彿竄過了一股電流,下一秒,他揚起了嘴角。

「怎麼了嗎?」自稱叫翡翠的女人,露出納悶的表情。

「沒什麼,只是覺得妳的名字很奇特。妳還好嗎?有沒有受傷?」雲野輕輕搖著頭。

「哇哇,對不起!」女人發出尖銳的叫聲,趕緊與雲野拉開距離。

雲野的手臂上還殘留著女人身上甜膩的香氣。

城塚翡翠……。雲野在嘴裡默念這個名字。沒有錯，當初遠藤所說的那個通靈人士，名字正是城塚翡翠。

翡翠正如其名，有著一對翡翠色的眼珠，只見她瞇起了雙眸，靦腆地凝視著雲野。雲野與她四目相對，暗自提醒自己保持冷靜，眼前這個女人，正是當初遠藤所戲稱的「警視廳的祕密武器」。

為什麼那兩名刑警會把這個女人帶到自己的面前來？很可惜，可以想得到的理由只有一個——自己已經被警察盯上了。

「對不起……」翡翠雙頰飛紅，顯得又羞又愧。「我真的是太笨手笨腳了。」

「我實在是有點好奇，妳是哪方面的專家？」雲野笑著問道。

不過剎那之間，雲野就已恢復了平靜，腦袋有如機械一般正常運轉，思考著接下來該如何應對。

「今天幾位來找我，有什麼事嗎？」雲野沉穩地問道。

面色嚴峻的岩地道開口解釋來意。

「首先，是關於前幾天提到的手槍一事，我們查出一些眉目，順便來告訴你一聲。」

「當初你們問我知不知道那把手槍的來歷……現在你們查出來了？」

「我們分析了膛線痕，發現這是一把來歷相當特別的槍。正如同我們當初的預期，這與曾根本從前加入的黑道幫派有關。十多年前，曾根本參加的黑幫與另一個幫派發生過槍擊戰，當時他們主要使用的手槍有兩把，後來那個黑幫解散了，兩把手槍都下落不明。」

前幾天，兩名刑警前來拜訪雲野，詢問雲野知不知道曾根本那把手槍的來歷，雲野於是把曾根本的過去經歷告訴了兩人。

雲野有個隸屬於警視廳組織犯罪對策部的好友，兩人打從就讀警察學校便頗有交情，也是那好友將曾根本介紹給了雲野認識。從前曾根本為了脫離黑幫組織，自願擔任警方的內應，也因為這層緣故，當曾根本服刑期滿出獄後，任職於組織犯罪對策部的好友，便將曾根本介紹給雲野，希望雲野的徵信社能夠雇用他，讓他有一份正當的收入。

那已經是距今大約十年前的事了。當時雲野的徵信社正處於人手不足的狀態，雲野想不到什麼拒絕的理由，於是便答應了。曾根本工作相當認真，雖然薪水不多，卻是任勞任怨，遠超過雲野的預期。說穿了，就是個給一點錢便能讓他為自己賣命的小卒。

岩地道接著繼續說明。

「那個黑幫組織之中，有個成員逃了很久，直到幾年前才落網。前幾天我們去找他，問了很多問題。他說在落網之前，已經把那兩把手槍交給了曾根本，他從頭到尾都不知道曾根本背叛了組織。根據他的說法，他是在五年前把槍交給曾根本，當時曾根本已經是你的職員，你沒聽他提起什麼嗎？」

雲野並不認識那個坐牢的黑幫成員，卻暗自竊笑，沒想到警察這麼快就問出這些往事。

「五年前嗎……？」雲野故意裝出回想的表情，半晌後說道：「我想起來了，當時好像有黑幫人物來找曾根本，他不知該如何應付，因此跑來找我商量。我告訴曾根本，你已經金盆洗手了，何況當初參加的黑幫也解散了，沒有必要再與那種人扯上瓜葛。但是那個黑幫人物從前好像是很照顧曾根本的大哥，所以曾根本很煩惱……原來如此，大概就是那個人，把槍交給了曾根本。我原本沒有想太多，只以為那個人是來跟曾根本討些跑路費。」

當然實際上的狀況並非如此。

曾根本在煩惱了很久之後，把自己拿到了兩把手槍的事情告訴了雲野。雲野勸曾根本把槍交給自己，還聲稱自己有辦法透過關係轉交給警察，如此一來，曾根本就不必背負任何刑責。由於雲野從前當過刑警，這番話非常具有說服力，曾根本絲毫沒有懷疑，就這麼交出了兩把手槍。

然而，雲野卻偷偷藏起了這兩把手槍，心裡猜想這東西將來必定能派上用場。

「不過，現在至少我們明白槍的來歷，沒想到曾根本竟然會舉槍自殺……」

警方既然已經查出了手槍的來源，照理來說，應該會更加深信曾根本是自殺才對，但這兩名刑警卻帶著這個據說有通靈能力的女人來找自己，這意味著……

「咦？」

女人突然發出了與現場氣氛格格不入的古怪聲音，聲音雖然嬌柔可愛，卻顯得相當做作虛偽，引起了雲野心中的不快。雲野轉頭一看，只見翡翠正偏著頭，一臉滿是狐疑。

「那另一把手槍跑到哪裡去了？」翠綠色的水眸流露出質疑之色。

「你們還沒有找到？」雲野歪著頭反問。

「包含曾根本的住處在內，所有可能的地方都搜索過了。前幾天來拜訪時，我們也查看了辦公室，同樣一無所獲。」

「原來如此……」雲野望著天花板，露出思索的表情。「會不會是有其他幫派人物來找他，拿走了那把槍？」

「唔……那不是很奇怪嗎？」翡翠嬌聲說道。

「怎麼說？」雲野望向翡翠，盡可能不顯露出心中的戒心。

眼前這個有通靈能力的女人，是否已經從自己的身上看出了什麼？抑或曾根本的亡魂已經將真凶的名字告訴了她？雖然這想起來相當荒唐，既然警察將她帶在身邊，實力恐怕是不容小覷的。

她沒有回答雲野的問題，乍然彎下了腰，按著自己的腳踝，雙眉微蹙。

「抱歉，我剛剛好像有點扭傷腳了，能讓我坐著說話嗎？」翡翠一臉尷尬地說。

「好，當然。」

她走向沙發，坐了下來，不停搓揉著纖細的腳踝。

「妳剛剛說很奇怪，指的是什麼？」

「咦？」翡翠仰起臉，微微歪著腦袋，露出不解的表情，片刻後，她才像是想起了什麼，合攏雙手說道：「對，我想起來了。」

只見她展顏歡笑，提出了可疑之處。

「前黑幫成員跑來找曾根本先生，取走了手槍，這確實是有可能發生的狀況。但是只拿走一把，不是很奇怪嗎？既然曾根本先生手上有兩把，不是應該兩把都帶走嗎？」

雲野聽了翡翠的質疑，不禁心中竊笑。

「我倒不認為這有什麼奇怪。曾根本或許是留下了一把手槍，當作代為保管手槍的報酬。要不然就是手槍根本不是被黑幫成員取走，而是曾根本把其中一把變賣了；畢竟他曾經混過黑道，要找到管道變賣手槍並非難事。」

「唔……就算是這樣，那也說不通。」翡翠以手抵著臉頰，歪著頭說道。

「還有什麼疑點嗎？」

「槍上的指紋……」翡翠話說到一半，像是想起了什麼似地，朝岩地道等兩人說道：「啊！岩地道先生，你們要不要坐下來談？社長先生應該不會介意吧？一直站著實在有點可憐，也會讓我分心，沒辦法好好說話。」

兩名刑警互看了一眼，雲野朝他們點點頭，兩人於是在側邊的沙發上坐了下來，而雲野也走到翡翠對面的沙發坐下。

「請繼續說吧！」雲野催促道。

「咦？」翡翠撫著臉頰，錯愕地看著雲野。

「不是還有疑點嗎？妳剛剛提到了指紋什麼的……」

「啊！對。呃，是什麼來著……啊！我想起來了。那個指紋的殘留狀況非常不自然。」

「非常不自然是什麼意思？」

「這把手槍是自動手槍，屬於將彈匣插入握柄內的類型。警方採驗彈匣及內部子彈上頭的指紋，只找到了其他黑道成員的指紋，卻沒有曾根本先生自己的指紋。另一方面，在手槍的外表，也就是握柄、扳機、解除安全裝置的撥片、滑套等處，只採驗到曾根本先生的指紋，並沒有其他人的。如何？是不是很不自然？」

「很不自然嗎？」

「當然很不自然。」

翡翠攤開雙手，將五指像翅膀一樣拍動。雲野不明白她這個動作有什麼特別的意義？

「彈匣上頭只有其他人的指紋，沒有曾根本先生的指紋，這代表曾根本先生從來沒有摸過彈匣。如果連彈匣也沒摸過，要怎麼確定槍裡有沒有子彈？當然拉開滑套，就可以確認第一發子彈是否上膛，只是一般來說，正常的做法還是會取出彈匣來確認。如果連槍裡有沒有子彈都不知道，要怎麼自殺？」

雲野點了點頭，心中一點也不驚慌。這番推論乍聽之下很有道理，說到底也只是門外漢的半吊子推理，要加以反駁一點也不難。

「或許是這麼回事吧……曾根本當初剛拿到槍時，槍的外表沾上了他的指紋，當他把槍拿回家之後，越想越不安，總覺得槍上有自己的指紋會惹上麻煩，於是就把槍上的指紋全部擦掉了。至於彈匣，他打從一開始就沒有拿出來過，當然沒有擦拭的必要。」

翡翠歪著頭，露出似懂非懂的表情。雲野繼續揣測。

「此後，或許他每次碰槍時，都會戴上手套。他是個做事很謹慎的人，這是很合理的推測。當然他也曾戴著手套退出彈匣，確認裡頭有子彈。他就這麼把手槍暗藏在自己的身邊，後來決定要自殺時，不再需要擔心槍上有沒有自己的指紋，所以沒有戴手套。由於他已經確定槍裡有子彈，根本也沒必要觸摸彈匣。如此一來，槍身及彈匣上的指紋，就變成了妳所說的狀況，這樣妳明白了嗎？」

「原來如此……雲野先生不愧是曾經當過刑警的人，分析得真是合情合理。」翡翠依然歪著頭，並沒有完全信服。「然而，手槍只有一把，實在讓我覺得有點不對勁。」

「妳似乎並不滿意這個答案？」

「我總認為答案或許更加單純。」

「例如呢？」

「例如……曾根本先生並非死於自殺。」翡翠凝睇著雲野，碧綠色的雙眸綻放鋒芒。

「噢？」

在雲野的催促下，翡翠以手抵著臉頰，緩緩地說出推論。

「可能有某個人以手槍殺害了曾根本先生，再偽裝成自殺的樣子。凶手先擦掉自己的指紋，再把槍放入曾根本先生的手中。只要這麼一想，槍上的指紋狀態就合情合理了，而且也能說明為什麼手槍只有一把。曾根本先生住處的另一把手槍，被凶手帶走了……」

「不可能吧？」雲野裝出驚愕的表情。「這是很有意思的推論，不過曾根本是死於自殺，這不是已經確定的事情嗎？」

「警方找到了目擊證人，能夠證明我這個推論。」

岩地道等兩人聽到這句話，同時吃驚地望向翡翠，顯然翡翠擅自說出了必須保密的偵辦進展，她卻顯得毫不在意。

「目擊證人……？」雲野嘴上反問，狀況卻已瞭然於胸。

「沒錯，有人看見當時有個可疑男子，手上拿著手槍。那位目擊證人擔心是自己看錯了，並沒有馬上報警。直到案情傳了開來，那位證人才趕緊通報警察。」

果然是這麼回事！自己在案發現場沒有留下任何證據，刑警卻懷疑案情不單純，還帶著通靈人士找上門來……唯一可能的理由，就是出現了目擊者。雲野心中如此忖度。

正因為早已猜到這點，雲野才能在兩名目光如電的刑警面前，表現得泰然自若。過去的經驗告訴雲野，刑警的眼力是相當可怕的威脅，他們會仔細觀察嫌疑人的表情變化，一旦發現不對勁，便會緊咬不放。至少從前雲野是這樣的刑警。

果然當時窗外真的有目擊者……

不過，雲野心中一點也不焦急。明明有了目擊證人，刑警卻採取這種拐彎抹角的戰術，已證明了一件事——該目擊證人的證詞並不具充分的有效性。

「噢，妳的意思是說，有人看見曾根本被槍殺？」雲野問道。

翡翠一臉遺憾地搖了搖頭。

「沒有，那位目擊證人只是看見有個男人手持手槍，並沒有看見曾根本先生被槍殺的瞬間。那位目擊者當時喝醉了，不僅不記得男人的臉，許多細節都記不清楚。」

「若是這樣的話，那個手持手槍的男人，會不會其實是自殺前猶豫不決的曾根本？」

翡翠瞇起了眼睛，表情看起來像是被人抓住了痛腳。

「原來如此……當然不無可能……」原本振振有詞的翡翠，氣勢受挫，一時語塞。

一般人根本不會發現這態度上的變化，只不過雲野是觀察他人表情的專家，並非普通人。雲野也不太清楚，自己的眼力到底是來自擔任刑警期間的訓練，還是與生俱來的才能。可以肯定的是，雲野能夠在談話中察覺對方的細微感情變化，看穿對方的謊言。過去雲野正是靠著這個能力，逮捕了無數的犯罪者。

此時，雲野已清楚看出翡翠沒有料到自己會這麼說，氣勢因而大減，這也意味著對方已無法再發動攻勢……

以上這些觀察，都只發生在一瞬之間。

「還有其他能夠證明這起案子是凶殺案的證據嗎？」雲野轉頭向岩地道問道。

這年輕女人及兩名刑警，多半是想要藉由自己驚慌失措的模樣，來驗證他們對案情的研判並沒有錯。沒想到自己的極度冷靜，令他們的計謀無法得逞。

「很可惜……我們目前沒有找到其他線索。」岩地道急忙想要掩飾狼狽的表情。

「如果真的是他殺，這代表我最重要的部下是死於他人之手。我好歹曾經也是個刑警，絕對會傾全力協助調查工作。不過，只憑前面所提到的目擊證詞，不禁讓我懷疑所謂的可疑男子，其實只是曾根本自己。聽說曾根本的女朋友因為得知他的前科而跟他鬧分手，我猜他是因為這個緣故而輕生。死亡現場是密室，再加上槍已經查到了出處，如果沒有其他證據，我想很難判定他是遭到了殺害……」

雲野這番話說得鏗鏘有力，翡翠及兩名刑警一時啞口無言。

看來他們手上已經沒有王牌了。

「還有其他事情嗎？」雲野笑著問道。

「沒有了，我們主要只是想問問你知不知道關於槍的事。」岩地道搖頭回答。

「很可惜，我完全不知道另一把槍的下落。黑幫分子把槍交給曾根本的事，我也是聽你們說了才知道。」

「好吧！如果你想到了什麼，請隨時聯絡我們。」

兩名刑警說完，便起身離去，翡翠也跟著兩人走出了貴賓室。

雲野吁了口氣，從沙發上站了起來。

「對了，社長先生，我能再問一個問題嗎？」翡翠倏忽又打開門，將頭探了進來。

「什麼問題？」雲野吃了一驚，轉頭看著翡翠。

翡翠的臉上絲毫沒有歉疚之色，只是堆著燦爛的笑容，走回門內。藏在眼鏡後頭的一對視線異常犀利，筆直朝著雲野射來。

「社長先生，請問你有開槍殺人的經驗嗎？」

這突如其來的問題，令雲野一時瞠目結舌。

「怎麼突然問這個……」

「其實我有通靈能力。」翡翠以手抵著臉頰，偏首垂眉，表情彷彿是要說出一個驚天動地的祕密。「我能看見一個人的氣場。社長先生，你的氣場看起來像是開槍殺過人。」

「妳這句話暗藏玄機。言下之意，是我槍殺了曾根本？」雲野淡淡一笑。

「怎麼可能！」翡翠吃驚地杏目瞪圓，表情誇張而虛偽。「我絕對沒有這樣想。唉，我這個人就是少根筋，如果讓社長先生這麼認為，我向你道歉。不過，社長先生既然從前當過刑警，應該多少會有逼不得已而射殺歹徒的時候吧？」

「我很幸運，並沒有機會開槍。現實中的警察不同於警匪片，絕大部分的日本警察一直到退休為止，都不曾朝人開過槍。很遺憾，妳完全猜錯了。」

「哎喲！看來是我搞錯了，請原諒我的失禮。」翡翠低頭鞠了一躬。

「妳所謂的專業協助，該不會就是靠妳的超能力吧？」雲野笑著說道。

「這是祕密。」

翡翠在嘴唇前方豎起食指，接著轉身退出門外，這次她才真的離開了貴賓室。

雲野在沒有人的貴賓室裡靜靜等了好一段時間，心裡不禁暗笑，這個通靈女人可真是大膽，剛剛的舉動，無疑是向自己宣戰，她完全沒有掩飾對自己的懷疑。

然而，雲野從頭到尾都維持著冷靜的態度，甚至感覺事情越來越有趣了。

在空無一人的貴賓室裡，雲野微微揚起了嘴角。

＊＊＊

千和崎真正在廚房泡著咖啡，使用的是今天才剛買的無咖啡因咖啡豆。

不曉得滋味如何？目前聞起來香氣沒有任何問題。

真取來兩隻馬克杯，從冒著熱氣的咖啡機倒出兩杯咖啡，放在托盤上，當然也沒忘記附上方糖罐。

真端起托盤，走向雇主的房間，敲了門之後，等候門內傳出回應，才將門打開。

真的雇主正懶洋洋地躺在床上，不知何時已換好了衣服。她穿著一件T恤，上頭寫著「醜小鴨」，中間印著模糊的黃色鴨子圖案。那是真花錢買來的心愛T恤，最近一直找不到，原來是被雇主偷走了。雇主的下半身穿著一件量販店買來的紅色運動褲，看起來就像是個剛回到家什麼事都不想做的女高中生。

只見翡翠的腹部擺著一顆枕頭。

「喝咖啡吧！無咖啡因的。」真說完，將托盤放在床邊的矮桌上。

「謝謝。」翡翠在床上慵懶地應了一聲。

她正在將一份夾帶了照片的資料高高舉向天花板，身旁也散落不少看似差不多的資料。

「看出什麼了嗎？這次的對手好像很難應付呢！」

靠著眼鏡上頭的針孔攝影機及耳機，真與翡翠能夠做到即時的資訊共享。雖然解析度很低，用於記錄及分析基本上沒有問題。

真並不清楚對方的反應令翡翠作何感想，但自從回來之後，翡翠就一直悶悶不樂。真自己也反覆看了好幾次影像檔，實在看不出那個姓雲野的男人有一絲一毫的驚愕，就連聽見翡翠有通靈能力時，依然一副老神在在，看來翡翠過去的手法對這個人是行不通的。

「我投降了，完全找不到證據。」

翡翠閉上了眼睛，不停唉聲嘆氣，她雙手一攤，手上的資料全都落在床上，這些資料裡鉅細靡遺地記錄了案發現場的狀況。

翡翠抓著肚子上的大枕頭，慢吞吞地挺起上半身。

「不愧是前搜查一課刑警，非常清楚警方的科學辦案手法。跟那個該死的變態連續殺人魔有幾分相似，犯案的現場完全沒有留下任何證據。就連手槍的來歷也是毫無破綻，唯一能證明那是一起凶殺案的證據，只有酒醉的涼見小姐那不具說服力的證詞……」翡翠一邊咕噥，一邊將手伸向矮桌，以手指捏起方糖，放入杯中。「如果她能指認得出凶手就好了。」

「是啊！要是她能想得起凶手的臉，我們至少還有一點勝算。」

「不過……雲野有沒有可能擔心被她指認出來，下毒手將她殺了？」

「怎麼可能。」翡翠笑著說道：「一來動手殺人的風險太高，二來涼見小姐要是離奇死亡，等於是告訴警察『曾根本先生是死於他殺』。」

一顆、兩顆、三顆、四顆……翡翠將方糖一顆顆投入杯中，數量多到真已經懶得數了。

「妳上次不是說，凶手從現場帶走了一些東西嗎？」

「應該早就被處理掉了，不可能當作證據。」

「凶手到底帶走了什麼？」

「襪子。」

「襪子？」

「對，死者的襪子。正確來說，是吊在圓形曬衣架上的襪子。」

「為什麼凶手要帶走那種東西？」

「阿真，妳先自己想想看，這就當作妳的作業吧！」翡翠看著馬克杯，繼續投入方糖。

凶手把襪子帶走了？真是莫名其妙……

「但這無法成為證據，不是嗎？」

「沒錯，光靠這個無法成為鎖定凶手身分的證據。這次在案發現場什麼證據也找不到，真是讓人相當頭痛的敵人。我們的心理戰完全無法發揮效果，想起來更讓人生氣。」

真也感覺得出來，那是個極度冷靜，絲毫不帶感情的男人。如果那個男人真的就是凶手，他在下手的瞬間肯定是面不改色。

這不禁讓真感到有些背脊發涼，不知道為什麼，真感覺讓翡翠接近那個男人是一件相當危險的事。真轉頭望向翡翠，她終於不再朝著杯裡扔方糖，正端起杯子吹了吹，輕啜一口，立刻皺起了眉頭。

「好苦。」

「咦？」真疑惑地問道：「妳加了那麼多方糖，還會苦嗎？」

「完全不夠。」

「真的嗎？」

翡翠將馬克杯遞給真，真伸手接過，滿腹狐疑地喝了一口。

這是什麼可怕的甜死人液體……

「太甜了！」真將馬克杯推還給翡翠，揶揄道：「妳的味覺是不是有問題？」

「妳真失禮。像上次蛋白霜太甜，我也感覺得出來。」

「喝這麼甜，小心生病。」

「放心，我沒有打算全部喝完。」

這個臭丫頭。

「加入糖可以讓滋味更有深度。阿真，妳竟然敢喝黑咖啡，那種東西我喝一口大概就會升天。」

「又不是三歲小孩。」

苦澀的熱咖啡療癒了麻痺的舌頭。

「阿真，妳這種不喝黑咖啡就是小孩的想法才更像小孩。」翡翠哼了一聲，噘著嘴說。

「是嗎？」真聳了聳肩，不再與她辯駁，端起咖啡又啜了一口。

或許是因為剛剛喝了太甜的東西，此時完全感受不出新咖啡豆的氣味。

「對了，這次的案子真的不可能是自殺？妳確定那傢伙就是兇手？」真皺著眉頭問。

「絕對不會錯，看了他今天的反應，更是讓我確認自己猜得沒錯。不過，要從犯案現場找到證據，恐怕是不可能了……」

翡翠能夠看出一個人的微妙表情變化，只是這並不能當作證據。

真注視著正在啜飲咖啡的翡翠，她看起來似乎正在冷靜思考，不知是不是自己的錯覺，總覺得翡翠的眼神透露出一股焦躁之色。

既然不可能找到證據，為什麼不趕快收手？真不解地忖度。

翡翠的身分並不是警察，她沒有非破案不可的義務。

「像這樣的案子，才更需要城塚翡翠大顯身手啊！」翠綠色的水眸仰望著真，眼中閃耀著堅定的決心。「在涼見小姐回想起關鍵證據之前，我們只能走一步算一步了。只要她能想出最重要的證據，我們就能獲得最後的勝利。」

不知道為什麼，真一想起那男人的眼神，心中就有一股不好的預感。

「阿真，請妳繼續幫忙我。」

雖然麻煩，翡翠難得這麼老實地懇求，讓真無法拒絕。

「好吧！畢竟這是工作。」

除了打掃、洗衣、照顧三餐、接送之外，還得做一大堆這種雜事。

不過，既然拿人薪水，也只能替人辦事了。

＊＊＊

雲野坐在椅子上陷入了沉思。

這案子拖得越久，對自己越不利。最大的變數，當然就是目擊者。

那目擊者到目前為止，都沒有向警方提供決定性的證詞，這是無庸置疑的事。要是目擊者能夠認得出自己的臉，肯定早就指認了。何況要是證據充分，警方早已申請搜索票，對自己的住處進行搜索。只要搜出剩下的那把手槍，就可以將自己逮捕。

如果自己還在當刑警，肯定會這麼做吧！警方沒有這麼做，代表目擊者並沒有看到自己的臉，或是想不起來。畢竟從窗外往屋裡看，能夠看到的範圍有限，再加上目擊者當時喝醉酒，很有可能根本不記得了。

警方若設置搜查本部，進入長期抗戰，局面可能又會出現變化。目前只有不可靠的目擊證詞能夠證明這是一場凶殺案，卻足以讓警方將這起案子視為凶案處理，並不草草結案。正是因為重視目擊證詞，刑警才會帶著那個女人找上門來。光靠目擊證詞無法定罪，所以他們找了通靈人士來幫忙。那個通靈人士看出自己是凶手，但找不到任何可以將自己逮捕的證物，因此他們打算靠心理戰來突破自己的心防。這大概就是目前警方所打的算盤吧！

警方的搜查行動拖得過長，很有可能會派人跟監自己。如果自己的徵信社完全是正派經營，當然沒有任何問題，偏偏自己除了殺人之外，還幹了很多違法勾當。警方如果先以其他罪名進邊逮捕，再藉機蒐集凶殺案的證據，局勢將變得對自己相當不利。警方很有可能會採取這樣的策略，人海戰術的威力絕對不容小覷，而且在這段期間裡目擊者可能會提出重要的證詞。

就算趁現在趕緊把手槍丟掉，自己的住處還是藏有許多檯面下交易的證據，被找到一樣都會吃不了兜著走。要是將那些證據全部丟掉，又太可惜了。最後的王牌，是透過與自己的違法事業有合作關係的警界高層，向那些刑警施壓。這一招如果使用得太早，等於是向警方承認自己就是凶手。如此推想下來，一直採取守勢的話，情況會對自己越來越不利。

問題在於，若要主動出擊，該採取什麼樣的做法……？

雲野是個相當大膽的男人，在這個問題上，他只猶豫了片刻。如果雲野是個畏懼反擊的男人，打從一開始就無法抓住權貴們的把柄來威脅他們。

主動出擊的做法很簡單——主動接觸目擊者，設法使其撤回證詞。

人的記憶是非常不可靠的。

從前當刑警時，雲野有過無數次尋找目擊者的經驗，對這一點有著極深刻的感觸。聲稱目擊犯案過程的人，突然改變證詞是常有的事，刑警只要稍微以言詞誘導，要讓目擊者選出歹徒的照片，可說是一點也不難。

例如，當目擊者對自己的記憶沒有自信時，刑警只要先以「那個人是不是有鬍子？」「體格是不是很壯？」、「是不是穿著藍色衣服？」之類具誘導性的句子來提問，最後再拿出歹徒的照片，目擊者通常會說「好像是這個人沒錯。」當然這種誘導當事人的技術，算是違法的，而且一旦這麼做，在法庭上反而會對檢方造成負面影響，因此現代的警察大多盡可能避免這種做法。

然而，雲野當然不需要顧忌這些，對方的性格越喜歡胡思亂想，這個手法就越有效。當然自己主動接近目擊者，可能會勾起對方心中原本想不起來的記憶。不過，警方應該早就讓目擊者看過自己的照片，對方既然還是想不起來，突然勾起記憶的風險應該不高。只要再穿上與犯案當時完全不同風格的服裝，應該就萬無一失了。

雲野不僅是曾根本的上司，還是個曾經當過刑警的偵探，為了釐清過世職員的死因，而找目擊者問幾個問題，並不是什麼奇怪的事情。只要是在雲野擔任刑警時就認識他的人，多半會認為雲野如果沒有採取任何行動，反而不像他的風格。

更何況，要是真的發生了什麼意料之外的狀況……大不了就跟曾根本一樣，把對方殺了。一般人犯案，為了避免加深警方懷疑，多半不想節外生枝，但這就是雲野的處事風格。

雲野立即採取了行動。

確認沒有人跟蹤之後，雲野將車子停在案發現場附近的綜合商業建築的遠處，朝著那建築走去，警方似乎還沒有派人跟蹤自己。雲野擁有一套獨特的專業跟蹤技術，自認為比一般的警察厲害得多，要看穿警察的跟蹤也是不費吹灰之力。警方沒有派人跟蹤，除了代表警方還沒有完全鎖定自己為嫌犯之外，也代表警方還沒有成立搜查本部，因而人手不足。雲野就這麼在完全沒有受到跟監的情況下，來到了該建築前。

站在近處一看，與其說是綜合商業建築，其實更像是一棟含店面的三層樓住家。一樓是出租店面，鐵門被拉了下來，且張貼著招租廣告，顯然無人承租。儘管這裡也算是東京都內，租金也不貴，把店開在這種地方恐怕是沒有任何好處。二樓及三樓都是居住空間，窗戶透出燈光，應該有人在家。

雲野一看手錶，此刻正是晚餐時間，屋主或許會為了不想受到打擾而假裝不在家，但還是有一試的價值。

建築物的側面有一座生鏽的鐵製樓梯，樓梯的上方才是二樓以上居住空間的大門。雲野走上了樓梯，來到門上有一塊小小寫著「涼見」的門牌前，伸出戴著皮手套的手，按下門邊對講機上的門鈴。

不一會兒，對講機傳出女人的聲音。

『哪位？』

「這麼晚的時間來打擾，真是非常抱歉。敝姓雲野，任職於UY調查中心，也就是俗稱的徵信社。請問是涼見小姐嗎？」雲野以宏亮的聲音及清晰淺白的詞句，說道：「我正在調查對岸公寓發生的那起事件。根據警方提供的消息，這附近有居民目擊了事件的發生過程。我來到這附近，是想要找出那位目擊者。請問您是否目擊了那起事件？」

『呃……我已經把所知道的都告訴警察了。』對講機中的聲音帶著三分戒心。

「小姐，是這樣的，過世的曾根本是敝公司的職員，為了不讓他枉死，我們想要釐清他的死因。能否請您談一談當天的事情？隔著對講機也沒有關係。」

『唔……』女人遲疑了半晌，說道：『你等我一下。』

「好的，抱歉突然前來打擾，如果您現在不方便，我也可以改天再來。」

『不用，幾分鐘就好，你等我一下。』

過了大概五分鐘，大門開了一道縫隙，一個女人自縫隙向外窺望。她看起來約三十多歲，臉上近乎素顏，特徵是雙頰有點嬰兒肥，一頭樸素的黑髮，在腦後綁成了一束。

「能不能在這裡說就好？裡頭有點亂……」涼見怯怯地說。

「當然沒問題。」雲野臉上露出溫柔的微笑，盡可能使用讓對方安心的語氣，說道：「請放心，不會花您太多的時間。」

雲野相當擅長在第一次見面時取得對方的信任，這也是擔任刑警時訓練出來的能力之一，很多人都說雲野有著一副能夠讓女性產生好感的外貌。從前在偵訊嫌犯時，如果對方是女性，搜查一課往往會派他上場。

事實上，雲野年輕時身邊經常圍繞著許多女人，就算是現在，也常有人認為他是情場高手。然而，自從妻子過世之後，雲野便再也不曾對女人產生興趣了。

雲野再次自我介紹，並且遞出了名片。涼見接過名片，歪著頭看了一眼。

「啊！我看過你們公司的廣告。」她笑著說道：「外遇調查、信用調查、市場調查，通通都找ＵＹ調查中心！」

她搔了搔泛著黑斑的鼻頭，臉上似乎施著淡妝，卻還是難以將黑斑完全掩蓋。

「您知道我們公司？這是我們的榮幸。」雲野低頭鞠了一躬。

「徵信社的廣告很罕見，所以我就記住了。你們是很大的徵信社，對吧？」

涼見目不轉睛地打量雲野的臉，下一秒突然雙頰泛紅，趕緊撥了撥瀏海，露出一副後悔穿得太隨便的表情。

雲野見狀心中竊笑，臉上卻擺著正經八百的表情。

「涼見小姐，聽說您在案發的那天晚上，目擊了犯案的過程。能不能請您詳細說明當時的情況？」

「呃……其實我沒有目擊開槍的瞬間，只是看見有個男人拿著手槍站在房間裡。」

「您看見男人的臉了嗎？」

「其實……當時我喝醉了。」

涼見靦腆地笑了起來，那表情頗有一股特別的魅力。嬰兒肥的雙頰與過世的妻子有幾分神似，令雲野不禁懷念起故人。

「當時我一邊喝著啤酒，一邊坐在陽臺看星星。啊！那天是可以看見獅子座流星雨的日子。我看了一會天空，覺得脖子有點痠，就彎了下脖子，剛好瞧見那個窗戶……我絕對不是故意偷看的。」

「當然，我完全理解。」

「我感覺好像看到了那個人的臉，但就是想不起來。刑警讓我看了很多照片，我實在看不出是哪一個？」

顯然涼見並沒有說謊，當時拿著手槍的那個人，如今就站在她的面前，她卻渾然不覺。

看來應該能避免最糟糕的狀況了。即便雲野有自信能夠在殺了人之後不留下任何證據，涼見若在這個時候離奇死亡，不就等於是昭告天下「曾根本死於他殺」。

「好的，請問是否還記得其他事情？」

「其他事情……」涼見眉心微微一顰，遲疑地說：「我只記得窗簾有一邊是打開的，窗戶上好像吊著一些襪子之類的東西，只能看見一小塊屋內的景象。我往那個方向看過去，勉強能看見一個拿著手槍的男人站在那裡。」

「您當時一定嚇了一跳吧？」

「是啊！我嚇到趕緊打電話給我媽。」

「您不是報警，而是打給您的母親？」

「我拿不定主意，決定先找我媽商量一下。」涼見說著，露出羞赧的笑容。「說起來真是丟臉，年紀這麼大了，還像個孩子。」

「不，您還這麼年輕，當然會想要找人商量，這麼做並沒有錯。」雲野幫腔道：「況且您並沒有看見那個人以槍指著誰的頭，是嗎？如果是這樣的話，任誰都會產生猶豫，不知道該不該報警。」

這也是理所當然的事，如果當時她選擇立刻報警，自己已經被逮捕了。

「嗯，是啊！我只是看見一個人拿著手槍。我媽也跟我說，日本不可能會有強盜拿著手槍闖進公寓裡，我後來便猜想那應該只是玩具槍。」

「原來如此，這是很合理的推測。換成是我，也會作出相同的結論。」雲野竊笑不已。

「不過，也有可能真的是凶殺案，後來警察問了我好多問題。」

「警察？是岩地道先生嗎？」

「啊！對，那個長相很可怕的……還有另外那個年輕女人，也問了我一大堆……她叫什麼來著……我只記得那名字很怪。她長得很漂亮，身材高高瘦瘦……」

「城塚小姐？」

「對，就是她，我記得她確實姓城塚。她看起來一點也不像警察，讓我嚇了一跳。她還說如果想起了什麼，就打電話給她……你們認識？」

「我現在雖然是偵探，但從前在警視廳當過刑警，認識很多警察朋友。」

「以前是刑警，現在當偵探？太夢幻了，簡直像是連續劇裡的人物。」

其實警視廳裡年輕一輩的刑警，雲野大多不認識，當然他沒有說出來。故意先搬出岩地道的名字，是為了提高涼見對自己的信任。這一招相當有效，涼見看起來已對自己寄予完全的信任。

「若照您所說的來推測，您所看見的確實是曾根本自殺的事件。警察來找您問話，應該也只是例行公事而已吧！」

「真的嗎？我總覺得那時候我如果報警，結果應該會有所不同。就算沒報警，至少也應該記住那個人的長相……」

「您真的完全不記得？」

「是啊……」涼見按壓著自己的脖子，看向半空中，似乎在挖掘記憶，接著低頭望向雲野，面露無奈的笑。「我只記得那應該是個男人沒錯，其他的什麼也想不起來……」

下一秒，涼見眨了眨眼睛，像是想起了什麼。

「啊……」

「怎麼了嗎？」雲野詫異地歪著頭問道。

「沒什麼……」涼見瞇起了雙眼，目不轉睛地盯著雲野說道：「偵探先生……我總覺得好像在哪裡看過你。」

一陣緊張感，讓雲野不禁屏住了呼吸。

涼見神色詭異地仰望雲野，雲野也默默與她互望，她蹙起了細眉，似乎是在苦苦思索。

難道她要想起來了？

雲野朝身旁的對講機瞥了一眼，似乎是相當老舊的機型，應該沒有儲存影像的機能。自己並沒有在上頭留下指紋，要殺死這個女人，應該是不費吹灰之力。可以選擇將她勒死，或是開槍射殺她；只是如果在這裡開槍，很可能會被聽見。當然附近鄰居不見得會立刻探頭出來查看，但逃走的過程可能會被看見。警方也能從膛線痕查出這把槍的來歷，如此一來，警方就會更加懷疑曾根本是遭到殺害。

考量這種種因素，不使用手槍是比較明智的做法。就算以不使用手槍的方式殺死這個女人，警方還是會懷疑曾根本是遭到他殺。此外，這女人不見得是一個人住，儘管陰暗的屋內地板只看得見一雙淑女鞋，如果屋裡有其他人，事情會變得非常棘手。

是不是應該趁她還沒想起之前，趕緊先離開？剛剛給了她名片，或許是一大失策。滿心以為勝券在握，才會做出這種輕率的舉動。

不過一眨眼的時間，雲野已在心中盤算了所有的環節。

看來只能冒險將她殺死了。就在雲野作出這個決定的瞬間……

「啊！電視廣告。」涼見突然說道。

「咦？」雲野不解地眨了眨眼睛。

「幾年前你是不是拍過一支電視廣告？」涼見低頭看了一眼手上的名片，笑著抬頭說道：「UY調查中心的電視廣告！那個廣告裡頭的偵探很帥，讓我留下了深刻印象。」

「呃……」雲野訕訕地搔了搔臉頰。

涼見這時才發現了雲野名片上所寫的職銜。

「原來你就是廣告上的那個偵探！天啊！你是社長？」涼見驚聲尖叫，那雀躍的模樣簡直像是遇上了偶像巨星。「啊啊！要是知道會遇上你這種帥哥，我一定會好好打扮一下！你千萬別誤會，平常的我不是這副模樣！真的很抱歉，讓你見笑了！啊啊，那個星座占卜未免應驗得太快了吧！」

看來這一槍是不用開了。雲野暗忖著。那副開懷大笑的模樣，也與雲野的妻子有幾分神似。如果可以的話，雲野不想殺死這個女人。

「請別這麼說，是我突然來訪。」

雲野數年前確實上過電視廣告，其實雲野原本沒那個打算，受到女職員們熱情慫恿，最後才在廣告上稍微露了臉。沒想到觀眾的反應比雲野原本的預期更加熱烈，在一部分的網站上引發討論，向公司提出委託的女性個人客戶也變多了。

涼見的反應，提高了雲野心中的勝算。照理來說，既然她從前曾在電視上看過雲野，案發當下目擊雲野時心中的記憶應該會被喚醒，就此牢牢記住雲野的長相才對。然則她還是忘得一乾二淨，這表示她當時已經是醉醺醺的狀態。

既然現在想不起來，未來應該也不用擔心她會突然想起來。

如今雲野已經獲得涼見的信任，接下來要做的事，就是扭曲她的印象。

簡單來說，就是讓涼見相信她所看見的那個窗戶裡的男人，是曾根本。

「對了，您看見的那個窗戶裡的男人，身材是不是很高大？」

「呃……這個嘛……我也搞不太清楚……」涼見皺起雙眉，歪著頭說道。

「如果是從雙筒望遠鏡看出去的景象，會因為距離感出現誤差的關係，感覺比實際上小一些。反之，如果您覺得那是個中等身材的男人，實際上那男人的身材很可能很高大。」

「你這麼說確實有道理……」涼見瞪圓了眼，顯得相當佩服。

「這符合過世的曾根本的特徵。」

「咦？真的嗎？」

「是的，他一直有尋死的念頭。他的住處從頭到尾都是上了鎖的狀態，如果他是遭到了殺害，那就成了推理小說中的密室殺人。在現實生活中，是不可能發生密室殺人這種事。況且他真的是遭人槍殺的話，槍聲應該會引來街坊鄰居的注意，當凶手在逃走時，必定會被人看見。因此，現實中不太可能以這種方式殺人。」

「原來如此。」涼見點了點頭，表情看來安心了不少。

「若是場謀殺案，及早報警確實能讓警察在凶手逃走之前將其逮捕。」雲野溫柔地說道：「不過，那只是一起自殺事件。就算當時您報了警，在警察趕到之前，曾根本應該已經死了，所以您完全沒有做錯任何事喔！」

從兩人剛剛的交談，雲野能感覺到涼見心中有著一絲罪惡感。任何人得知自己做了對他人見死不救的行為，都會感到自責。而雲野需要做的事，只是化解對方心中的愧疚念頭。

換句話說，就是間接告訴她「妳只要認定那是自殺，就不必再背負歉疚感」。

「我讓您看看曾根本的照片，或許就能想起來了。您所看見的，應該就是曾根本自己。他拿著手槍，正打算要自殺時，剛好被您從窗外看見了。」

雲野取出智慧型手機，開啟曾根本的照片，舉到涼見面前。

「嗯……沒錯，好像就是這個人。」涼見看著手機畫面，輕輕點了點頭。

＊＊＊

「是嗎？好的，我明白了。抱歉，屢次打擾。如果妳想到了什麼，請再與我聯絡。」

城塚翡翠沮喪地結束了與涼見梓的通話。

千和崎真原本正在收拾著廚房，聽見翡翠正與涼見在電話上交談，從廚房走出來。

「她想起什麼了嗎？」

「什麼也沒想起來，還說她覺得那個人就是曾根本先生……」

翡翠無奈地嘆了口氣，搖了搖頭，整個人癱倒在客廳的沙發上，顯然她原本的期望完全落空了。

翡翠與涼見梓交換聯絡方式，是為了當涼見想起什麼時，可以立即聯絡自己。沒想到雲野泰典竟然大膽地主動與目擊證人接觸，這完全不在翡翠的預期之中。不久之後，涼見就打電話來，撤回了她的目擊證詞，還聲稱她看見的那個人應該就是曾根本。

翡翠再三向她強調絕對不可能，前前後後通話了數次，涼見就是不肯變更證詞。

「畢竟她當時喝醉了。」

真聳了聳肩，望向翡翠，只見她臭著臉倒在沙發上，伸手在瀏海上亂抓一陣。

「我可還沒有放棄，接下來可以從襪子的證詞下手。」

「妳是說，她指稱看見窗口吊著襪子的證詞？」

「沒錯，雲野沒有試圖改變她這個部分的證詞，代表雲野對這個環節並不是太在意。只要從這裡下手，就可以攻他個出其不意。」

翡翠說完，噘起了嘴。

「難得妳會處於劣勢，真的能贏嗎？」真將手插在腰間，低頭看著翡翠。

「一定能贏。」翡翠坐了起來，鼓起兩邊臉頰。

「妳連雲野會主動去找目擊證人，都沒有預料到呢！」

翡翠仰頭看著天花板，露出一臉被說到痛處的表情。

當初是真先提出了「雲野可能會下手殺害涼見」的警告，這樣立場顛倒的情況，可說是相當罕見。翡翠卻一笑置之，認為雲野不可能做出風險這麼高的事情。

然而事實證明，雲野做出了讓翡翠意料不到的舉動。

這次的敵人，顯然跟過去的敵人不太一樣，真對此有著極深的感觸。

「唉，偶爾也是會遇上這種情況。」

翡翠說得自暴自棄，將手伸向沙發前的矮桌。在與涼見梓通話之前，她正在玩著桌上一堆雜七雜八的古怪道具。

那似乎是一些表演魔術用的道具，好幾盒撲克牌的盒子排列成，有如石陣一般的不規則形狀。此外，還有豎立的硬幣、銅杯、短棒、銀環、堆疊在一起的骰子等，各種稀奇古怪的道具，幾乎擺滿了整張桌子。

翡翠正拿著一枚硬幣，豎立在桌子的邊緣處。

真不禁感到納悶。**她到底在做什麼？**翡翠很少會做出這種令人不解的舉動。**難道是為了排遣心中的焦躁？**

「明明知道兇手是誰，卻不能把他抓起來，妳心裡一定很懊惱吧？」

「我的推理手法，就像是這座Rube Goldberg machine……」

翡翠跪在地板上，眼睛的高度與桌面齊平，凝望著桌上那堆古怪道具。

「魯……妳說魯什麼？」

「翻譯成什麼來著……」原本正在調整撲克牌盒位置的翡翠停下了動作，歪著頭說道：

「好像是……啊！魯布・戈德堡機械。」

「妳說那個魯什麼的機械，就是這堆東西？」

「只要有了一點線索或矛盾，球就會掉下來，開始滾動。」

翡翠伸出手指，朝著豎立在桌面邊緣的硬幣輕輕一彈，硬幣像車輪一樣開始往前滾，撞上了前方的撲克牌盒。撲克牌盒傾倒，上頭一顆軟木材質的球掉入銀環之中，沿著銀環的內側滾動。

「邏輯推理……」翡翠凝視著軟木球，淡淡說道：「就像是引發連鎖反應的一股力量，推著球往前滾，找到下一個線索，驗證新的推論……」

連鎖的運動，讓盒子傾倒、讓硬幣滾動、讓骰子堆崩塌、讓短棒彈跳。

一顆毛線球往桌面的邊緣滾去，前方有一個小小的籠子，看起來像是老舊的捕鼠陷阱。籠子裡放著一隻有著紅色臉頰的黃色老鼠玩偶，或許是因為翡翠沒有普通的老鼠玩偶，才拿這個東西代替吧！

「當邏輯推理不斷堆疊，最後就能找到真相……」

毛線球滾到籠子旁，也許是震動觸發了機關，籠子的門已落下。

「抓到真凶。」

黃色老鼠玩偶被關在籠子裡。

真見了這一連串的巧妙布置，忍不住想要拍手鼓掌。

「但是……」翡翠盯著桌面上的道具，臉上絲毫沒有滿足之色。「將球往前推的這些裝置實在太過複雜，凡人無法理解。」

「意思是無法當作證據？」

「我喜歡推理小說裡的單純世界。每個人都聽得懂神探的推論，而且只要說出了推導過程，不僅警察會全盤接納，就連歹徒也會乖乖承認，完全不用思考起訴與審判的問題。我喜歡那種乾脆爽快的感覺。」

真看著桌面的慘狀，聳了聳肩膀，自己確實完全無法理解每個道具所發揮的機能。

「在世人的眼裡……」翡翠一邊說著，一邊撲倒在沙發上。「這種拐彎抹角的推理方式實在太愚蠢了，大家想要的是沾有指紋的凶器，或是血腳印。」

翡翠能夠以邏輯推論證明雲野是凶手，警方卻不能光憑她的論點就下令逮捕雲野，這正是她心中的焦躁感來源。

「唉，現實跟推理小說是不一樣的。」真說道。

「就算這起事件是推理小說，或許也沒有什麼不同。」

只見翡翠仰望著天花板，一頭長髮散落在沙發上，接著緩緩起身，以手指捻起桌上的一顆骰子。那骰子是半透明的樹脂材質，顏色與翡翠的雙眸一樣，是美麗的翠綠色。

翡翠將骰子舉到燈光下，乍然開始對推理小說高談闊論。

「推理小說的讀者，大多對邏輯推論並不那麼在乎，只要知道凶手是誰就行了。他們只是瞎猜凶手的身分，猜中了就會心滿意足，認為自己有先見之明。至於能不能提出讓所有人都能接受的推論，他們根本不在意。就算是作者刻意寫得讓所有人都能看出凶手的身分，他們也會以為那是自己的實力。因此，打從一開始就知道凶手是誰的小說，會讓他們停止思考，認為那一點意思也沒有。」

每次一講到跟魔術及推理小說有關的話題，翡翠的嘴巴就停不下來。

翡翠捻著骰子輕輕一搖，骰子竟然變成了兩顆。

「現在的讀者看推理小說，追求的不再是推理，而是驚訝。他們要的是意外的凶手，以及意外的結局。雖然名義上是推理小說，但只要凶手的身分跟結局夠驚人，偵探的推理根本不是重點。只有作者及極少部分的推理狂，才會對推理過程感興趣。那些想要猜出凶手身分的讀者，並不要堆砌合理的邏輯推論，只是想享受憑直覺猜中凶手的快感。然則，在現實世界裡，只是隨便猜中就可以的話，根本不需要偵探、警察或檢察官了。」

翡翠伸出另一手的指頭，輕觸著骰子的表面，朝著真的那一面的點數，竟然不斷地變化，翡翠的手指幾乎沒有移動，真完全看不出她是怎麼做到的。

「既然叫推理小說，應該要以推理為主……一般的讀者所追求的卻是驚奇小說、意外小說、無法預測的小說……」

翡翠似乎是厭煩了這個魔術，將骰子扔在桌上，原本兩顆骰子，又變回了一顆骰子。

「僅是要猜出凶手是誰，擲骰子也做得到，只要給每個登場人物一個號碼就行了。真正重要的是，在找出凶手的過程中，建立起的那些充滿創造性的推論，那這是只有人才能建構出那些理論架構……」

骰子在桌面上彈了兩下，最後朝上的點數是一點。

翡翠嘟起了嘴，再度倒在沙發上，一頭秀髮輕飄飄地自沙發上垂落。

「可惜的是，基本上人是一種不喜歡動腦的生物。大多數的人都過得疲於奔命，感性能力隨著老化而逐漸喪失，學會了只追求簡單事物的聰明生活方式，沒有人想要思考那些麻煩的事情……」

「好了，我知道妳的心情很鬱悶。」

真在閱讀推理小說時，也覺得靠直覺猜出凶手身分是一件很有快感的事。然而這樣的做法，並沒有辦法實現翡翠心中的正義。

相反地，就算已經建構出了理論，太過艱深難懂的話，也很難讓所有人理解。明明知道凶手是誰，卻無法說服警察加以逮捕，光是這一點，便不難想像翡翠的心中有多麼憂鬱。

「阿真，至少我希望妳不要放棄思考。」

翡翠仰頭對著天花板，朝真瞥了一眼。

「我只能說我會盡力……」

*就算不是偵探，也不要放棄思考。*這是翡翠對真經常提出的要求。

例如，翡翠已確信凶手就是雲野，那她是基於什麼樣的推理，才得到了這樣的結論？這是真接下來必須解開的謎題，也是真必須嘗試推導出的結論。

*偶爾動動頭腦，也不是壞事。*真如此思忖著。

至於翡翠必須克服的最大難題，則是找出讓任何人心服口服的證據。什麼樣的證據，才能證明雲野就是凶手？世上真的存在那種證據嗎？

一個絕對不在現場留下任何證據的人，或許正是翡翠的最大勁敵。

「要是通靈能力能夠當證據，不知有多輕鬆……」翠以手指梳理著頭髮，說道：「不然就是找個帥哥男友，能夠幫我推導出凶手、找到證據，順便還幫我向警察說明，最好是不要有奇怪的性癖好。」

「天底下沒有那種人。」

「我對這個社會做了那麼多貢獻，相信總有一天一定能讓我遇上真命天子。」翡翠嘆了口氣，嘴裡不停地咕噥道：「我的要求並不高，只要能跟我聊推理小說的話題，腦筋轉得比我快就行了。身高跟收入什麼的，我都不在意。啊！不過長相不能太差……我相信一定能在調查某件案子時，突然有了美麗的邂逅……」

真也不曉得她到底有幾分認真。

「妳盡量嚼舌根沒關係，杯子記得自己收。」真說完，轉身走向廚房。

「阿真，明天我要發動反擊了。」

真聽了轉頭望向翡翠，見她又坐了起來。

「雖然目擊者撤回了證詞，我還是會請警察繼續跟監。接下來，是我反擊的時間了。」

儘管翡翠嘴上抱怨連連，似乎並沒有喪失鬥志。

翡翠一臉認真地凝視著真，真不禁點了點頭。

「為了明天能夠有充足的精神，今晚我想要早點睡……」翡翠慎重地說。
「杯子自己收。」真淡然地交代完，轉頭就走。

＊＊＊

城塚翡翠到底是何方神聖……？

這天下午，雲野泰典將車子停在路旁，整個人仰靠在椅背上，注視著前方公寓的地下停車場入口。像這種跟監外遇者的行動，雲野早已處理得駕輕就熟。由於時間太多，什麼事也不能做，只好在心中思考關於那個女人的事情。

那個擁有神奇的超能力，連警察組織也能任意使喚的女人……

與警方的應對方面，雲野已沒有什麼事情能夠主動出擊。即便已讓目擊者撤回了證詞，這幾天雲野卻感覺到有警察在跟蹤自己。這意味著警方手上還是有一些線索，讓他們懷疑這是一起凶殺案。不過，雲野相信警方手中的線索，肯定缺乏足夠的證據力。

最好的證明，就是警方直到現在依然沒有成立搜查本部。

雲野在警界有不少獲取內部消息的管道，這並非因為雲野曾經是刑警，而是「提案」發揮的作用，許多警界高層人物都有著不可告人的祕密。

雲野透過管道多方探聽，完全沒有聽到警方將針對本案成立搜查本部的消息。如此想來，警方的行動可能是受到那位通靈少女的影響。然而，當雲野詢問關於那個通靈少女的事，得到的回答卻都是「完全不知道有這號人物。」

難道城塚翡翠這個女人的存在，在警界被視為最高機密？

此時，一輛汽車從前方的停車場駛了出來，仔細一看，那是不相關的車子。雲野暗自咂了個嘴，看來今天又要做白工了。

像這種個人客戶的外遇調查，如今通常已不需要雲野親自出馬。由於這次的調查對象，可作為「提案」的籌碼，雲野不放心交給部下處理。或許是因為打從當了刑警便已習慣這樣的生活，如果不偶而親自執行任務，不僅直覺會鈍化，還會欠缺活著的感覺。

調查對象在這棟公寓的某戶包養了一名情婦，門牌號碼及情婦的姓名都已查得一清二楚，接下來只要拍到兩個人在一起的照片，工作應該就告一段落了。調查對象在昨晚進入了公寓，應該就快出來了。這個調查對象是個相當謹慎小心的人，很少會跟情婦一同外出，今天或許也會做白工。

雲野一直認為自己是個沒有耐心的人，但不知道為什麼，在做這類必須沉住氣的跟監或查訪工作時，自己會變得極有毅力。

驀然間，雲野看見後照鏡上出現了一道人影，他挺起了腰桿，等待那人靠近。不一會兒，門上傳來輕敲聲，雲野慢條斯理地打開車窗。

「社長先生，早安。」

車窗外傳來開朗又溫吞的聲音，纖細的身體包裹在大衣之中。女人彎了下腰，望向車內，一陣甜膩香氣鑽入了雲野的鼻中。

「城塚小姐……」雲野並沒有轉頭，只側眼朝她一瞥。「妳怎麼會在這裡？」

「我到貴公司拜訪，撲了個空，祕書說你在這裡。跟監很累吧？真是辛苦了。」

雲野聽了扯了扯嘴角，將頭轉向翡翠。

翡翠朝著車內探頭張望，波浪捲的秀髮微微搖曳。

「有幾個問題，想要請教社長先生……」翡翠停頓了一下，突然打了個哆嗦。「嗚嗚，外頭好冷。啊！社長先生的身邊剛好有個座位呢！」

「請。」雲野大方地伸手比了比副駕駛座。

翡翠踏著高跟鞋，繞過了車子，打開副駕駛座的車門，進入車內。

「社長先生，我給你買了點東西。」

「噢？」雲野有些詫異地望向翡翠小心翼翼捧在懷裡的塑膠袋。

那似乎是便利商店的袋子，只見她坐在副駕駛座上，併攏了穿著絲襪的修長雙腿，將袋子放在膝蓋上，朝裡頭掏摸。

「有牛奶，還有紅豆麵包。」翡翠說著，得意洋洋地取出紙盒裝的牛奶及紅豆麵包。

「那可真是……嗯，我剛好肚子餓了。」

「太好了。偵探跟刑警一定要吃這兩樣東西，這是你們的傳統，對吧？」

「這樣的組合已不知多少年沒吃過了。」雲野打趣地說。

「咦？」翡翠露出了震驚的表情。「不會吧？」

「只有連續劇裡的偵探才會吃這種東西。」

「真是抱歉，是我自作聰明……我是第一次認識偵探，以為你們應該會喜歡這種不佔空間的東西。」

「妳真是個怪人。」雲野笑著說，伸手接過牛奶及紅豆麵包。「既然妳已經買了，那我就不客氣了。」

「啊！我還買了咖啡，不知道你喜不喜歡……」

翡翠取出罐裝咖啡，遞給雲野，或許是因為太燙的關係，她只以纖細的手指捏著罐子的邊緣。雲野正要接過，那罐咖啡竟從翡翠的手中滑落。

「哇哇哇！」翡翠發出做作的尖叫聲，迅速彎下了腰。

「城塚小姐，妳幹什麼！」雲野慌忙制止，卻已太遲了。

翡翠整個上半身湊了過來，將手伸向雲野的座位下方，她的臉幾乎就在雲野的雙腿之間，令雲野一時不知如何是好。

「對、對不起！我現在立刻撿！」

下一瞬間，雲野不再緊張，身體也不僵硬了，冷眼地看著翡翠，聳了聳肩。

翡翠則一直低著頭，看不見雲野的表情。

「掉到椅子下面……」翡翠終於抬起了上半身，她一手拿著罐裝咖啡，另一手推了推眼鏡，露出得意的笑容。「拿到了！」

「謝了。」雲野無奈地嘆口氣，接過了咖啡。

「啊！等等，這罐剛剛掉在下面，我拿另一罐給你。」
翡翠從便利商店的塑膠袋裡取出另一罐，雲野笑著抓著燙手的罐身，拉開拉環，啜了一口。身體正需要咖啡，黑咖啡的苦澀滋味，溫柔刺激著感到疲累的大腦。
「城塚小姐，妳不喝嗎？」
「唔，我喝牛奶好了。」
於是雲野把牛奶遞給翡翠，翡翠將牛奶放在膝蓋上，毛手毛腳地脫下大衣。
或許是因為沒有跟刑警一起行動的關係，今天的翡翠並沒有穿套裝。她穿著露出單肩的白色毛衣，以及黑色的短褲，穿著打扮跟上次比起來女性化得多。裸露的肩膀剛好是朝著雲野的右側，肩膀的上方可看見一顆碩大的金色耳環，在波浪捲的秀髮之間搖曳。
翡翠在牛奶的紙盒上插了吸管，以粉紅色的雙唇含住。
此時，雲野已瞭然於胸。
「城塚小姐，妳剛剛不是很冷嗎？」雲野拄著臉頰，朝車窗外的景色瞥了一眼後問道。
「咦？」翡翠錯愕地抬起頭來，吸管上沾著粉色的唇印。
「妳穿成這副德性，應該很冷吧？」

「你要開暖氣嗎？」

「如果妳有需要的話。」雲野不禁苦笑。

「怕妨礙你跟監，我還是忍耐好了。」翡翠含住了吸管，喝得吱吱有聲，接著正色問道：「雲野先生，聽說你從前是一位相當優秀的刑警，不但擁有很強的正義感，還是察言觀色的高手。偵訊時只要派你出馬，總是能讓嫌犯坦白招供。像你這麼厲害的人，為什麼會改行當偵探？」

「這個嘛……」雲野歪著頭說：「如果硬要找個理由，大概是太忙了吧！」

「太忙？」

「忙著查案，沒有好好照顧生病的妻子，連在她快斷氣時，我也沒能陪在她身邊。」

「你心裡一定很難過吧？」

「所以我辭去了工作，開了一家小小的徵信社。」

「原來如此……」

翡翠點點頭，忽然將上半身湊過來，白皙的香肩幾乎貼上雲野的身體。

「雲野先生，你的徵信社都調查些什麼樣的案子？我很好奇真正的偵探平常都做些什麼樣的工作。」

「什麼都做。針對法人主要提供的是信用調查及公司內的風紀調查；針對個人的就更雜了，外遇調查、品行調查、離婚諮詢、糾紛處理、反竊聽……從前公司規模還不大時，主要接的是個人客戶的委託。」

「你們公司對處理高科技的案子，似乎也很拿手？」

「除了網路上的相關調查之外，還有調查機密外洩原因及Digital Forensics的部門。」

「那個滴……滴什麼的，是什麼意思？」

翡翠咬著吸管，蹙起眉頭，露出一副天真無邪的可愛表情。

「蒐集電腦設備上的紀錄，並加以調查及分析的手法。除了可以防止企業機密外洩之外，還可以找出網路攻擊的路徑，好像翻譯成『數位鑑識』吧。」

「二十一世紀的偵探真了不起。呃，你說數位……數位什麼？」

「數位鑑識。」

「好，我記下來。」

翡翠豎起了食指，像是臨時起意，接著她從小提包裡，取出一本粉紅色封面的厚筆記本，倏忽響起「哎呀！」一個聲音，只見翡翠開始在提包裡東翻西找。

「怎麼了？」

「我沒有筆。」翡翠愁眉苦臉地請求道：「不好意思，能不能請你借我一支筆？」

「很抱歉，我沒有筆。」

「真的嗎？」

「有了智慧型手機之後，我就不用筆了。」

「唔……你的公事包裡面沒有嗎？」

翡翠將身體貼近雲野，望向放在駕駛座旁的皮革公事包。

「很抱歉，沒有。」

「是嗎……？」翡翠噘著嘴將筆記本放回提包裡，接著取出智慧型手機，開始輸入文字。

「呃……數碼……數碼鑑定……」

「數位鑑識。」

「啊！對，數位鑑識。話說回來，你既然有這種技術，要把資料從電腦上完全刪除，應該也是輕而易舉吧？」

翡翠的雙眸流露出戲謔的神采。

「確實有可能做得到。」雲野不慌不忙地笑道。

「曾根本先生的筆記型電腦裡，許多資料都被人以特殊手法刪除了，沒有辦法復原。」

「大概是有什麼不想被人看見的東西，在自殺前自己刪掉的吧！曾根本雖說不是高科技部門的職員，多少有一些相關知識也是很正常的事。」

「有沒有可能是曾根本先生以外的人刪除的？」

「曾根本是自殺，不是嗎？」

「我們先假設是他殺吧！」

「只要擁有相關知識，倒也不是做不到。」

「是嗎？」翡翠嫣然一笑地問：「社長先生，你也做得到嗎？」

「雖然曾根本不是我殺的……若只問做得到或做不到，應該是做得到吧！」

「原來如此。」翡翠心滿意足地點了點頭。

真是個有趣的丫頭。

「話說回來，城塚小姐似乎是個說謊高手呢！」雲野刻意挖苦地說。

「咦？」翡翠愣怔住了。

「我的祕書絕對不會擅自暴露我的行蹤。妳如何知道我的下落，答案非常明顯……這幾天我不時感覺到有警察在看著我。他們以為自己躲得很好，卻全被我識破了。或許妳應該勸他們別再白費力氣。」

「哎呀！」翡翠歪著腦袋，吐了吐舌頭，絲毫沒有羞愧之色。「對不起，我不是有意要騙你，是警察要我不能把跟蹤你的事情說出來。」

「警察為什麼要跟蹤我？」

「是啊！警察為什麼要跟蹤你？我也想不透呢！」

「我猜應該是受了妳的慫恿吧？」

「怎麼可能，這可是天大的誤會。像我這種乳臭未乾的小丫頭，哪有那麼大的能耐。」

翡翠急忙搖著手，連聲否認。

「是嗎？」

雲野啜了一口咖啡，轉頭望向停車場，調查對象還是沒有現身。

在與翡翠對話的過程中，雲野依然隨時注意著前方。

「繼議員之後，接著是大型製藥廠的大少爺？」一旁的翡翠突然探問道。

「我不明白妳在說什麼。」雲野微微一愣。

「這種手法，我建議社長先生還是見好就收吧！或許有些遭你威脅的對象，會抱著豁出一切的心情，把你做過的事情公諸於世。這麼一來，貴公司的信譽可是會一落千丈。」

「城塚小姐，我完全聽不懂妳的話中之意。」

「要不然就是可能會有懷抱正義感的屬下，突然脫離你的掌控。要殺死這種屬下滅口，也是一件挺麻煩的事呢！」

「嗯……雖然聽不太懂，但我認為妳完全想錯了方向。」

雲野轉頭望向翡翠，眼鏡後的碧綠色雙眸，正目不轉睛地盯著雲野。

「妳口中的屬下，聽起來像是在影射曾根本……他死於自殺，這是無庸置疑的事情。就連那個目擊者也說，她看到的那個人是曾根本，不是嗎？」

「社長先生，你的消息真是靈通。」

「如果在警界有不少朋友，有時是會聽見一些風聲的。」

「這案子是他殺。」翡翠漠然地說道。

「是嗎?」雲野望著翡翠問道:「妳的根據是什麼?可別告訴我,是妳的通靈能力。」

「社長先生,你可以猜猜看。」

「我曾經聽說過,警視廳會找一位通靈人士協助辦案……這聽起來很荒謬。然而,妳真的出現在我的面前,還能自由指揮那些刑警,看來我不相信也不行了。」

深藏在眼鏡後的雙眸不帶一絲感情。

雲野的直覺告訴自己,有必要摸清楚這個女人的底細。

「所謂的通靈能力,到底是什麼樣的能力?難道是曾根本的亡魂站在妳的枕邊,對妳說他不是自殺?」

「當然不是。」翡翠歪著頭露出微笑。「我的能力沒有那麼好用。」

「不然妳的能力能告訴妳什麼?」

「我能夠感覺到的是……唔,一般人大多稱為氣場,我喜歡稱之為靈魂的氣息。」

「噢?那個氣息告訴妳,我是殺人凶手?」

「並沒有辦法知道得那麼精準,不過只要分析靈魂的氣息,就可以知道一個人的許多特質及經歷。」

「那妳從我身上分析出了什麼？」雲野笑容可掬地問道：「我的靈魂氣息又讓妳知道了什麼事？」

「好吧！我來仔細看看。」翡翠打直腰桿，將上半身轉向雲野，一雙大眼睛睇著雲野。

「靈魂氣息只能透露出一些模糊的意象，必須搭配我自己的個人經驗，才能推導出結論。」

「妳的意思是有可能會出錯？先別急著澄清，試試看說出我的幾個祕密吧！」

翡翠以手抵著臉頰，目不轉睛地看著雲野好半晌。

「你小時候是不是養過什麼寵物？」翡翠輕聲問道。

「沒有。」雲野搖頭否認道。

翡翠並不在意，依然直盯著雲野瞧。

「似乎是小動物，比你所想像的還要再小一些。」

「不是狗或貓？」

「是的，而且飼養的期間可能很短。」

「這個嘛……或許小時候養過小雞什麼的吧！」雲野仔細回想說道。

「在夜市買的？」

「或許吧！」

「那隻小雞因為一件小意外死了，那是你人生中第一次切身感受到死亡的意義。」

「我不太記得了。」

「或許大腦已經遺忘，但這意外深深烙印在你的靈魂之中。社長先生，這件事可以說建立起你這輩子的生死觀。」

「真有意思。我完全不記得，所以也無法確認妳說得對或不對。」

「至少我說中了你曾經養過小動物。」翡翠偏頭輕笑著說。

「好吧！還有嗎？」

「生命都是脆弱的，當然人也不例外。在那個當下，你得知了自己一輩子都無法逃離這個殘酷的事實。後來你的妻子過世，讓你對此有了更深刻的體認。也因此，開始認為他人的死，並不是什麼大不了的事情。」

雲野沉默了片刻，觀察著翡翠的眼神。

「就這樣？」

「唔……社長先生，你似乎認為自己是個擁有冷靜判斷力的人。我觀察你的靈魂氣息，確實也可以得到這樣的結論，只是在你的內心深處，隱藏著熊熊燃燒的靈魂。所以你有時候會突然變得很熱情，偶爾會做出魯莽的行動。這乍看之下是個缺點，卻也正是這個人格特質，造就了你今天的成功。」

「開始分析我的性格了？真有意思。」

「還不止這些呢！」翡翠微笑著說完，閉上了雙眼，似乎在感受些什麼。雲野可以感覺到她吐出的微弱氣息。「還有……你的健康狀況似乎有點問題。在你的身體內側，有個混濁的部位……應該是你的內臟吧？雖然不是心臟之類攸關生死的器官，還是奉勸你最好早點到醫院檢查一下。」

「變成健檢了？」雲野噗哧一笑，說道：「聽起來都像是算命師會說的話，跟通靈能力沒有什麼關係。」

「好，那我們就來談談跟死亡有關的事。」

翡翠的雙眸綻放出銳氣，彷彿早已等著這一刻。

「妳還能看出什麼？」

翡翠閉上雙眼，調勻呼吸，看起來像是豎起耳朵聆聽，過了一會，她睜開了水眸。

「在你失去妻子的同時，你也失去了一樣非常重要的東西。」

「噢……？」

「你的妻子看見現在的你，心裡很難過。」

「妳的意思是說，我的妻子在責備我失去了那樣東西？」

「沒錯。」

「從前存在於你心裡的東西。」

雲野閉上雙眼，仰靠在椅背上，吁了口氣，腦海裡清晰浮現著妻子的臉龐，那表情確實帶有責備之意。

真是太可惜了。雲野不禁笑了出來。

「原來如此。」

雲野轉頭朝著翡翠上下打量，那是一種彷彿在掂人斤兩的失禮眼神，而雲野並沒有絲毫的顧忌。翡翠承受著雲野的視線，也以挑釁般的眼神回應。

「我看穿妳的把戲了。」雲野興致索然，嘆著氣說：「大多數的人，小時候都養過寵物。妳說至少說中我養過小動物，但妳一開始說的只是『寵物』，並沒有提及寵物的大小。

妳只是順著我的回答改口，再裝出打從一開始就知道的態度。」

翡翠瞇起了雙眼，靜靜聽著雲野的分析。

「性格分析的部分也一樣。妳說的那些話，可以套用在任何人身上。『性格上的缺點造就了今天的成功』，這句話實在相當高明。妳很清楚我公司的規模，『成功』兩個字當之無愧，任何人聽見自己的缺點受到讚揚，都會感到得意，不會有任何懷疑。」

翡翠的臉上閃過了一抹徬徨，雖然轉瞬即逝，卻無法逃過雲野的眼睛。

「健康的部分也一樣。像我這樣年紀的人，身體或多或少都會有些問題。既然外表看不出任何疾病，那當然就是內臟了。知道自己身上帶病的人，會認為妳說的很準；不認為自己有病的人，除非到醫院做全身檢查，否則也無法反駁妳。」

翡翠的眼神流露出一絲焦躁，那是一種無法壓抑的情緒表現，絕對不是刻意裝出來的。

漫長的刑警生涯裡，雲野磨練出了看穿這些表情的眼力。翡翠雖然在極短的時間內便恢復了冷靜，在雲野的面前已無法挽回頹勢。

「根據以上的觀察，我認為妳的通靈能力只是騙術。」

翡翠緊咬雙唇，瞪視著雲野。而雲野心中得意，嘴上繼續滔滔不絕。

「關於我妻子的部分，妳的每句話都說得模稜兩可，想怎麼解釋都行。我猜妳應該是想要藉此動搖我的心情，引誘我說出什麼重要訊息吧？妳的一言一行，全部經過精密計算。包含妳的服裝，以及言行舉止，都刻意給人傻女孩的印象，其實妳是個狡猾且無所不用其極的女人。明明可以當個抬頭挺胸的女強人，卻選擇矯揉造作、嗲聲嗲氣的說話方式。妳這麼做，無非是想令對手感到不耐煩，不小心脫口說出不該說的話。不過，我也老實告訴妳，真的很難看！可惜大多數的人都是憑第一印象來判斷他人，妳常常摔倒或掉東西，只是讓對手卸下心防的手法；妳跟我借筆，也是為了趁機偷看我的公事包裡有什麼東西。很抱歉，我不會上這種當的。」

翡翠閉上眼睛，仰頭面向天花板，臉上露出灰心的表情，隨即她又正視著雲野。

「算你有本事。」翡翠的臉上不再有絲毫笑容，她用戴著金手環的手撥開臉頰上的髮絲，以敵視的嚴峻眼神望著雲野。「如果涼見小姐在看見你的瞬間，就想起凶手是誰，你打算怎麼做呢？」

「什麼意思？」

「我沒料到你會大膽地主動與她接觸，這風險實在是太高了，難道你打算殺了她？」

「我不明白妳在說什麼。我只是想要查出曾根本自殺的真相，才到處查訪試著找出目擊者。畢竟你們警察懷疑這起案子是他殺，我身為前刑警，又跟曾根本頗有交情，當然不能對這個案子置之不理。」

「自從你與涼見小姐接觸之後，她就推翻了原本的證詞。而且在第一次見面之後，你又陸續跟她接觸，建立起了情誼。看來就算是在偵訊室外，雲野先生你同樣能把女人迷得神魂顛倒嘛！」

雲野聽了翡翠的譏諷，只是微微一笑，既然警察一直在跟蹤自己，自己與涼見梓接觸的事，自然也瞞不了警方。

自從見了涼見梓之後，雲野又跟她接觸了好幾次，當然雲野原本並沒有這樣的意圖。第一次見面時，雲野送了她兩張水果西點餐廳的招待券，只是為了表達自己在夜晚登門打擾的歉意。雲野有個朋友在大飯店裡開了一家水果西點餐廳，雲野經常拿招待券當作贈禮。

涼見拿到招待券，幾天後便約朋友一起去了那家餐廳。由於雲野給她的名片上頭有電子信箱，涼見特地寫了一封信向雲野道謝。雲野也回了信，內容表面上是天南地北閒聊，言詞之間卻若無其事地提起曾根本的案子。

雲野決定這麼做，是認為只要繼續與她保持聯絡，或許能夠進一步控制她的證詞。

在透過電子信件閒聊的過程中，雲野得知涼見就跟其他大多數女孩一樣喜歡吃甜食。不知道為什麼，涼見在信中的用字遣詞，會讓雲野想起過世的妻子；不僅是電子郵件，就連涼見那靦腆的笑容，也會讓雲野不由得回想起亡妻。雲野於是決定邀涼見出來一起吃頓飯，剛好雲野的手上有最近在大飯店剛開幕的甜點自助吧的招待券。

兩人相約見面，還只是數天前的事。涼見走進飯店的入口大廳時，或許是髮型及服裝皆經過精心打扮的關係，相較於當初的第一印象，此時看起來更加年輕貌美。當然涼見的心態應該還不當這是一場「約會」，雲野自己也是一樣，但心中已漸漸產生了不再只把她當成單純的目擊證人的念頭。只要雲野有心覓偶，要找到更年輕的美女也不是什麼難事，只是涼見梓所散發出來的氛圍與雲野的亡妻有幾分相似，這對雲野來說是難能可貴的特質。

剛開始涼見或許是因為太過緊張的關係，說起話來有些結結巴巴，一旦聊起工作的話題，涼見又突然變得放得開，嘰嘰喳喳說個不停。她說，自己的工作是為書籍繪製插畫及裝幀；後來雲野上網搜尋，找到了一張涼見在某頒獎典禮上與某女性作家合照的照片，照片中的涼見穿著低調樸素的服裝。雲野當下心想，她若穿上華麗的服裝，必定會讓人眼睛為之一亮吧！雲野的亡妻正是這樣的人。最後雲野問了一句：「我還可以再邀妳出來嗎？」涼見顯得有些受寵若驚，笑著說：「只要有甜點可以吃，當然沒問題。」

只要與涼見建立深厚交情，自己在目擊證詞上就可以掌握主導權。

雲野望向身旁的翡翠，露出志得意滿的微笑。

「為了向她表達謝意，我確實請她吃過一次飯，不過這與她變更證詞並沒有因果關係。難不成妳認為是我引誘她變更了證詞？是我讓她改變了想法？」

翡翠沉默不語，她緊咬著嘴唇，想也不想地搖搖頭。

「社長先生，我們來聊聊襪子的事吧！」

「襪子？」

「凶手從現場帶走的襪子。」

「我不懂妳在說什麼。」

原來被她發現了。雲野心裡很清楚，那種東西並無法成為鎖定凶手身分的證據。

雲野氣定神閒地淡笑，相較之下，翡翠卻是神情緊繃，彷彿抱著想要扳回一城的決心。

「案發現場的窗簾軌道上，掛著兩個曬衣架。站在室內面對窗戶的左側，窗簾是拉上的狀態，曬衣架上吊著一些衣物；右側的窗簾是開啟的狀態，圓形的曬衣架上卻什麼也沒吊。這代表凶手把吊在圓形曬衣架上的東西帶走了。」

「這樣的推論未免太武斷了。就算那曬衣架上什麼也沒吊，也沒有什麼可疑之處。或許是曾根本收掉了吊在上頭的東西，沒有一併把曬衣架收起。」

「兩個曬衣架，為什麼只收了一個？」

「例如，正在收曬衣架上的衣物時，忽然有人送快遞來，或是電話忽然響了，導致收拾衣物的動作被打斷，後來曾根本也忘了繼續把衣物收完。左邊窗戶的曬衣架上還曬著衣物，反而是最好的證據。」

「衣物沒收完，卻突然想自殺了？」

「自殺向來都是一時衝動下做出的決定。」

「一時衝動決定自殺，卻沒忘記把電腦裡的資料刪除得一乾二淨？」

「應該是有什麼不想被看見的東西吧！有可能是犯罪的證據，也有可能是色情影片。」

「衣物吊著沒收，怎麼不擔心被人看見？」

「這就是男人，像妳這麼美麗的女孩是不會懂的。」

翡翠聳了聳肩，接著她一臉百無聊賴地仰靠在副駕駛座的椅背上。

「社長先生，我想你還不明白，在曾根本先生過世的當下，圓形曬衣架上確實是有吊著東西的。」

「有什麼根據？」

「涼見小姐的證詞。她說，窗戶上好像吊著看起來像襪子的東西，所以沒有辦法看見整個屋內的狀況……」

「噢？」

「而且她還提到，窗簾一度被人拉上，後來又被人拉開……當窗簾重新拉開時，吊在曬衣架上的襪子都不見了。」

原來如此，難怪她會如此執著於這一點。雲野心裡暗想。

那天晚上涼見梓應該已喝得爛醉，記憶不可能如此清楚。她的說詞只是「好像吊著看起來像襪子的東西」而已。回想起來，當初她在回答雲野的問題時，也說過類似的話，不過這個環節要自圓其說也不是難事。

「妳為什麼如此相信這個證詞？說得難聽一點，涼見小姐有過推翻自己證詞的不良紀錄。當時她已喝醉了，證詞的可信度令人存疑。況且『好像吊著看起來像襪子的東西』這種說法，實在太缺乏自信了。或許打從一開始就沒有襪子，完全是她在胡思亂想，要不然就是妳故意以言詞誘導，讓她相信襪子消失了。」

「就像你讓她相信拿著手槍的人是曾根本？」

「妳的想像力真是讓人佩服得五體投地。」雲野將視線從翡翠身上移開，望向停車場，一邊注意著停車場的動靜，一邊說道：「就算我退一百步，同意曾根本是死於他殺，也同意凶手帶走了襪子……不過，凶手又為什麼要這麼做？那襪子有什麼作用？」

「關於這一點，目前我也不知道，我相信凶手一定有非這麼做不可的理由。例如……那襪子很貴重？」

「襪子很貴重？」雲野嗤嗤笑了兩聲。「妳的推理實在是太多穿鑿附會之處。連手槍的來歷都一清二楚，妳偏要主張有人帶走了襪子，這聽起來實在是太荒唐可笑。而且曾根本的住處上了鎖，也就是所謂的密室狀態，有誰能夠進入屋內殺死曾根本？要胡說八道也該有個限度。」

「上了鎖又怎麼樣？」

「什麼？」

翡翠聳了聳肩，以半開玩笑的口氣揣測。

「現今這個時代，有3D列印技術可以輕易複製鑰匙。只要是經常在曾根本先生身邊的人，就有機會偷取鑰匙拿去備份，接著再不著痕跡地歸還。」

「這只是妳的想像而已，妳有證據可以證明嗎？」

翡翠沉默半晌後，再次大膽推測。

「凶手刻意選擇不留下證據的手法，找證據只是白費力氣而已。」

「真是荒謬的說法。」

「我倒是認為這一點很有深入追究的價值。若是用鏈條鎖從內側鎖上，或許真的是密室；但只是上了鎖而已，要複製鑰匙太容易了。」

「或許曾根本不希望自己死後給人添麻煩，才刻意不使用鏈條鎖。一般的鎖只要使用管理員的萬能鑰匙就可以打開；如果扣上了鏈條鎖，就必須把鎖破壞才能進入屋內，如此一來，就會拖延遺體的發現時間。」

「真的這麼為他人著想，他根本不必將門上鎖。這個舉動簡直就像是要讓所有人相信，自己是自殺的。」

「同樣一件事，每個人的看法並不相同。妳所提出的推論，全部都缺乏必然性，聽起來只像是雞蛋裡挑骨頭。難道除了涼見小姐那不值得信任的證詞之外，妳還能提出其他像樣的證據嗎？」

翡翠聞言一時默然。

雲野明白翡翠提出這些有可能將案情導向謀殺案的線索，只是為了讓自己心生恐懼。只是她所提出的每一點，都沒有足夠的證據能夠加以證明。這些完全在雲野的預期之中，他才能表現得泰然自若，絲毫不為所動。

「妳差不多該離開了吧？我現在可是在執行任務。」

「這是一起謀殺案。」翡翠凝視著前擋風玻璃，斷言道。

「我厭惡凶殺案，我希望凶殺案只存在於推理小說之中。」翡翠義正詞嚴地說完，搖了搖頭，柔軟的捲髮微微搖擺，她沉默了半晌，接著說道：「令人悲傷的是，這世界上就是有人能夠滿不在乎地奪走他人的性命。有些人甚至還會安排各種偽裝與布置，完全不顧過世者的尊嚴，讓其卑劣的殺人行為彷彿打從一開始便沒有發生過……我絕不原諒這種人。」

雲野對翡翠連瞧也沒有瞧一眼，只是舉起微涼的咖啡，啜了一口。

翡翠打開車門下車的同時，口中信誓旦旦地宣示。

「為了過世的曾根本先生的名譽，我一定會將兇手繩之以法。」

「加油。」

翡翠用力甩上了門，這樣的舉動無疑來自於其心中的焦躁及無力感。

勝利的滋味，隨著咖啡的苦澀在雲野的舌尖上擴散。

＊＊＊

「阿真，幫我買草莓牛奶。」

結束與雲野的對峙之後，城塚翡翠似乎累得精疲力竭，她整個人癱倒在副駕駛座上，對千和崎真下令的口氣，彷彿是在宣洩敗北的鬱悶感。

「什麼？為什麼不早點說？」

真無計可施，只好到附近的便利商店買了草莓牛奶，悻悻然走回車上。一個女人拿著一瓶紙盒裝的草莓牛奶走在寒冷的街上，那副景象肯定相當詭異。既然是雇主的命令，也只能照辦了。

車子停在停車場的最深處，就算遭到跟蹤，也可以輕易發現。為了保險起見，真還是轉頭確認附近毫無異狀後，才迅速打開車門，讓穿著大衣的身體滑入駕駛座。

「妳不是誇下豪語，說什麼要發動反擊，怎麼好像輸得一敗塗地？接下來該怎麼辦？」

翡翠放倒了副駕駛座的椅背，正仰躺在上頭，臉上戴著印著卡通人物眼睛的眼罩。她面對著車頂，舉起一隻手搖了搖，做出類似搖晃白旗的動作。

「乾脆……投降算了。」

「我是無所謂。」真說著，將剛買來的草莓牛奶貼在翡翠的臉上。

「哇啊！」翡翠整個人跳了起來，發出一點也不可愛的尖叫聲，她匆忙剝下眼罩，瞪了真一眼。「阿真，妳幹什麼！」

「現在是自暴自棄的時候嗎？」

翡翠嘟起了嘴，惡狠狠地瞪著真，奪下草莓牛奶。

「妳太失禮了吧！我可不會為這種小事而自暴自棄。」

「是嗎？」

真拿起車上的塑膠袋，掏出裡頭的罐裝咖啡。那是為了與雲野對決，翡翠指示真買來的小道具之一。直到現在，真還是不明白，這玩意發揮了什麼功效。

「我可以喝掉它嗎？」

「請。」

翡翠將吸管插在草莓牛奶的紙盒上，呼嚕呼嚕地吸了起來。

真拿著那半冷不熱的咖啡罐，拉開了拉環，微溫狀態的咖啡果然滋味大減。

接下來有好一段時間，車內只迴響著啜飲的聲音。

翡翠一直沉默不語，那有氣無力的模樣，實在讓真感到無法適應，最後真再也無法忍受死氣沉沉的氣氛。

「妳聽見了吧？他說妳說話故意矯揉造作、嗲聲嗲氣呢！」真笑著調侃道。

真頂了頂翡翠的手臂，翡翠臭著臉橫睨了真一眼。

或許是因為天氣寒冷的關係，翡翠吸了吸鼻子才開口自嘲。

「是啊！我就是心機重，怎麼樣？」

「不不不，我倒覺得妳有一半是天性。在家裡時，妳不是也常常摔跤？」

真回想著平常翡翠的模樣，她在家裡時，就像洩了氣的皮球一樣神情散漫、無精打采，與辦案時的她可說是天壤之別。

「那也是故意裝出來的。」翡翠鼓起腮幫子，像個沒教養的孩子一樣不斷朝著吸管裡吹氣，發出啾啾聲響。「如果妳以為只有妳不會上我的當，那就大錯特錯了。」

「讀小學生寫給妳的道別信時，鼻子紅通通，那也是裝出來的？」

「那是花粉症。」

「突然跑來問我，是不是該轉行當學校輔導老師，那也是裝出來的？」

「阿真，妳真是太嫩了。」翡翠望著前方的擋風玻璃，又吸了吸鼻子。「那是故意在妳面前表現出天真浪漫的一面，藉此提升妳對我的好感。阿真，妳忘了嗎？隔天妳就買了蛋糕來安慰我。這麼粗淺的手法就能把妳騙倒，只能說妳太沒有心機了。」

「好吧，隨妳怎麼說。」

車內再度一陣沉默，只響起啜飲聲。

翡翠不再說話，只是咬著吸管，凝睇著前方的擋風玻璃，眼神看起來不是陷入沉思，反而像是愁眉苦臉地發著呆。

「連妳的通靈能力，也被他識破了。現在該怎麼辦？是不是已經拿他沒輒了？」

真搔了搔頭髮，不禁有種如坐針氈的感覺，翡翠則無謂地輕聳著肩。

「只能說剛好遇上一個難對付、不相信怪力亂神的人，就算說破了嘴，他也不會相信的。這下可真的有點麻煩了，我的手法被他看穿，現場找不到任何證據，只剩下目擊證詞是我們唯一的希望，偏偏這個希望又不太可靠……」

「偶爾總是會遇到這種搞不定的對手，不如乾脆放棄算了？」

「阿真，這世界上有兩種人，我絕對無法原諒。妳知道是哪兩種人嗎？」

「第一種是殺人凶手？」

「正確來說，是心裡沒有正義感、沒有罪惡感的殺人凶手。像這樣的人，一定要讓他們受到懲罰才行。」

「另一種呢？」

「為了衝流量而擅自公開他人魔術手法的網紅，這種人真的都該去死。」

翡翠一鼓作氣說完這句話。

「噢，好喔！」

這至少證明，翡翠還不至於完全心灰意冷。

「如果妳決定繼續對抗下去，我也會幫妳。」

翡翠淡然地望著前方點了點頭。

「我相信雲野絕對不希望這個案子陷入長期抗戰，他一定會想盡辦法讓警察做出自殺的結論。接下來的對決重點，就在於如何改變涼見梓的證詞。梓小姐是個很容易受影響的人，雲野一定會設法讓她相信，所有能夠證明死者不是自殺的線索都是她的錯覺。我們一方面要防止雲野繼續對她洗腦，一方面讓梓小姐做出她真的看見窗邊吊著襪子的證詞。」

「然後呢？」

「只要我們能夠證實有人在曾根本先生死後拿走他的襪子，警察就非得成立搜查本部不可。成立搜查本部之後，就能發動人海戰術。」

「發動人海戰術要做什麼？」

「找出對雲野不利的證物。就算無法使用在法庭上，只要讓警方對雲野的住處發動搜索，我們就贏了。」

上次翡翠也曾說過「**只要讓涼見梓說出關鍵證詞，我們就贏了**」之類的話。

雖然真心中有股莫名的不安，現下也只能相信翡翠了。

「既然如此，我們回去開作戰會議吧！」

真點點頭，發動了車子引擎。

＊＊＊

雲野泰典凝視著涼見梓的側臉。

今天的梓似乎在妝容上特別用心，不僅鼻頭的黑斑消失了，肌膚也看起來年輕滑嫩。不過，或許是豐腴的臉頰令她有些自卑的關係，今天她刻意以髮型遮掩臉部的輪廓。由於天生娃娃臉，她看起來比實際的年齡更加年輕且美麗。今天她穿著一套藍色的低胸晚宴裝，胸口掛著一串珍珠。那與雲野的亡妻神似的溫柔氛圍，依然沒有改變。

她看著窗外的夜景，好一會沒有開口說話。眼前是遊覽船外的一大片絢爛美景，彩虹大橋的七彩光芒令她看得目瞪口呆。剛開始她只是訝異能夠在遊覽船上享用晚餐，一上了船之後，她馬上因景色之美而心醉神迷。現下兩人已吃完了餐點，正在享受她最愛的甜點之際，她好幾次像這樣一動也不動，目不轉睛地看著夜景。

餐廳內不僅裝潢氣派奢華，氣氛還十分高雅靜謐。雖然一男一女的組合在客群之中特別醒目，桌子與桌子之間有著相當程度的距離，相互之間幾乎聽不見說話聲。

「涼見小姐，比起東京灣的景色，妳是否更喜歡看天空？」雲野對梓漾起溫煦的笑。

「咦？啊！不……沒那回事。」梓趕緊轉過頭來，滿臉歉疚之色。或許是剛剛只顧著看美景，完全把雲野拋在一旁，心中有些過意不去，她慌忙解釋道：「我從來沒有看過這麼美的景色，不由得看得入神了。」

「妳很喜歡看星星，是嗎？」

「呃，是啊！」梓訕訕地笑著，摳了摳鼻頭。「小時候……有一次我爸爸帶我到山上露營，因為從小在東京長大，那是第一次看到那麼美的星空，對此留下了深刻印象。」

「原來如此，那是大自然所孕育出的美景。」

「沒錯，我的目標是畫出比那個更美的景色。」

或許是因為覺得自己的夢想太幼稚，梓羞赧地低下了頭，臉上再度露出與雲野的妻子神似的笑顏。

「對了……妳怎麼知道我喜歡看星星？」梓微微感到狐疑地問道。

「這很好猜啊！」雲野將香檳的杯子微微傾斜。正確來說，那不是香檳，而是無酒精的氣泡葡萄汁。「如果不是喜歡星星，怎麼會在寒冷的日子裡，跑到陽臺看天空？而且妳在網路上公開的作品，大多加入了夜景的元素。還有，妳曾說過喜歡星座占卜，就連妳身上的飾物及手錶……」

雲野說到這裡停住了，低頭望向梓手腕上的金色手錶。

那手錶的設計風格，適合梓的纖細手腕，手錶的盤面上有著星形及月形的裝飾物。雖然顯得有點孩子氣，正好適合梓的個人特質。

「不愧是偵探。」梓莞爾一笑。

「這其實是從前當刑警時培養出來的觀察力，與現在的偵探工作無關。」

「原來如此……觀察力也是插畫家必須具備的能力。」梓挺直了腰桿，視線在雲野的身上到處遊移，似乎是在模仿雲野的動作，下一秒，她的視線停在某一點上。「那隻手錶一定是你很寶貝的東西吧？」

「咦？嗯……」雲野點了點頭，望向從袖口露出的手錶。

手錶的上頭有一些微小的傷痕，雖是高級品，與雲野的西裝也頗為搭配，但從那些細微傷痕可看出，這是一隻使用了非常多年的手錶。

「這是我過世的妻子為我挑選的錶。」

「尊夫人……」

雲野看著手錶好一會，往日的時光重上心頭。就只有這隻錶，雲野實在捨不得換掉。

雲野的妻子死於疾病，當時雲野如果有更多的錢，或許妻子能夠救回一命也不一定。妻子過世後，雲野為了忘記這一切，更是埋首於工作之中。直到有一天，雲野在辦案的過程中遺失了結婚戒指，那可說是雲野這一生中最扼腕的事情。失去結婚戒指之後，能夠用來緬懷妻子的東西，就只剩下這隻手錶了。這個意外讓雲野決意辭去刑警工作，開了一家徵信社如今規模越來越大，雲野累積了巨大財富，只是再多的錢也買不回失去的東西。

雲野言簡意賅地描述了心中的懊悔，輕撫摸著手錶的表面。這隻手錶有著皮革材質的錶帶，以男用手錶而言，算是比較罕見，這是因為雲野不太喜歡金屬的觸感。由於皮革的老化速度較快，錶帶已經換了好幾次。這錶帶的款式也是當初雲野的妻子所選的，如今日本的店舖已沒有存貨，必須向外國原廠申請調貨。正因為如此，這隻錶更是讓雲野愛不釋手。

陡然間，一陣溫吞又甜膩的聲音，將雲野的意識拉回了現實。

「哇哇，社長先生，真是奇遇。」

雲野驚詫地轉頭一看，只見一個年輕女人朝著兩人走來。

城塚翡翠，她身上穿著一件淡粉色的晚禮服，肩膀周圍有著蕾絲花邊。或許是為了配合服裝的關係，她並沒有戴眼鏡。腳下踩著高跟鞋，手上拎著白色手提包，只見她將頭微微歪向一邊，頭上的捲髮輕輕搖擺。

雲野還來不及阻止，她已經在梓的旁邊座位坐了下來。

「兩位好，真是個美好的夜晚。」

「城塚小姐……」雲野無奈地嘆了口氣。「妳到底想做什麼？」

「我只是吃完了餐點，在船上散步，剛好遇見你們。」

梓瞪圓了眸子，愣然地望著翡翠。翡翠卻只是笑臉盈盈，一副渾若無事的態度。

「是嗎？一個人到這種地方來用餐？」雲野壓抑下滿腔的怒氣。

「是啊！」翡翠說得泰然自若。「你們知道嗎？這裡的餐廳除了餐點好吃之外，雞尾酒更是好喝的不得了。說是雇用了非常有名的調酒師呢！社長先生，你們只喝香檳嗎？真是太可惜了。」

翡翠原本就是個引人側目的美女，今天更是著意梳妝打扮，再配上那宛如外國人的翠綠色雙眸，登時令坐在旁邊的梓相形失色。或許這對她來說，也算是一種報復吧！

這女人又在打什麼鬼主意……

翡翠對著梓露出美麗的微笑。

「涼見小姐，前幾天妳突然在電話裡推翻自己的證詞，可把我們害慘了。」

「呃……城塚小姐……妳不是刑警嗎？怎麼會在這種地方……」梓一臉錯愕地問道。

「涼見小姐，她嚴格來說並不是刑警。」雲野不等翡翠回應，先行插話道。

「真的嗎？那她是……」

「妳想問她是什麼職業？這也是我心中的疑問。」

翡翠聽了雲野的譏諷，無所謂地聳了聳肩。

「我的職業嗎？你們就當我是個顧問偵探*吧！」

「全世界只有一個人從事這個職業。」雲野一臉嘲弄地說。

＊注解：顧問偵探（Consulting Detective），夏洛克・福爾摩斯的頭銜。

「哇，不愧是有拿破崙之稱的人物，真是清楚呢！」翡翠的眼珠一轉，做作地說道。

「我不知道妳在說什麼。」

雲野在文學方面的造詣並不深，由於曾被稱作「犯罪界的拿破崙」，所以進而讀了《福爾摩斯探案》系列小說。雲野不禁有些驚訝，暗自納悶眼前這女人到底是從那裡探聽到這個傳聞。

旁邊的梓聽得一頭霧水，完全插不上話。

「不說這些……妳來找我們到底有什麼事？」雲野輕咳一聲問道。

「當然是為了那件案子。請放心，我這麼做全是因為受了刑警們的委託。」

此時，服務生走上前來，詢問翡翠要點什麼？

「唔，雖然很想喝雞尾酒，但我現在算是在工作中……不然就來一杯Cinderella吧！」

翡翠點完餐，從手提包中取出一張摺了好幾摺的列印紙。

「請看看這個。」翡翠說完，將那張紙在桌上攤開。

紙上印的東西看起來像是某種紀錄圖，雲野不明白那是什麼？

「這是……？」

「這是曾根本先生的脈搏數。」

「脈搏數？」

「沒錯，這是從曾根本先生的智慧型手錶中取得的資料。大家都知道，現在的智慧型手錶能夠偵測及紀錄脈搏數。這張是曾根本先生過世當天的紀錄。」

「曾根本有智慧型手錶？這我可沒注意到。」雲野裝傻地說。

「真的嗎？」翡翠杏目瞪圓，露出訝異的表情。「好吧！姑且當作你不知道。請看看這個紀錄，可以明顯看出曾根本先生的脈搏數逐漸升高。」

「一個準備要自殺的人，脈搏數因為緊張而升高也是理所當然。」

「是啊！你說得沒錯。接下來就不太對勁了……脈搏數急遽上升之後，大約有五分鐘的時間，感應器完全偵測不到任何脈搏數據。」

「噢？」

「依常理來推斷，曾根本先生此時應該已經死亡了。沒想到五分鐘之後，感應器竟然又開始偵測到脈搏數，持續了數分鐘的時間。」

雲野低頭望向紀錄圖。原來如此，這確實記錄了曾根本死亡的時間。

從被雲野拿槍抵住到試圖抵抗，脈搏數攀升到最大值，接著頭部中槍，脈搏停止。接下來五分鐘的時間，感應器偵測不到脈搏。當時雲野將智慧型手錶戴在自己的手上，因此脈搏偵測再度啟動。

換句話說，重新開始偵測的數分鐘時間裡，感應器偵測到的不是曾根本的脈搏，而是雲野的脈搏。不過，這個現象要找到理由搪塞並不困難。

「應該是儀器出了錯吧！依常理來推想，曾根本死後不可能還能偵測得到脈搏數。也就是說，這五分鐘的偵測停止，應該是因為儀器出錯的關係。」

「儀器出錯？」

「例如，因為汗水的關係，感應器偵測不到脈搏。」

「原來如此，如果這麼解釋，又衍生出另一個問題。」翡翠微傾著頭，指著紀錄圖繼續說道：「這五分鐘的空白時間之後，感應器偵測到的脈搏變得非常緩慢。社長先生，你剛剛自己也說過，一個準備要自殺的人，脈搏數應該會因為緊張而升高。既然如此，為什麼脈搏數會突然變得這麼低？快要自殺的人，怎麼可能如此冷靜？」

「可以想得到的理由很多。」雲野嘆了一口氣，以分析的口吻說：「當一個人知道自己非死不可，心情或許反而會變得平靜。一個人會尋死，當然是因為對這個世界絕望，能夠就此逃離生命之苦，心靈自然也會變得沉靜安詳。」

「唔，真的是這樣嗎？」

「不然還會有什麼理由？」

「例如說……有沒有可能是凶手戴上了曾根本先生的智慧型手錶？」

「唉……妳一定要把這個案子扯為他殺嗎？」雲野一臉顯得無可奈可，苦笑道。

「請先別這麼說，讓我解釋一下吧！」翡翠搖了搖戴著金手環的手腕，說道：「如果我們假設這是一起凶殺案，曾根本先生沒有自殺的意圖。那他當然不會寫遺書，也不會把電腦裡的資料刪除，這些都會是凶手所為。但是曾根本先生的筆電上了鎖，必須知道密碼才能使用。那是最新型的筆電，就連警方也花了不少時間才破解密碼。」

「既然是這樣，那就更不可能是他殺了。」

「不，曾根本先生的智慧型手錶有一個相當方便的功能……只要手腕上戴著智慧型手錶，筆電的密碼鎖就會自動解除。」

「噢？」

「除非是剛重新啟動，或是經過長時間休眠之類的特殊情況，否則只要戴上智慧型手錶靠近電腦，隨便按個按鍵，密碼鎖就會解除。我猜測凶手應該就是利用了這個功能吧！」

「因為死亡的曾根本在旁邊，所以智慧型手錶解除了筆電的密碼鎖？人已經死了，這個機能還有用嗎？」

「很可惜，智慧型手錶並沒有辨識死活的能力。」

「這跟剛剛說的五分鐘空白時間，有什麼關係？」

「凶手應該是想要利用這個機能，以曾根本先生的筆電寫下遺書，卻因為某種理由，凶手的計謀遭遇到阻礙。我猜測，多半是鮮血流到感應器上，導致感應器不認定手錶處於戴在手腕上的狀態。凶手別無他法，只好將手錶從遺體身上解下，戴在自己的手腕上。剛戴上手錶時，必須輸入手錶的密碼，只要是日常生活中經常與曾根本先生接觸的人，應該有很多機會可以偷看到密碼。況且那四位數密碼就是曾根本先生的生日，一點也不難猜。」

「原來如此。從曾根本死亡，到凶手戴上他的手錶，就是那五分鐘的空白時間。」

雲野故意附和翡翠的說法，以彰顯自己的游刃有餘。

「沒錯，如果這麼推測，在空白的五分鐘之後偵測到的脈搏，就是凶手的脈搏。只是這脈搏數，實在不像是剛剛才殺了一個人……若是一般人，剛殺了人的當下，脈搏數必定會因緊張及壓力而攀高，但是這凶手卻沒有這樣的現象。他可說是極端冷酷且殘忍，完全不把殺人當一回事。」

「挺有趣的分析。」雲野輕拍著手，淡然說道：「不過，這畢竟只是眾多的可能之一而已，這世上不太可能有人能夠在殺了人之後，還維持這麼低的脈搏數。難不成妳有什麼關鍵證據？例如，手錶上有凶手的指紋，或是曾根本的遺體有曾經脫下手錶的痕跡？」

「很可惜，目前什麼都還沒有找到……」

「那一切就是妳的幻想而已了。」

翡翠板起了嬌顏，不再說話。

就在三人陷入沉默之際，服務生走了過來。

「久等了，這是您的『Cinderella』。」

服務生將一杯橘紅色的飲料放在翡翠的面前。

「真抱歉，好好的一頓晚餐，讓妳被冷落了。」雲野對著保持沉默的梓，歉疚道。

「沒關係。」梓搖著頭，慌忙說道：「這起案子跟我有一點關係，我也想知道真相到底是什麼？聽你們說話好像在看推理劇，我覺得很有意思。」

梓或許是為了緩和氣氛，對翡翠笑了笑。

其實她大可以嚴正抗議翡翠的打擾，只能說她的心地太善良了。

「妳這杯雞尾酒，是以柳橙汁為基底？」

翡翠舉起杯子，對著梓嫣然一笑。

「調和了柳橙汁、鳳梨汁及檸檬汁的無酒精雞尾酒，『Cinderella（仙杜拉）』，就是童話故事中的灰姑娘。」

「噢，灰姑娘……原來還有這種名字的雞尾酒，我對雞尾酒一竅不通呢！」

「因為沒有酒精成分，不擅喝酒的女孩也可以安心享用，請務必在午夜十二點之前嘗試看看喔！」翡翠說完，輕啜了一口，接著她望向雲野。「或許你認為剛剛那些話都是我的幻想，但我有證據可以證明。」

雲野靜靜凝睇著那對閃爍著妖異鋒芒的綠色雙眸。

她現在想說什麼？下一瞬間，雲野猜出了對方的心思，並且主動迎擊。

「原來如此，妳指的是襪子，是嗎？」

翡翠被雲野搶了先機，微微愣了一下。

「沒錯……就是涼見小姐在證詞中提及的襪子。」

「那襪子的事情，我也認為有點牽強。如果警方採納這項證詞，早就成立搜查本部了。既然警方到現在都沒有動靜，表示他們也認為這項證詞不可靠。」

「若是襪子消失是事實，這將成為現場有加害者的鐵證。」

翡翠略微停頓，轉頭望向身旁的梓，她將身體朝梓湊了過去，輕握梓放在桌面上的手腕，模樣有如兩個閨密正在說著悄悄話。

顯然翡翠利用了同為女人這一點，非常自然地與梓肌膚相觸。

「梓小姐，那天晚上，妳確實看見窗下吊著襪子，對吧？」

雲野正想開口反駁，猛然驚覺不對。

原來如此，這就是她心中的圖謀，竟然使用這種卑劣的手段。

說穿了，這是一場涼見梓的證詞爭奪戰。城塚翡翠需要涼見說出看見了襪子的證詞，另一方面，雲野則是必須變更梓的證詞。

雲野所秉持的論點，是梓當時喝醉了，說出的證詞並不具證據力。翡翠正是看準了雲野的這個難處，趁機發動攻勢。她看出雲野對梓抱持相當程度的好感，想趁著兩人相處時前來挑釁。

在正常的情況下，雲野只要說出一句「醉鬼的話不可採信」，就可以擋掉翡翠的所有推論。只不過在梓的面前，雲野沒有辦法直接了當地說出這種話。翡翠正是想藉由這樣的優勢，將局面扳回一城。

梓見翡翠將身體朝她湊過去，似乎有些驚恐。

「呃……好像……」梓皺起眉頭，露出回想的表情，似乎隨時會說出證詞。

「等等！」雲野以低沉的聲音打斷了她的話。「妳這是在誘導她說出對妳有利的證詞。什麼凶手把襪子帶走了，這樣的推論實在太過荒誕不經。難道妳有什麼客觀的證據，能夠證明這個荒謬的推論？」

翡翠朝著雲野睨了一眼，嘴角微微地揚起，彷彿早在等著這句話。

「或許你不知道，現場的地上掉了一樣東西。」

「掉了一樣東西？」雲野首次露出錯愕的表情。

翡翠見了雲野的反應，心滿意足地點點頭。

「沒錯，沙發的底下掉了一隻襪子。」

雲野一聽到這句話，當時的回憶猛地湧上心頭……

沒錯，沙發的底下確實掉了一隻襪子，自己不僅親眼看過，還曾為了轉移曾根本的注意力而說出口。

——曾根本，沙發下面怎麼有隻襪子？

——難怪我在曬衣服的時候找不到，原來掉到那裡去了。

曾根本是這麼回答的。

當時自己正伺機想要下手行凶，就沒把這件事放在心上。聽了曾根本的那句話，應該要心生警惕才對，這確實是自己的疏失。

這女人既然提出這一點，接下來她的推論應該是……

「沙發的底下就只有一隻襪子，而且那隻襪子是捲起的狀態，顯然是從洗衣機拿出來時，不小心掉在地上，又因為沒有察覺而踢了一腳，導致襪子滑進了沙發底下。當然這並不是什麼稀奇的事情，只是警方將曾根本先生的住處徹底搜查了一遍，並沒有發現與這隻襪子成對的另一隻襪子……」

翡翠的推論完全如同雲野的預期。

雲野看著翡翠臉上那勝券在握的笑容，心中快速思考該如何對應。

「原來如此……」雲野隨口回應，設法爭取時間。

翡翠卻完全不給雲野喘息的機會，繼續如連珠炮般地推理。

「沙發底下的襪子只有一隻，而且圓形曬衣架上明明什麼也沒有，涼見小姐卻說似乎看見吊著襪子之類的東西。她還說因為被襪子擋住的關係，看不清楚室內的狀況。既然會看不清楚室內的狀況，表示原本吊在曬衣架上的襪子很可能有好幾隻。綜合以上數點，答案便非常明顯了。凶手基於某種理由，把吊在圓形曬衣架上的襪子全部帶走了……可是凶手並沒有察覺，沙發底下還掉了一隻……」

就在此時，雲野受到了幸運之神的眷顧。服務生走了過來，詢問三人是否要加點什麼？三人都沒有點餐，服務生轉身離去。

雖然只是極短暫的空白時間，卻足以削弱翡翠的氣勢及說服力，讓雲野有機會思考如何反擊。而雲野也充分利用這段時間，建構起反駁的論點。

只要這麼反駁，就可以瓦解這女人的推論。

雲野轉頭望向梓，梓也正不安地望著雲野。

「妳的論點有破綻。」

「有破綻？你不會想告訴我，那是一隻破襪子吧？」

雲野聽了輕笑出聲。

「我知道襪子的事讓妳很得意，請先聽聽看我的說法吧！那襪子只有一隻，並不代表另一隻必定是被兇手帶走。妳憑什麼認為襪子掉進沙發底下，是最近才發生的事？如果襪子掉進沙發底下已經好一段日子，或許曾根本因為找不到這隻襪子，而把成對的另一隻襪子給丟掉。這麼一來，屋裡當然找不到成對的另一隻襪子。妳要如何排除這個可能性？」

翡翠瞪視著雲野，沒有回答這個問題。

「如果妳找到了曾根本的購物收據，能夠證明那雙襪子是曾根本在案發當天買的，那就當我沒說過吧！」

要是真的有那樣的收據，將會成為證實翡翠推論正確的關鍵鐵證。不過，雲野猜測絕不會有這樣的收據，因為自己所帶走的襪子，看起來不像是新品。

「警方沒有找到那樣的證據……」果然不出所料，翡翠瞪著雲野，輕輕搖了搖頭。「但是……搭配涼見小姐的證詞，至少警方已有足夠的理由成立搜查本部。」

「她當時已經喝醉了，連她自己也沒有把握看見了襪子。」

翡翠轉頭望向身旁的梓，眼神嚴肅而殷切。

「梓小姐，妳仔細回想看看，當時真的看見窗下吊著一些襪子，對吧？」

「呃……」

雲野仔細觀察梓，看穿了她此時心中的想法，她似乎打算要說出肯定的答案。

雲野豁然起身，將上半身隔著桌子彎向梓。

「梓小姐。」雲野溫柔地喊了一聲，同時輕輕握住她放在桌上的左手腕。

這與剛剛翡翠的動作如出一轍，用意卻截然不同。

「每個人都有喝醉的時候，這並不是什麼可恥的事情，我希望妳能好好想清楚之後再回答。城塚小姐為了她那『凶手帶走襪子』的荒唐推論，刻意誘導妳的證詞。妳是個聰明的女孩，我相信一定能明白那有多麼可笑。」

「但是我……」

「梓小姐，我問妳，妳記不記得自己手錶錶面的數字，是羅馬數字還是阿拉伯數字？」

為了安撫梓的情緒，雲野的臉上堆滿了溫柔的笑容，直盯著梓的雙眼，坐在一旁的翡翠倒抽了一口涼氣，顯然她已經猜到雲野的用意，而且很清楚這一招具有多大的威力。

「咦？」梓低頭望向自己的左手腕上的手錶，雲野的手掌卻正好輕輕蓋在手錶上。

「如何？想得起來嗎？」

「我不是很確定……大概是羅馬數字吧……」

雲野聽了淡然一笑。

「長年擔任刑警的經驗，讓我深深體會到人的記憶有多麼不可靠。有時根本沒看見，卻誤以為自己看到了；相反地，有些東西明明每天都在看，卻永遠記不住。每個人都會發生這樣的狀況，並不是妳的注意力特別散漫。」

雲野說完這段話，將手掌從梓的手腕上移開。

手錶的錶面根本沒有任何數字，只有星辰及月亮的圖騰。

「其實妳根本沒有看見什麼襪子。」

「梓小姐！」翡翠焦急地插進來說道：「請妳回答我，妳真的看見了襪子，對不對？」

「城塚小姐……」雲野故意擺出困擾的表情，重重吁了口氣。「妳鬧夠了吧！能不能請妳離開，別再打擾我們約會？」

翡翠充耳不聞，對梓露出渴望的眼神。

梓仰望雲野，瞳孔微微顫動，接著她顫顫地垂下頭。

「我、我什麼都沒有看見。」

「梓小姐，這不是事實！妳應該要對自己有自信。」翡翠慌忙說道。

「不，是真的。我當時喝醉了，可能記錯了很多事。我不知道哪件事情才是真的，但是……」梓輕聲低喃道：「我現在覺得或許根本沒有襪子。」

這句話一說出口，等於宣布了雲野的勝利。

翡翠輕輕咂了個嘴，雲野坐了下來。翡翠緊咬嘴唇，嘆了口氣。

「請妳離開吧！」

說出這句話的人不是雲野，而是梓。

翡翠端起杯子，一口氣喝乾。

「到了午夜十二點，魔法就會消失了。我希望妳能好好想清楚，誰對妳施了魔法，因為這個魔法師可能是個殺人不眨眼的惡魔。」
翡翠站了起來，睨了雲野一眼。
「對了，社長先生，我能請教你的脈搏數平均值嗎？」
「唔……」雲野歪著頭說道：「不清楚，太久沒測了。」
翡翠轉身離開，現場又是一片沉默。
「我討厭這個女人。」梓呢喃說道。
「性格實在有些缺陷。」
「而且……她好像一直在暗示雲野先生是凶手。」
「真是個失禮的女人。她大概是有妄想症吧！被人當做殺人凶手的感覺很不舒服。」
梓聽了這句話，怯怯地笑了起來。
「多虧了妳，我才能擺脫她的糾纏。我們的相遇，或許是星座的安排。星座派妳來拯救我脫離困境。」
雲野以戲謔的口吻笑著說道，在梓的眼裡，那模樣或許相當孩子氣。
梓以一隻手捂著嘴，呵呵笑了起來。

***

結束了遊覽船上的快樂時光，雲野將梓送回家。

梓看起來有些不想與雲野分開，或許是為自己的證詞所帶來的影響感到不安。雲野並不急躁，要與她發生進一步的關係並不難，只是雲野希望兩人的關係能夠更加細水長流。

沒想到自己竟然變得如此謹慎，這讓雲野感到有些意外，或許是年紀大了吧！當然還有另一個原因，是梓曾提到她有一件插畫工作必須在明天之前完成。如果沒有這件事，雲野也不知道自己最後會做出什麼樣的決定。

車子停在梓的家門口，兩個人坐在車內聊天。雲野一直沒喝酒，正是為了這個目的。在陰暗、狹窄且沒有其他人的車內，正適合問出真心話。

「我不久前才剛失戀。」

雲野默默等待梓繼續說下去。

「這陣子我一直沒有辦法走出傷痛……心裡總是有著迷惘……」梓始終低著頭，並沒有望向雲野，車內的微弱燈光在她的臉上投射出了陰影。「但今天……你說我們是在約會……

我很開心。

「我能再約妳出來嗎？」

梓遲疑了片刻後點了點頭，她抬起頭來，臉上帶著幾分羞赧。

雲野看在眼裡，胸中又湧起了一股懷念之情。

梓開門下車，直到她走進了自家門內，雲野才驅車離去。

一開始雲野的目的，只是想誘使她改變證詞。然而，精心打扮下的梓不僅極具魅力，還與亡妻頗有相似之處，如果能夠與她一直在一起，或許自己可以重新描繪出喪失已久的未來遠景。妻子剛過世時，黑夜在雲野的眼中，只是廣大無際的黯淡空間，如今雲野已能看見夜晚中那些美麗的熠熠光芒。

驀然間，妻子的臉龐浮上了雲野的腦海……以及那靈媒少女所說的幾句話。

自己失去的東西到底是什麼？是什麼事讓妻子的亡魂感到難過？是因為自己不再愛著妻子嗎？自己獲得了新的人生目標，不知妻子作何感想？

算了，那一點也不重要，反正是神棍騙子說的話。

這件事情結束之後，差不多也該退休了。

如今唯一的阻礙，只有城塚翡翠一人，不能再任由她為所欲為，看來該使用殺手鐧了。約會遭到妨礙，應該算是一個相當合理的憤怒理由。

＊＊＊

「各位曾經像這樣把正反兩面的撲克牌混雜在一起嗎？」

千和崎真專注地望著前方的小桌子。

一整排的觀眾席圍繞著那張小桌子，桌上鋪著鮮綠色的天鵝絨桌巾。年輕的魔術師以優美的手指動作，將一副紅色的撲克牌在桌面上攤開。那自由操控紙牌的動作，讓真看得渾然忘我。

魔術師將紙牌分成了兩堆，一堆是印著符號及數字的正面朝上，另一堆則是印著紅色紋路的背面朝上。接著魔術師將這兩堆紙牌交互混雜在一起，轉眼之間，紙牌堆變成了有正有反的狀態。

魔術師是個年輕的女性，年紀約二十五歲前後，有著一頭麗亮烏黑的長髮，臉上很少露出笑容。或許正因為如此，當她在關鍵時刻露出微笑時，具有一種令人難以抵擋的魅力。

「請隨便說出一張牌。」

一名男客人說出了紅心皇后，幾乎就在同一個時刻，魔術師將那堆紙牌在桌面上迅速攤開。那行雲流水般的動作，有如一道彩虹劃過牌面。

觀眾陸續察覺到，原本應該正反混雜的紙牌，在迅速攤開的瞬間，竟然全部都變成了背面朝上，唯獨正中央的紅心皇后例外。

觀眾席上霎時響起一片拍手及喝采聲，真甚至忘了拍手，心情就像是看見了真正的魔法。身旁的城塚翡翠不停拍著手，臉上帶著心滿意足的微笑。

這名魔術師聽說是翡翠的好朋友，以女性魔術師而言，她的紙牌魔術可說是數一數二的高明，於魔術業界頗有名氣。

在翡翠的邀約下，真欣賞了這場魔術表演秀。表演的場地，是由一間相當狹小的酒吧改建而成，只能容納十多名觀眾。雖然空間不大，卻是只有少數魔術愛好者才知道的魔術表演聖地，連翡翠也常會隱藏身分在這裡登台演出。

為什麼翡翠與真今天會來到這裡？說穿了，就是因為案件的調查遇上了瓶頸。

來自警方高層的不尋常壓力，逼迫翡翠終止一切的調查行動。多半是雲野透過關係，向警方施壓了。由於這個緣故，所有跟監行動全部中斷，翡翠也無法再採取任何攻勢。

從另一個角度來想，這也給了翡翠轉換心情的機會。

過去真很少像這樣跟翡翠一起欣賞魔術表演，但自從調查行動觸礁之後，翡翠光是在上個月就帶著真看了好幾場魔術表演。有的魔術師會裝扮成鬼魂的模樣，有的魔術師從頭到尾只使用布偶作為魔術道具。這些魔術除了令人驚奇之外，往往還詼諧逗趣，令人捧腹大笑。原來欣賞魔術表演是這麼快樂的事情，真可說是開了眼界。

「除了找出紅心皇后之外，我還讓紙牌的方向全部變得一致。同時做了兩件事，或許讓大家看得有些眼花撩亂。只要冷靜下來仔細觀察，應該就可以看出我的手法。現在讓我們再試一次吧！這位女士，能請妳幫個忙嗎？」

真發現魔術師朝自己看過來，不由得緊張得全身僵硬。

魔術師或許是為了化解真的緊張，臉上露出淡淡的微笑。

「請妳在一到十三之間挑選一個喜歡的數字。」

「呃，八好了。」

「請大家看仔細了，現在所有的撲克牌都翻到了背面。」

女魔術師將一整疊蓋著的撲克牌在雙手之間攤開，讓觀眾們清楚看見。接著她使用跟剛剛完全相同的手法，將牌分成兩疊，一疊正面朝上，一疊背面朝上，然後再將兩疊牌混合在一起。

「接下來會發生什麼事，相信大家都很清楚。」

應該不可能吧……！真在心中暗想。

「這位女士剛剛挑選的數字是八。」

魔術師將紙牌攤在桌面上，手掌輕輕劃過，有如在綠色天鵝絨桌巾上架起一道紅色的彩虹，下一秒，所有的牌都變成了背面朝上。

正中央出現了真所選的數字——紅心八、黑桃八、方塊八、梅花八——只有這四張是翻開的狀態。

這真是太神奇了，真看得目瞪口呆，只是不停拍手。

這場魔術表演不到一個小時就結束了。雖然車子就停在停車場裡，翡翠卻說想要欣賞街上的霓虹燈飾，因此兩人在夜晚的六本木朝著櫸坂的方向漫步而行。

真一邊走，一邊滔滔不絕地表達對剛剛的魔術表演的感想。

「開頭那場表演，她是怎麼做到的？她怎麼能夠在一瞬間把牌全部翻到背面，而且還找出觀眾指定的牌？我完全看不出她的手法……她不是把正面的牌跟背面的牌混合在一起了嗎？為什麼能夠同時找出四張牌？又不是所有的牌都是正面朝上！」

翡翠在一旁看著，嗤嗤笑個不停，沒有回應真。

「雖然她表演了兩次，我還是完全看不出來……還有那個手錶的魔術也是一樣，為什麼她能夠一直讓牌跑到手錶的下面？明明重複了好幾次，卻讓人完全看不出手法……真是太有趣了！」

翡翠合攏雙手，不停地笑著，接著她轉頭面對真，豎起了食指。

「沒錯！『重複』正是魔術表演的最高境界。一般來說，相同的魔術最好不要表演第二次，因為當觀眾知道接下來會發生什麼事時，魔術師的手法很有可能會被看穿。」

「我還是完全看不出來。」

「高明的魔術師，反而能夠善用這種狀況。雖然乍看之下是相同的魔術，觀眾都知道接下來的結果，魔術師還是可以從相同當中變幻出不同的花樣，讓觀眾嚇一大跳。坐在觀眾席上的人，心裡都會懷疑魔術師重複一樣的事情，讓大家都知道結果，是要怎麼瞞過觀眾的眼睛？就是這樣的想法，才是最大的盲點。正因為魔術師重複相同的動作、正因為觀眾知道接下來會發生什麼事，反而更容易被魔術師的魔法迷得團團轉……」

翡翠呵呵笑個不停，每次只要一說起關於魔術的事，她就會變得非常饒舌。

這陣子翡翠每天都看起來愁眉苦臉，真已有好一段日子沒看到她露出這麼快樂的笑容。

真咀嚼翡翠所說的話。**沒錯，雖然猛一看是相同的魔術，卻有著微妙的變化**。以開場的那個魔術為例，第一次表演時，只有一張紙牌翻開；到了第二次表演時，卻同時有四張紙牌翻開。由於出現了意料之外的結果，觀眾才更一頭霧水，無法看出魔術師的手法。

前方出現了冬季的霓虹燈飾，將夜晚的街道點綴得美輪美奐。翡翠走向一棵閃爍著藍白燈飾的樹木，拿起手機拍下遠方的東京鐵塔。

不知道為什麼，真有種感覺，今天的翡翠似乎只是在強顏歡笑。

「也許該做個決定了。」真忍不住建議道。

「決定什麼？」

或許是因為兩人相隔有些距離，翡翠沒有聽清楚，只見她歪著頭睇著真。

「該決定收手了，這次的對手實在太難對付。」真走上前去說道。

找不到任何證物、口頭上的辯論也落於下風、最重要的目擊者什麼也想不起來、對手還能透過警方高層的施壓……

翡翠放下了原本正在拍著燈飾的手機，她將雙手插進大衣口袋裡，對著真流露出了落寞的神情。真的心裡有股不祥的預感。

對手可是個殺人不眨眼的傢伙，要是繼續糾纏下去……

「妳擔心我會被殺？」

「怎麼可能。」真乾笑著說。

應該不可能吧！天底下應該沒有人有辦法殺死城塚翡翠這個女人。但是……凡事總有個萬一……萬一……

「阿真，妳想要收手了？」

真略一遲疑，輕輕搖了搖頭。

「我也拿不定主意。不過……為什麼妳這麼執著於這個案子？」

翡翠沉默不語，只是舉起手腕，看了一眼手錶，接著她瞇起雙眼，仰望樹上那模仿雪景的絢爛燈光。

「我就是不甘心……」翡翠呢喃地說道：「不甘心看著奪走他人生命的人，還在這世上逍遙自在地過日子。」

「我明白妳的感受，但是……」

「曾根本先生雖然曾經誤入歧途，他已經重新做人了。根據我們對動機的推測，他應該是個很有正義感的人。如果他能夠好好活著，將來一定會有人為他的正義感所救。」

真點了點頭，心中也感到懊惱。

「雲野這次殺了人，若不能將他繩之以法，他一定會食髓知味。這麼一來，今後他一定會再度殺人。我們的置之不理，等於是對未來的受害者見死不救……」

翡翠直直地盯著絢麗燈飾，片刻後——

「若要為我的執著找一個理由，或許是因為……」她低喃道：「我是一名偵探。」

翡翠這番話其實並沒有回答真的問題，真卻能夠理解翡翠的心情。

這就是城塚翡翠的正義，不需要任何解釋。

真走上前去，輕撥翡翠的瀏海。

「怎麼了？」翡翠嚇了一跳，露出錯愕的表情，眨了眨眼睛。

真見狀笑了出來。

「沒錯，這就是你。既然已決定堅持到最後，我也會陪妳走下去，這是我的職責。」

翡翠聽到這番話，眨了眨眼，沉默地仰望著真。

「抱歉，說了奇怪的話。今天我們暫且把案子拋開，我想聽妳說說魔術的事。」

或許是因為苦無對策的關係，這陣子翡翠一直顯得憂心忡忡，至少在真的眼裡看起來是如此。唯獨今天翡翠聊起魔術的話題時，就像一個平凡的開朗少女，彷彿那注定要背負的命運都暫時與她無關。

真很喜歡聊起魔術時的翡翠。

「阿真……」翡翠靦腆地說：「好，我們就繼續聊聊魔術吧！今天這位魔術師朋友，應該是想要測試看看重複相同手法的魔術，能否讓觀眾樂在其中。整體的表演流程，應該是依循這個概念所建構起來的。光看阿真的反應，就知道她今天的測試非常成功。」

「妳的意思是說，我很容易受騙？這該不會是一種取笑？」

「才沒那回事呢。」翡翠嗤嗤笑了起來。

「好吧！這點我有自知之明。我看到牌跑到自己的手錶底下時，真的嚇了一大跳。」

起初魔術師是讓觀眾所選擇的撲克牌，在不知不覺之中移動到自己的手錶與手腕之間。

「真是奇怪，讓我把它拿下來。」魔術師邊說，邊取下自己的手錶，放在旁邊。

過了一會，撲克牌竟又跑到了手錶底下，又一會兒，這次是跑到了真的手錶與手腕之間，最後則是……

「那位女魔術師的手錶長得很奇怪，好像有什麼機關，所以我一盯著看，沒想到下一瞬間，撲克牌是跑到我的手錶下面……這就是所謂的顧此失彼吧……？」

真笑著回想當時的情景，然而翡翠的臉上卻毫無笑意，她一臉嚴肅地看著真。

不，她只是面對著真，兩眼似乎什麼也沒看見……彷彿時間靜止了一般。

「翡翠？」

秋水般的盈眸緩緩眨了眨。

「顧此失彼……」翡翠低聲呢喃，翠綠色的雙眸閃爍著妖異的光芒。

「怎麼了？」

「阿真！」翡翠的神情豁然開朗，朝著真撲了過來，真慌忙將她抱住。

翡翠雖然身形嬌小，撲過來的力道卻十分驚人，真趕緊踏穩腳步，才沒有摔倒在地。

「妳怎麼了？」

「就是這個！」翡翠握著真的雙手，開心地不停揮舞。

「什麼？妳說哪個？」

「咿咿──噢……」翡翠以舞蹈般的步伐遠離真的身邊，接著做出了拉小提琴的動作。

宛如在模仿著夏洛克・福爾摩斯，這意味著……

「等、等等，這太突然了吧？妳該不會……」

翡翠轉頭望向真，緩緩退後，接著她舉起了一隻手，手指一彈……

啪！陡然間，整條街上的燈飾全都失去了光芒。

真目睹四下變得一片漆黑，整個人都傻住了。**這是什麼魔法？不，等等……翡翠不可能關掉了整條街的燈飾……**。真霎時恍然大悟，現在正好到了燈飾的關燈時間。

整條街上只剩下夜晚的街燈，而翡翠沐浴在燈光下，宛如舞臺上的表演者般行了一禮。

「各位紳士淑女，讓大家久等了，接下來將公布謎底。」

真感覺到自己的心臟越跳越快。

翡翠彷彿把真當成了唯一的觀眾，滔滔不絕地推理起來。

「這次的對手不是省油的燈，我也終於發現了反擊的武器。面對雲野泰典這個絕不在犯案現場留下證據的凶手，到底該怎麼做才能找到將他定罪的關鍵證據？提示就是這個。」

翡翠說完，從口袋裡掏出了一樣東西。

「啊！妳什麼時候拿走的？」真慌忙奔上前來，搶下了翡翠手上的東西。

「已經猜到答案的聰明讀者，可以再猜猜另外一個問題。」

翡翠咯咯地笑著，拉開與真之間的距離，接著她轉過了望向真，同時合攏雙手手指，將前端朝著真的方向伸出。

「凶手的身分已無庸置疑，問題在於，你們能否使用偵探的推理方式推導出真相？」

城塚翡翠的碧綠色雙眸，在暗夜裡炯炯有神。

「我靠著在貴賓室裡與雲野的對話，便確信他就是殺人凶手。為什麼我能做出這樣的結論？請大家想想看，雲野在貴賓室裡犯了什麼致命的錯誤？覺得這個問題還是太簡單的讀者，可以嘗試挑戰解開襪子之謎。仔細思考看看，雲野為何必須將襪子從現場帶走？」

真心裡明白，翡翠希望自己藉由這些線索推測出真相。

「以上這些問題都已解開的讀者們，我想送你們一句話……」翡翠以流暢的英語說道：

「"What done it"」

那意思是……

城塚翡翠露出戲謔的笑容。

「接下來，為了讓涼見梓回想起凶手的臉，我將會安排一個計畫。在這個計畫裡，那位女魔術師也是協助者之一，相信這將會非常有趣。」

此時的翡翠心裡大概覺得大衣很礙事吧，只見她做出捏起透明裙襬的動作。

「……以上就是城塚翡翠所給的提示。」

千和崎真看著翡翠對著自己行禮，不知道為什麼，心裡有股非常不好的預感。

＊＊＊

雲野與涼見梓的交往，可說是相當順利。

某一天，梓主動提出了邀約，這讓雲野感到有些意外。據她所說，是因為城塚翡翠送給了她魔術表演秀的招待券，做為上次打擾兩人約會的賠禮。

招待券是由翡翠送出的，感覺背後似乎有著什麼詭計，不過梓對魔術表演相當感興趣，最後還是決定要前往觀賞。

梓的年紀已經不小了，這方面的性格卻還像個天真的女孩。雲野有點擔心會中了翡翠的陷阱，卻又不忍心掃梓的興。

然而，更讓雲野感到憂心的，是梓在電話中所說的那句話……

『那天我聽了城塚小姐那麼說之後……想起了一些事。』

「什麼事情？」

『是關於案子……我想了很久，覺得還是應該對雲野先生說清楚。』

梓的口氣比雲野原本的預期更加嚴肅一些。

「妳想起了什麼事？」雲野忍不住追問。

『這很難說明，我想要當面告訴你。看完魔術表演秀之後，請到我家來……我想在陽臺上讓你看一樣東西。』

梓到底想起了什麼？

雲野再三追問，梓就是不肯直說。既然如此，就只能在看完表演之後當面問她了。

雲野心中已抱定了最壞的打算。**梓會不會是已經想起了凶手的臉？**雲野清楚地感受到，梓非常喜歡自己，或許她打算在告訴警察之前，跟自己把話說清楚。

如果真是如此的話……只能殺她滅口了。

魔術表演秀的會場，是一家位於六本木的小酒吧。梓聲稱白天得和出版社編輯討論事情，因此兩人到了晚上才會合，一同坐上雲野的車。

梓看起來心情相當好，一點也不像有心事的模樣，讓雲野不禁覺得恐怕是自己多慮了。雲野問她為什麼這麼開心？她回答有位她很欣賞的作家，答應將書籍的封面交給她設計。

雲野將車子停在酒吧附近的停車場，與梓一同步行到酒吧。兩人走在夜晚的道路上，梓一直勾著雲野的手臂，顯然兩個人之間的關係已頗為親密。

到了酒吧，雲野才發現店內相當狹窄，雖然號稱魔術表演秀，其實規模相當小。由於酒吧內坐滿了人，再加上座位之間的間隔很窄，讓雲野不禁感到有些喘不過氣。轉頭向梓一問，才知道這魔術師非常受歡迎，平常可說是一票難求。

觀眾席的前方，有一張半月形的桌子，應該就是魔術師表演的主要空間。觀眾與魔術師的距離似乎相當近，雲野與梓的座位更是在最前排。

在表演秀開始之前，雲野又向梓詢問了自己最在意的問題。

「妳到底想起了什麼事？」

梓幫雲野把大衣吊在吊衣桿上，回到座位坐下。

「……是襪子的事。」梓一臉嚴肅地說。

「妳沒有必要把城塚的話當真。」

「我還是覺得……真的看見襪子了。」梓有些激動地說：「那一天，我只是一時氣不過，才說了那樣的話。心裡還是很在意……如果那真的是一起凶殺案，我一定要想起凶手的臉才行，不能讓雲野先生繼續遭到懷疑。」

「話是怎麼說沒錯……」

雲野恍然大悟。這也是城塚翡翠的詭計之一，她故意讓梓陷入不安的情緒之中，一旦梓認為「如果自己想不起凶手的臉，雲野就會遭到冤枉」，她就會拚了命回想。

雲野暗自思索該如何說服梓別再想下去？然而，還沒想到什麼好主意，酒吧內的燈光便突然變暗了……這意味著魔術表演秀即將開始。

魔術師是個相當年輕的女人，看起來約莫二十五歲，特徵是一頭烏黑油亮的長髮。雖然臉上沒什麼笑容，這種不過度諂媚的表演風格，反而博得了雲野的好感。她偶而會露出戲謔的微笑，或是說兩句高明的玩笑話，這種態度上的反差也成了她的魅力之一。斯文的說話語氣，配上高雅的儀態，有點像是美術館的展覽策劃者，一舉一動散發著冷酷之美，操控紙牌的手指動作靈巧而洗鍊。

使用的道具以撲克牌為主，偶爾也會出現繩索、杯子之類魔術戲法常使用的小道具，給人的感覺不像在變魔術，反而像是從容優雅地介紹著各種不可思議的魔法美術品。

雲野原本以為一個年輕女孩在這種地方表演的魔術，大概沒什麼了不起，實際看了之後，才不得不承認，確實是第一流的魔術表演。

魔術師表演到一半，陡然走向桌子前方的椅子旁，坐了下來。她緩緩環視觀眾席，與每一名觀眾視線相交。

「前陣子，我在電視上看了一齣影集。」她頓了一下，語氣平靜而自然地接著說道：「有一個人在街上目擊了一場肇逃事故，他親眼看見肇事的車子駛離現場，卻因為太過緊張的關係，想不起車牌號碼。」

關心與好奇的氛圍籠罩著整個會場，每個觀眾都屏息期待著她接下來會做出什麼事。

「不久之後，出現了一名FBI的調查官，他嘗試利用催眠術及心理療法，喚醒目擊者的深層記憶。其實我們的頭腦會在無意識之間記下許多事情，只是這些記憶往往很難被喚醒。我後來實際調查過，國外確實有利用這些手法，幫助目擊者找回記憶的案例。」

雲野不由得屏住了呼吸，凝視著眼前的女魔術師。

「啊！你們一定不相信，對吧？」女魔術師微微歪著頭，露出了戲謔的笑容，以臨時起意般的口吻說道：「現在我們就來做個實驗。」

只見她從撲克牌的盒子裡，取出了一組牌，一面洗牌一面環顧整個會場，最後她的視線停在梓的身上。

「這位女士，能不能請妳幫個忙？」

「啊！好。」梓趕緊起身。

「請不用站起來。」女魔術師笑著說道：「現在我要在桌上攤開這副撲克牌，請幫我仔細看一看，有沒有什麼不尋常之處。」

梓聽到指示，臉上露出狐疑的表情。

女魔術師將手中的撲克牌在綠色的天鵝絨桌巾上攤開，排列成了圓弧形的長排。每一張牌都是正面朝上，排列得整整齊齊，看起來像是一座彩虹。

牌已經洗過，排列方式當然毫無規則可循。

「看起來沒有什麼不尋常……」梓一臉納悶地看著那些牌。

大約過了十秒，魔術師再將攤開的紙牌重新聚攏，放回盒子裡。

「現在這位客人已經看見了，這副牌的排列順序。通常我們會認為不可能在一瞬間記住這些順序，其實在無意識之間，這個記憶已經進入我們的腦海。」

「怎麼可能……」梓急忙否定。

「請不用緊張。」魔術師對著梓露出安撫的微笑，接著轉頭望向雲野，問道：「能不能請旁邊這位男士幫個忙？」

雲野默然地點點頭。

「請隨便說出一張鬼牌以外的牌。」

她到底想做什麼？

雲野以極短暫的時間思考了一下。

「梅花國王吧！」

「梅花國王。」魔術師以所有觀眾都能聽見的宏亮聲音，重複了雲野所說的牌。「這位女士剛剛已看見了所有牌的排列順序。雖然正常情況下不可能記得住，我想要模仿ＦＢＩ調查員的做法，做個實驗看看，或許能夠喚醒深藏在這位女士心中的記憶。」

這是絕對不可能的事情。觀眾席上響起了笑聲，大家都以為她在開玩笑。

「現在，我們請這位女士仔細想一想，梅花國王是在這副牌裡的第幾張。方法很簡單，只要閉上眼睛，回想起剛剛所看見的牌面景象……」

女魔術師刻意在說話時，加上明顯的抑揚頓挫，有如對著梓施展催眠術。

梓半信半疑，輕輕笑了兩聲，依照指示閉上雙眼。

「現在請妳深呼吸，吸氣……吐氣……沒有什麼困難的技巧，只要相信妳自己的直覺就行了。當我彈一下手指，請妳告訴我，梅花國王是第幾張。」

魔術師話剛落，立刻彈了一下手指。

「十八。」

「第十八張？」女魔術師以光滑細緻的食指抵著嘴角反問。

「真的是直覺而已……我只是隨口說出了想到的數字……」梓睜開雙眼，不安地說。

「請放心，要對自己有自信，人的潛力是無窮的。」魔術師以半開玩笑的口吻說道。

「好，第十八張。這位男士，請你從盒子裡取出紙牌。」

雲野依照指示，拿起了桌上的盒子，從盒裡取出了撲克牌。

不可能吧……

「為了確認人的潛能，請你把牌一張張慢慢翻開，疊在桌上，同時大聲數出來。」

雲野依照指示，一張張從牌堆上翻開，疊在桌上。

女魔術師也跟著雲野一起數著。

「十四、十五、十六、十七、第十八張了……」

當雲野拿起了那第十八張的紙牌，他緊捏著那紙牌，並沒有翻開。

「請慢慢翻開這第十八張的紙牌，並且高高舉起，讓所有的觀眾都看見。」

不會吧！不可能，絕對不可能！

整個會場一片寂靜，緊張的氣氛達到了最高點。

雲野翻開了那張牌——梅花國王。

他雖然心中驚訝，還是依照指示高高舉起那張牌。

兩人的驚愕表情，在狹窄的店內必定可以看得一清二楚。而這份驚愕瞬間傳染給了所有觀眾，整個會場歡聲雷動。

「好驚人的記憶力。」魔術師對著興奮不已的梓高聲讚美。

狂熱的鼓掌聲圍繞著雲野及梓。

＊＊＊

雲野開著車子，腦中忍不住回想剛剛的魔術。

她到底是怎麼做到的？

從雲野說出梅花國王，到梓說出第十八張的時間裡，那個女魔術師完全沒有碰觸撲克牌。不，就算是在梓說出第十八張之後，女魔術師的手指也沒有靠近過牌面。是雲野親手將紙牌從盒裡取出，一張張翻開確認，這是無庸置疑的事實。女魔術師絕對不可能以極快的速度從某處取出梅花國王，再插在牌堆的第十八張處。當然前面的十七張牌都不相同，並非整副紙牌都是梅花國王。

這麼說來，唯一的可能只剩下……

魔術表演結束後，梓或許是因為太過感動，主動向女魔術師搭話，雲野在一旁清楚聽見了兩人的對話。

「請問剛剛那個……是真的嗎？」梓興奮地問道。

女魔術師往左右看了兩眼，接著將食指放在唇邊。

「在原本的表演流程裡，那個橋段本來應該會失敗才對……」魔術師對著梓悄悄說道：「但是我偶爾會遇到像妳這種記憶力很好的客人，在潛意識裡記住了所有的排列順序。FBI確實會以這個手法來辦案，這個部分並不是我杜撰的。做法非常簡單，就只是閉上眼睛，直覺想到的景象就是正確答案……妳能夠做得到，表示妳擁有非常優秀的影像記憶力。」

「其實我的工作是畫插畫……」

「這是個需要高度觀察力的工作。」魔術師恍然大悟地點了點頭。

「我非常想要想起一個景象，只是當時我喝醉了，說什麼也想不起來……用剛剛的方法，能夠讓我想起來嗎？」

「這個嘛！我沒有辦法保證，但可以試試看。」魔術師歪著頭說道：「最好盡可能重現當時的狀況。既然妳當時喝醉了，那妳就喝一點酒，在相同的時間，站在相同的地點，閉上眼睛，然後相信自己的直覺。」

雲野已確信自己猜的沒有錯，這是城塚翡翠設下的陷阱。

剛剛的那個魔術確實相當不可思議，簡直像是梓的潛意識記憶真的被喚醒了一般。那背後應該有個巧妙的魔術手法，只是自己沒有看出來而已。儘管完全猜不透那到底是怎麼做到的，但那一點也不重要。

重要的是，梓幾乎已經相信了那個女魔術師。

梓為了雲野，努力想要回想起凶手的長相，這一定是城塚翡翠向她灌輸了「**為了不讓雲野遭到懷疑，一定要想起凶手的臉**」的想法。

梓認為她當時看見了襪子，既然襪子後來消失了，代表這起案子是他殺，必定有個兇手。這樣的推論，是梓當時親耳聽見的。在這樣的推論之下，要洗刷雲野的嫌疑，唯一的辦法就是盡回想起凶手的臉。因此對梓而言，這是善意的舉動，是為了雲野著想的舉動。

然而，這也正是翡翠的用意，她想要讓梓主動努力回想凶手的長相。

對雲野而言，最壞的狀況是「**女魔術師說的都是真的**」。

梓真的擁有過人的記憶力，她非常有可能回想起凶手的臉。

由於梓是個插畫家，更加增添雲野對這一點的擔憂，如果真的發生這樣的狀況，自己的下場必定會相當慘。

車子正駛向梓的住處，雲野好幾次試圖改變兩人的目的地，梓卻堅持要回家。

「我想那只是單純的魔術戲法而已。」雲野一邊操控著方向盤，一邊說道。

「但我認為她說的是真的。」梓一臉認真地望著前方的擋風玻璃，兩手小心翼翼捧著雲野剛剛從便利商店買來的熱奶茶。「我覺得自己的記憶力還不錯……啊！當然是只有在畫圖的時候。我有一種感覺，只要現在趕快回去，似乎就能回想起那天的景象。」

「如果是一起凶殺案，那可能是個很可怕的景象，妳沒有必要這麼做。」

「只要這麼做能夠洗刷雲野先生的冤屈，就有試試看的價值。」梓的黑色瞳孔中隱含著堅定的決心。「反正只是站在陽臺上，閉起眼睛而已。」

要是真的被她想起來，該如何是好……？不，絕對不可能吧！

但是，任何事情都有萬一……

「雲野先生？」

「啊！」雲野回過神來，發現車子已經停在梓的家門口。

梓告訴雲野，住家的旁邊有個沒人使用的停車格，可以把車子停在那裡。

「我想先回去打開暖氣。不好意思，能麻煩雲野先生自己停一下車嗎？」

「好啊！沒問題。」

雲野停好車，在黑暗的車內取出了暗藏的手槍，心裡猶豫了好一會。

如果可以的話，實在不想殺死梓。若真的得面臨最壞的情況，想不下手也不行了。

雲野下了車，走上綜合商業建築的樓梯。

兩人在廚房裡以葡萄酒乾杯，葡萄酒是梓事先準備好的。特地準備酒精飲料，代表梓已經準備好與雲野發生進一步的關係。

此時，雲野心中卻充滿了不安。

她會想起來嗎？應該不會吧？一般情況下絕對不可能……但如果萬一……

「雲野先生，我們要不要到陽臺去？」梓開心地喝著葡萄酒，提議道。

「梓，我想……還是算了吧！反正不必急在一時……」

「不趕快試試看，我會一直惦記著，明天沒有辦法好好工作。」梓露出純真且堅定的笑容。

「而且我很想為雲野先生做點事，你對我這麼好，我總得想個辦法報答才行。」

雲野心裡暗叫不妙，完全落入了城塚翡翠的圈套之中。

梓說什麼也要為了雲野想起當時的記憶，雲野正思考該如何說服她時，梓已站了起來。

「陽臺在三樓。」梓笑著說完，轉身走向內廊。

「梓，等等。」雲野叫喊著，趕緊跟上。

「請不用擔心，只要我能想起凶手的臉，那個女人就不會來找麻煩了。」

或許是因為喝醉酒的關係，梓說話的同時還嗤嗤竊笑。看著她踏著輕快的步伐走上樓梯，雲野也只能跟在後頭。

梓打開了一間房門，走進室內，這房間似乎是個工作室。桌上擺著一臺相當大的平板電腦，旁邊還有好幾座書架，上頭塞滿了許多大尺寸的書籍，或許是作畫用的資料吧！

梓接著推開了通往陽臺的窗戶，站在窗邊。

「梓，妳真的不用勉強。」雲野再次說道，冰冷的晚風拂上了他的臉頰。

陽臺相當寬敞，有張小椅子及小桌子。梓當初應該就是在這裡，喝著酒觀看星空的吧！而且從這個位置，確實可以將曾根本所住的公寓看得一清二楚。

梓站在陽臺上，雲野將手搭在梓的肩膀上，凝視著她的側臉。

「梓……」

驀然她睜開了眼睛，漆黑的雙眸凝視著雲野，瞳孔微微搖曳，流露出了驚懼之色。

「雲野先生……」

「妳……想起什麼了？」雲野不由得感到心裡發涼。

梓沒有回答，她踉踉蹌蹌地往後退了一步。

「呃……」古怪的聲音自梓的雙唇之間流出。「那個……」

她的雙唇發白且微微抖動，絕對不是因為寒冷的關係。

沒辦法，只好將她殺了。

目擊者一旦死亡，就算偽裝成意外事故或自殺，也必定會遭到懷疑，既然如此，不如乾脆使用槍，就當作是射殺曾根本的凶手找出了目擊者，並且將她殺害。槍就暗藏在雲野的腰際後側，他在心中暗自盤算。

不用擔心，只要別留下能夠證明自己是凶手的證物就行了。

今天開自己的車子來，實在是失策，但到了這個地步，總得做個了斷。雖然殺死這個女人有點可惜，反正只要自己有心，要找到更年輕貌美的伴侶並不是難事。況且，自己真正所愛的，是如今早已過世的妻子，沒有任何理由必須執著於眼前這個女人。

「我什麼也沒想起來。」梓慌忙說道。
「那很好。」雲野悄悄地將手伸向後腰。
就在這時，響起了對講機的鈴聲。雲野霎時僵住了，對講機的鈴聲又響起一次。
「來了！我馬上開門！」梓如臨大赦，趕緊喊道。
看著梓轉身奔出了房間，雲野心中暗叫不妙，卻不敢輕舉妄動。
如今有第三者來訪，總不能在這個時候槍殺她。現在該怎麼做才好？乾脆把來訪者也一起殺死？還是設法讓來訪者揹黑鍋？
或許因為是在陽臺的關係，隱約可以聽見外頭的說話聲。
「我是城塚，抱歉這麼晚來打擾。」
雲野咂了個嘴。那個女人什麼時候不來，偏偏在這個時候……
雲野趕緊追著梓奔下樓梯，衝向位於二樓的大門口。要是她對那個女人說出她想起了凶手的臉，事情會變得很棘手。
梓已打開了門，身穿米黃色大衣的城塚翡翠就站在門外。梓站在門內與她對望，似乎並沒有朝著她說話。

雲野一邊觀察狀況，一邊走下樓梯，朝著翡翠靠近。

「哎呀！社長先生，真是奇遇。」

翡翠歪著頭打了招呼，柔軟的卷髮微微搖曳，今天她並沒有戴眼鏡，碧綠色的銳利視線彷彿要射穿雲野的身體。

「是嗎？我倒認為一切都在妳的算計之中。」

「我不明白你在說什麼？」翡翠故意裝傻。

「請問……妳來找我有什麼事嗎？」梓怯弱地問道。

「能讓我先進去再說嗎？外面好冷。」翡翠笑容可掬地說。

「這麼晚跑來叨擾，妳不覺得失禮嗎？」雲野冷然說道。

翡翠對雲野的質問其充耳不聞。

「拜託妳了，我要說的事情非常重要。」

梓猶豫了半晌，最後輕輕點頭，將門完全打開，讓翡翠進入屋內。

翡翠為了脫掉長靴，抬起了一隻腳，呈現單腳站立的狀態，突然失去了平衡。

「嘿咻……啊……哇哇！」

翡翠尖叫著，眼看就要向前摔倒，雙手不自覺地到處亂抓，倏忽抓住了雲野的手腕，雲野趕緊將她的手甩開。

「好過分！」翡翠噘起了嘴，瞪了雲野一眼。

「反正妳只是裝裝樣子。」

這個女人還是老樣子，讓人摸不透她到底在打什麼鬼主意？

雲野擔心要是她把手伸向自己的腰際，可能會摸到手槍。

翡翠一直噘著小嘴，穿著絲襪的雙腳向前一伸，穿上了拖鞋。

「請往這邊走。」

「梓……」

「她都特地來了，總不能將她趕走。況且如果不是她送了招待券，我們也沒辦法看到那麼精采的魔術表演。」

縱使梓嘴上這麼回答，雲野看得出來，她的態度已不太對勁。雲野推測她應該已經想起了凶手，剛剛有那麼一瞬間，她看著自己的眼神中流露出了恐懼，就是最好的證明。

然而，令雲野納悶的是，此時梓已不再害怕，照理來說，她應該會向翡翠求助才對。

梓將翡翠帶進了餐廳，四人座的餐桌上，還擺著兩人剛剛喝葡萄酒的杯子。

「城塚小姐要喝點什麼嗎？」

「不用麻煩，我不會待太久的時間。」說完，翡翠走向餐桌另一側的窗邊，從那裡應該也能看見曾根本的公寓。「梓小姐，事發當晚，妳就是在這個陽臺看著對面的公寓？」

「不，是在三樓。」

「噢……」

「妳到底來這裡做什麼？」雲野站在梓的背後質問道。

「當然是……」翡翠自窗簾的縫隙向窗外望了一眼，轉頭說道：「想要從梓小姐的口中問出凶手的名字啊！」

果然猜的果然沒錯。雲野在心中暗忖。

看著站在廚房深處的翡翠，雲野維持著隨時可以掏出手槍的姿勢。

翡翠一直在巧妙地誘導梓努力嘗試找回記憶，她可能發現了那個FBI的手法具有一定的效果。一如她的預期，梓在魔術表演中展現出了驚人的記憶力。

換句話說，這是翡翠的一場賭局，她賭梓只要全力回想，應該能夠想起凶手的臉。

這種缺乏必然性的賭注，竟然成了雲野的敗因……

「梓小姐，我想妳應該已經想起了一些事情。」翡翠目不轉睛地看著梓。

「呃……」

儘管如此，雲野並沒有放棄，努力思考著接下來該如何應對。梓真的想起來了嗎？就算她真的想起來了，這樣的證詞能發揮多大的效力？畢竟梓當時是酩酊大醉的狀態，或許她的證詞在法庭上根本不會受到採信。

然而，如果警方依此證詞向法院申請搜索票，對雲野的住處進行搜索，就算沒有找到殺人的證據，雲野過去的種種惡行惡狀都會因而遭到揭發。如此一來，好不容易擴大到如今這個規模的徵信社，當然也會無法再經營下去，不僅如此，雲野自己必定也無法全身而退。

既然如此，不如乾脆現在就將兩人一起都殺掉？

問題是，城塚翡翠是獨自一人來到這裡嗎？有沒有可能這附近還躲著她的同伴？

雲野站在梓的背後，刻意讓梓擋住自己的身體，悄悄將手探向後腰，直到手指觸摸到堅硬的物體。

現在該怎麼做才好？

「城塚小姐，」梓淡然地開口，「如果妳是為了這個目的，還是請妳離開吧！」

翡翠聽梓這麼說，有些驚訝地瞇起了眼睛。

「我什麼也沒想起來，或許我打從一開始就沒看到凶手的臉。」

「梓小姐……」翡翠愣怔住，眨了眨眼睛。「我不相信……剛剛妳打開門時，不是露出一副有話要對我說的表情嗎？」

「我什麼也沒想起來！」梓歇猝然歇斯底里，尖聲大喊：「城塚小姐，妳快走吧！我們……我們是以結婚為前提在交往！請妳不要再把雲野先生當成凶手看待！不管妳怎麼做，都不可能改變我的想法！我會保護雲野先生！」

翡翠驚詫地杏目睜圓，滿臉錯愕，顯然這樣的事態發展完全不在她的預期之中。

片刻後，她仰頭望著天花板，臉上帶著無奈的神情。

「竟然來這一招……」翡翠輕聲咕噥道。

原來如此……

雲野感覺到自己的肩膀在微微顫抖。

「真是太可惜了。」雲野輕輕摟住了梓的肩膀。「梓是我所見過最完美的女性，我一定會讓她幸福的。」

贏了！反敗為勝。

關鍵的勝因，就在於梓明知道雲野是兇手，卻依然真心愛著他。雖然一度驚惶失措，但最後還是決定拒絕與翡翠合作，這一切都是因為愛……

當初雲野跟梓交往時，也只是為了操控梓的證詞，沒想到最後會帶來這樣的變化。

「這就是命運的安排。就算是妳，也無法預見這個結果。」

「我說過了……」翡翠不悅地說道：「魔法師的魔法只能維持到午夜十二點，這個男人不可能讓妳獲得幸福。」

「沒那回事……！」

「城塚小姐，請妳離開吧！」

現在是二對一，雲野勝券在握。

「這可真讓人困擾。梓小姐，就算沒有妳的證詞，社長先生也得坐牢。」

「咦？」梓整個人傻住了。

「所以社長先生不可能跟妳結婚。如果妳替兇手作偽證，連妳也會惹禍上身，我真的為妳感到遺憾。」

「什麼……意思……」梓面露驚恐地顫抖著。

「我明白妳想要嫁給有錢人的心情。」翡翠得意洋洋地說道：「妳的父親生了重病，家裡陷入經濟困境，想要賣掉這棟建築物，卻又找不到買家。妳雖然號稱是插畫家，說穿了也是自由業，能夠接到的工作相當有限。不久前才甩掉妳的那個貧窮的年輕帥哥，最近又跟妳復合了，對吧？前幾天你們才約了會，在池袋的賓館住了一晚。」

「不……沒有……」

「梓？」

梓的驚惶聲音，與雲野充滿疑惑的聲音交疊在一起。

「嫁給有錢人後，妳還是會繼續跟那個年輕帥哥在一起，因為他才是妳的真命天子。」

這個女人……

雲野瞪了梓一眼，將手從她的身上移開。

「不、不是的……不是那樣！」梓轉頭對著雲野想要辯解，她看起來一副驚慌失措的模樣。「不是你想的那樣！她……她說謊！這個女人說的全是假的！」

「妳以為只要不作證，以後就能過著不愁沒錢花的日子？這個男人可是殺人魔吔！妳怎麼知道他不會殺妳滅口？」

雲野努力說服自己保持冷靜，如果任由她繼續說下去，局勢會再度逆轉。

一旦梓失去了保護雲野的理由，就有可能會說出「想起凶手長相」的證詞。

「原來如此，妳想要瓦解我跟她之間的信賴關係。」

這一招可說是相當厲害。

雲野暗自冷笑，不斷要自己保持冷靜，化解翡翠的攻勢並不難。既然翡翠的目的是摧毀兩人的信賴關係，只要不讓她得逞就行了。

沒錯，自己還是擁有相當大的勝算。

「我們把問題分開來思考吧！」雲野平心靜氣地說道：「梓，就算不結婚，我們的利害關係還是一致的。我有非常多的錢，只要妳什麼都別想起來，我可以滿足妳的需求。」

梓不住點頭，同意了雲野的提議。

這麼一來，翡翠的計謀便無法得逞，情勢再度逆轉，雲野微微揚起了嘴角。

「我說過了。」翡翠搖頭嘆息，聳了聳肩說道：「社長先生，你已經輸了。」

「妳說什麼?」

「我說過了,梓小姐的證詞已經不重要了。就算沒有她的證詞,你也會遭到逮捕。」

「妳只是在虛張聲勢而已。」雲野嗤笑地說:「難道除了目擊證詞之外,妳還能找到任何證據,證明我是兇手?」

「沒錯。」翡翠點點頭,說得斬釘截鐵。

「什麼……?」

「我費了不少功夫,終於在剛剛拿到了。」

「在剛剛?妳到底在說什麼?」雲野瞇起眼,無法理解翡翠的意圖。

「這才是我真正的目的。」

翡翠說著,從大衣口袋裡取出一樣東西,那東西自翡翠的指縫之間垂了下來。

是手錶,雲野的手錶。

「不可能!」雲野慌忙望向自己的左手腕,原本應該戴在手腕上的手錶已不翼而飛。

這是怎麼回事?為什麼手錶會在翡翠的手上?雲野迅速回想剛剛的每個環節。

翡翠在脫下靴子時,一個沒站穩,抓住了自己的手腕,那正是戴著手錶的左腕……

等等，這不可能吧？那可是手銬！她是怎麼脫下來的……？

「不可能！這沒道理……」

「偷走別人口袋裡的東西或是手上的手錶，在外國是相當常見的表演藝術，這絕對不是什麼做不到的事情。」

雲野的手腕被翡翠抓住，只是一瞬間的事。當時雲野擔心手槍被發現，立刻與翡翠拉開了距離兩人的接觸，真的只有一眨眼的時間。

從另一個角度來想，雲野在意的只是手槍，完全沒有料到翡翠會打自己手銬的主意。

「但是……那種東西……怎麼會是證據……？」

「哎呀，你不明白嗎？你還不明白嗎？」翡翠攤開手掌輕輕揮動，發出挑釁的笑聲。

「凶手是個絕不在現場留下證據的人。這點我承認，湮滅證據的工作做得太完美了。但我不禁感到好奇，雖然現場沒有留下任何證據，那凶手的身上會不會還留有證據？」

雲野這才明白了翡翠的真正意圖，霎時之間，他感覺身上冒出了大量的冷汗。

「曾根本先生乍看之下是自殺，其實是遭到了殺害。既然如此，握著手槍的手上及衣服上必定會留有發射殘渣。除非凶手是以超能力讓曾根本先生自己扣下扳機，否則只會有一種做法……那就是以手槍抵著曾根本先生，卻故意露出破綻，引誘曾根本先生反擊，趁曾根本先生將手伸向手槍時扣下扳機。當然為了避免曾根本先生的反擊動作太強烈，凶手一定會以自己的手臂壓制住曾根本先生的身體，因為如果使用繩索之類的東西，容易在皮膚上留下痕跡。既然是這樣的情況，凶手的身體一定也會沾上發射殘渣、曾根本先生的鮮血，以及他的指紋。在一般的情況下，這些痕跡很快就會消失，因為只要洗個澡，換個衣服，再把換下來的衣服清洗乾淨就行。但是……」

翡翠以手指捏著手錶，舉在眼前輕輕搖晃。

「如果凶手的身上戴著沒辦法輕易清洗的東西……」

雲野低聲咒罵，汗水自額頭涔涔流下。

這是雲野第一次在與翡翠對決時，感覺到如此驚惶失措。

「這是你的妻子留給你的珍貴手錶，你的全身上下，就只有這樣東西特別老舊。從你手腕上的日曬痕跡看來，你應該是隨時都戴著它。這上頭有著許多微小的傷痕，尤其是這皮帶，從磨損狀況來看，絕對不是最近才換新。皮革嚴禁碰到水，當然也不能用水洗……」

「不可能……」雲野勉強擠聲音反駁道：「絕對不可能驗出任何東西……」

「是嗎？雖說手錶有可能被大衣或外套的袖子蓋住，但在壓制曾根本先生時，動作一定非常激烈，手錶很難不露出來。我猜這手錶上頭一定還殘留著一些東西……例如，微量的金屬片，也就是發射殘渣；不然就是曾根本先生的血液……如果運氣好，或許還能找到曾根本先生在掙扎時留下的指紋呢！像是在這細小的傷痕裡頭，就很值得期待。你對警方的科學調查手法相當熟悉，應該知道很多案子都是靠著肉眼看不見的微小血跡才破案的。」

雲野完全沒料到會發生這樣的狀況。

回想起來，犯案當時自己確實脫下了大衣，而且為了能夠隨時確認時間，還將袖子捲了起來。就算自己沒有做出這些舉動，正如同翡翠所說的，在壓制曾根本時手錶多半是裸露的狀態。手錶上頭有許多細小的傷痕及縫隙，確實有可能殘留發射殘渣或血跡。由於這手錶已經相當老舊，防水性能不太好，也不敢清洗太久。

雲野完全沒有料到這隻手錶會被當成證物，因為就算被要求提出當作證物，一般情況下也可以拒絕。皮帶上雖然看不出有血的痕跡，上頭可能殘留著肉眼看不見的飛沫血跡。警方只要進行血跡反應試驗，馬上就會發現。而且當初在戴上曾根本的智慧型手錶時，背面感應器上的微量血跡，應該也附著在自己的手腕上，之後再戴上自己的手錶，手錶的背面就可能沾上血跡了。至於曾根本的指紋，雖然沾上的可能性並不高，這也無法辦法斷言完全沒有。換句話說，任何證據都有可能殘留在這隻手錶上。

雲野自己曾當過刑警，很清楚這每一項微小的證據，都有可能成為犯罪歹徒的惡夢。

「這種違法取得的證據……沒有辦法作為呈堂證供！」

「違法取得？」翡翠疑惑地歪著頭。「每天都戴在手上的手錶，要如何違法取得？」

「什麼……？」

「或許無法使用在法庭上，但你覺得警方會相信手錶被偷走了這種話嗎？他們只會認為當你得知合法提出的證物上頭，驗出對你不利的證據時，才改口聲稱手錶是被偷走了……雖然無法使用在法庭上，只要我把手錶交給警方，警方要利用這個證據取得你的住處的搜索票，並不是難事。有不少警方高層及檢察署高官視你為眼中釘，那些可怕的掌權人物為了要封住你的口，可不曉得會對法院施加什麼樣的壓力。到那時候，所有人會傾全力揭發你過去的所有違法行徑。」

雲野氣得緊咬嘴唇，腦中不斷思考著此時該如何應對。

手錶不見得真的會驗出證據，以機率而言，什麼都驗不出來的可能性比較高。畢竟那些痕跡都太細微，就算沾上了一點發射殘渣，也有可能早已抹掉了。

問題是該不該下賭注？如果真的發現了什麼證據，該如何是好？

警方只要在手錶上找到任何可疑的證據，就算是再微量，也一定會搜索雲野的住處。正如同翡翠所言，檢警單位裡有太多人巴不得他坐牢。

就算在手錶上什麼也沒找到，那些人也可能會捏造出偽證……不，等等……或許這才是他們的真正目的……

手錶上到底能不能找到證據，對他們來說根本不重要，只要他們取得任何一樣「有可能驗出證據」的東西，雲野就註定要坐牢了。這才是城塚翡翠的真正目的……

有沒有什麼辦法可以逆轉局勢？如何化解眼前的危機……？

看來到了這個地步……就只能下另外一場賭注了。

「好吧！我承認妳很厲害。」雲野平靜地說道：「在證物這方面，我確實輸給了妳。」

「只是妳還是太天真了。」

「你想說什麼？」

「什麼意思？」

「該怎麼說呢……我看電視上的警匪片，心裡都有種感覺……那些被逼上絕路的歹徒，未免都投降得太乾脆了。現實生活中的歹徒，往往會抵抗到最後。我不清楚妳有多少次逮捕嫌犯的經驗，我猜想妳過去遇到的嫌犯都太紳士了。」

「我不明白你想說什麼。」

「我想說的就是這個。」雲野話聲剛落，便拔出了手槍，槍口對準了翡翠。「我只要殺了妳，取回手銬，就什麼事都沒有了。」

「我勸你最好別做傻事。」翡翠瞇起雙眼，瞪視著雲野，冷靜地說：「警察早已在附近待命了。」

「是嗎？我賭妳今天是單獨行動。」

當初自己向警界高層施壓，發揮了一定的效果，如今還能參與調查行動的警察一定不多。這意味著……翡翠今天很有可能是單獨行動。

翡翠在聽到這句話的瞬間，眨了眼睛數次，雲野當然沒有放過這表情的變化。

這正是雲野在漫長的刑警生涯中，培養出的敏銳觀察力。就算是再高明的演員，也不可能將心中的感情完全掩飾得天衣無縫。

剛才的那一瞬間，翡翠確實露出了狼狽的表情，她所流露出的驚懼之色，絕對不可能是演出來的。雲野憑著多年來的經驗，確信這附近並沒有警察。

雲野知道自己已經贏了。

翡翠深吸了一口氣，瀏海底下的額頭冒出了汗水。

「你就算殺了我，也會立刻遭到逮捕。我有同伴，並非單槍匹馬，你絕對逃不掉的。」

「是嗎？警視廳如此器重妳，或許妳真的逮捕過許多罪犯。可惜你這次對自己太過自信，而且挑錯了對手。很遺憾，妳是贏不了我的。」

翡翠的身體因緊張而僵硬。

「再見了，妳帶給我很多樂趣。」

就在翡翠咂嘴的同時，雲野毫不猶豫地扣下了扳機……

槍聲響起，對準心臟的一擊。雲野的身體，依然清楚記得曾經做過的射擊訓練。

翡翠急忙想要閃避，但天底下沒有人能夠躲得過子彈……

鮮血自心臟處飛濺而出，城塚翡翠的臉上帶著不敢置信的表情，下一秒，纖細的軀體仰天而倒。一擊斃命，沒有人能夠在心臟中槍後依然存活。

背後響起了尖叫聲，雲野猛地轉過了頭。

「殺人了！救命啊！」梓一邊尖叫，一邊奔向走廊。

「站住！」雲野慌忙追了上去。

來到走廊上，雲野將槍口對準門口的方向，門口附近卻不見梓的蹤影。

仔細一聽，不遠處傳來下樓的聲音，雲野一驚，立即轉頭望向聲音的方向。在走廊的盡頭處，有道通往一樓的階梯。

雲野立刻衝了過去，飛奔下樓。樓下是出租店面，放眼望去一片昏暗，只有樓梯上方隱約透入陽光。只見梓正快步奔向一扇門，那似乎是通往屋外的大門。

「不准動！」雲野將槍口對準了梓。

＊＊＊

槍聲讓千和崎真嚇了一大跳，她強忍著強烈的耳鳴，不敢取下耳機，只是摀住了耳朵。

翡翠遭槍擊？真感到自己的思緒亂成了一團。

這是怎麼回事？為什麼會變成這樣的結果？

無數的疑問在真的腦海裡盤旋，心裡確實一直有股不祥的預感，也知道那個男人是個殺人不眨眼的壞蛋，不過這一點翡翠應該也心知肚明才對。

「喂？翡翠？」真喊了一聲，卻沒聽到任何回應。

雲野的猜測並沒有錯，因為警方高層遭到施壓的關係，梓的住處附近並沒有警察待命。

這也意味著，不可能有人趕來救援。

「這到底是怎麼一回事？快給我說明清楚！」

耳機中沒有傳來任何聲音。

「不可能吧……」

腦袋完全糊塗了！事態為何會如此發展？

根據翡翠事先安排的計畫，今天應該可以逮捕凶手才對。

真曾經詢問翡翠：為何總是上演那齣「向推理小說的讀者提出挑戰」的戲碼？

翡翠當時笑著回答：「因為若我有什麼萬一，阿真必須代替我擔任神探的角色啊！」

真以為翡翠只是在開玩笑。

為什麼會突然想起這件事？真仔細想想，這一切都太奇怪了，根本不合理，也不可能是這樣的情況……沒錯，一定是自己太過慌亂，搞錯了什麼。

總之快去找她吧！把翡翠找出來再說，現在可不是手忙腳亂的時候。

千和崎真朝著城塚翡翠所在的方向拔腿奔跑。

＊＊＊

梓尖聲大叫著往前奔逃，雲野泰典朝著她的背後開了一槍，因為光線太過昏暗，這一槍似乎沒有打中。

梓被槍聲嚇得六神無主，在門邊蹲了下來，一動也不敢動。

雲野持續以槍口對準她，朝左右看了兩眼。果然不出所料，電燈開關就在附近。

雲野伸手打開了電燈開關，只見梓癱坐在門邊，仰頭望著雲野，全身不斷顫抖。

「我……我……我什麼也沒看見……」

由於太過恐懼了，上下兩排的牙齒不斷發出撞擊聲，淚水自睜大的眼眶滾滾溢出。

「是……是真的！我不會說！真的不會說！我也不要錢了！」

雲野舉槍對著梓，謹慎地朝她走去，紊亂的呼吸已逐漸調勻。

保持冷靜，無論如何一定要保持冷靜。要是開太多槍，附近鄰居有可能會前來查看，不過，至少目前雲野可以確定一點，自己贏得第一場賭注。

到目前為止，已經開了兩槍，卻沒有看見警察衝進屋內，周圍一片寂靜。顯然雲野猜得沒錯，翡翠今天是隻身前來，接下來只要把梓解決掉就行了，至於如何偽裝現場狀況，大可以等等再來煩惱。

只要冷靜下來好好處理，一定不會有問題的，過去自己經歷過無數次這樣的狀況。

「真……真的！對……對不起！那……那個女人說的都是謊話！我……我是真的……真的喜歡雲野先生！我絕對不會說出去！拜託你不要殺我！」

「很可惜。」雲野冷酷地說道。

沒想到妳竟然是這樣的女人，雖然與妻子神似，畢竟妳不是我的妻子……

「我心裡很清楚。」

「什……什麼？」

「目擊者有多麼不值得相信。」

所謂的目擊者，就跟威脅者是同一類人。

為什麼雲野會那麼清楚？因為他自己也是同類。

如此不值得相信的女人，絕對不能任由她繼續活下去。

「我習慣威脅別人，不習慣受到威脅。」

雲野說完，毫不猶豫地扣下扳機。

頓時槍聲響起，鮮血飛濺，梓撲地而倒，大概也是瞬間斃命吧！

讓她死得如此痛快，她應該要心存感激了。

雲野看著汩汩流出的鮮血在地板上逐漸擴散，不禁嘆了一口氣。

接下來才是麻煩的開始。要布置成什麼樣的狀況呢？聽到槍聲的人應該很多吧！總共開了三槍，附近的人會不會報警？不過，那槍聲並不特別刺耳，只接近一般的鞭炮、煙火的程度。曾根本那一次就沒有人報警，這次應該也可以慢慢湮滅證據，沒有必要心急。

一口氣殺了兩個人，雲野卻發現自己依然相當冷靜，不由得微微揚起嘴角。在妻子過世之後，若要說自己失去了什麼，大概就是擔任刑警時所抱持的正義感吧！

從前的自己，可說是嫉惡如仇，對凶殺案的凶手恨得咬牙切齒。然而，這種正義感只是讓自己疲於奔命，令妻子受盡煎熬，到頭來什麼也沒得到。

正義感無法為雲野帶來任何好處，當初如果手上的錢夠多，或許就能治好妻子的病。

如果真的有陰曹地府的話，妻子看著如今的自己，不知會有什麼感想？她是否依然還會深愛著自己嗎？

雲野轉過身，朝著樓梯的方向走去。

首先第一件事，是必須拿回手錶。

當雲野往前走了數步之後，忽覺不對勁，一股寒意自背脊往上竄升。

不可能……絕對不可能……依常理來想，絕對不可能有這種事，那個人明明已經……

「呵呵……呵呵呵呵……呵呵呵呵……」

背後傳來了詭異的笑聲，雲野猛然轉過頭一看，前方只有涼見梓的屍體。

一陣莫名的恐懼湧上心頭……

照理來說，應該早已死亡的梓，竟然捧著自己的肚子，身體不斷抖動，發出訕笑聲。

「呵呵……呵呵呵……呵呵呵呵……」

怎麼回事？這是怎麼回事？自己到底看到了什麼？

難道是剛才那一槍沒有打中？不，分明精準地貫穿了心臟，大量鮮血濺出，絕對無法繼續存活。就算有那萬分之一的機率，子彈沒有擊中心臟，至少也是確實打在她的身上。為什麼她還能笑得如此開心？

雲野完全無法理解眼前到底發生了什麼事，簡直像是看見了不應該存在於這世上的景象，恐懼在心中油然而生。

雲野反射性地舉起槍，再次扣下扳機，卻什麼事也沒發生。

怎麼回事？

雲野低頭看著槍，滑套是退後的狀態，沒有往前回到原位，槍裡已沒有子彈。

這沒有道理，總共才開了三槍而已。

「哈哈……呵呵呵哈哈哈……」

滿臉是血的梓笑著抬起頭，她坐起了上半身，以意味深長的眼神注視著雲野。

她嘴裡咯咯笑個不停，簡直像是個精神異常之人。

「呵呵……呼呼呼……子彈在我這裡……呵呵……」

梓像個幽魂一樣搖搖晃晃地站了起來，胸前滿是鮮血，她卻毫不在意，整個人笑得如花枝亂顫，黑色的頭髮隨之搖擺。

梓對著雲野攤開手掌，掌心上沒有東西，她不知從何處取出一條手帕，蓋在手掌上。

「像這樣施展個魔法。」說完，她拉開手怕，驀然掌心多了好幾顆鉛灰色的子彈。

雲野驚愕得直發愣。

這是……怎麼回事？難道自己正在作夢嗎？簡直像是自己所理解的世界徹底瓦解了一般……不，不對，不是瓦解。

是翻轉，整個世界都翻轉了，變得完全相反了。

涼見梓正歪著頭笑著，那鮮紅的雙唇，正擺出了訕笑的形狀。閃爍著翠綠色鋒芒的眸子，宛如盯上了獵物的狩獵者。

翠綠色？

「社長先生，你該不會以為自己是能夠與神探互別苗頭的高明犯罪者吧？」

「什麼……」

只見她像個小女孩般哈哈大笑得全身打顫。

「聽說有人將你比喻為莫里亞蒂……這似乎讓你得意洋洋。但是呢……其實你打從一開始就輸了。」

「妳……你到底是……」

「你想問我是誰？唔，該如何回答你這個問題呢？」梓將黑色的捲髮纏繞在自己的食指上，臉上充滿自信地笑道：「每個認識我的人，對我的稱呼都不一樣。靈媒、騙徒、魔術師、金光黨，還有心理分析專家及神探……某個殺人魔對我的稱呼，或許在本質上最適合眼前這樣的場合……終結者，專門終結你這種違反社會規範的惡徒。」

「妳不是涼見梓？」

女人停下了纏繞頭髮的手指動作，髮絲唰的一聲恢復了原本的捲度。

「請容我自我介紹，我才是真正的城塚翡翠。」

女人擺出宛如捏起透明裙襬的動作，朝雲野行了一禮。

「這不可能……那個女人……」

雲野正要轉頭，眼前的景象驟然上下翻轉，肩膀一陣劇痛，不知什麼重物壓在自己的身上，關節吱嘎作響。定睛一看，自己已經被人壓制在地上，手槍脫手飛出，在地板上滑動。

「喂！妳給我說明清楚！」

背後的說話聲以一副想要折斷雲野手臂關節的氣勢，朝著前方大喊。雲野以眼角餘光瞧了背上的人一眼，整個人一僵，腦袋驚愕地更加糊塗了。

那不是原本自稱城塚翡翠的女人？她不是已經死在自己的槍下……

女人緊緊壓制住雲野，揪著他的頭髮，圓眸瞪向梓低聲咒罵。那一頭捲髮似乎只是假髮，而原本自稱梓的女人只是歪著頭，看向什麼都沒有的半空中。

「唔，阿真，妳想要罵，我等等可以讓妳罵個夠。」

「妳說什麼？」壓在雲野背上的女人氣得大喊。

雲野泰典被壓得動彈不得，什麼也做不了。

這到底是怎麼一回事？

「妳不是梓？這麼說來，妳打從一開始……」

「沒有錯！打從一開始，你就被我騙了。你一直以為跟我鬥得難分難解，甚至還占了上風，對吧？不過這也不能怪你，畢竟阿真是真的很緊張，你觀察她的臉色，當然會以為這一切都是真的。不過很可惜，一切都在我的算計之中。」梓……不，城塚翡翠舉起手，彈了一下指頭。「點燈吧！」

燈光一滅，窗外射入了一道紅光。雲野一看便知道，那是警車的紅色警示燈。大門此時已被人撞開，鞋聲大作，數名警察衝了進來。轉眼之間，雲野已經被警察包圍。

城塚翡翠慢條斯理地走了過來，以一副哀憐的眼神低頭看著雲野。

「在我曾經對付過的犯罪者之中，你只是個微不足道的小角色，根本不是什麼強敵。」

「妳說……什麼……」雲野奮力抬起頭，瞪著翡翠。

翡翠撥撥頭髮，故意以誇張的動作聳了聳肩，接著她舉起食指，像指揮棒一般搖晃。

「在推理小說裡，我認為最無腦又最無趣的線索，就是『不小心把祕密說溜嘴』。」翡翠以唱歌般的口吻說道：「打從一開始，你就犯了這個最愚蠢的錯誤。所以說，你是小嘍囉中的小嘍囉，而且還是個冒失鬼。」

「不小心……把祕密……？」

不可能，自己的應對一直非常完美！

翡翠在雲野的眼前來回踱步，有如在講臺上對著學生說教。雲野的視線不斷追著翡翠的身影移動，只要稍微想抬起上半身，背上就會有一股更強大的力量把自己向下壓，幾乎快要扭斷自己的關節。

「你第一天跟自稱城塚翡翠的阿真見面時，聽到了有目擊者的消息，你是這麼說的『妳的意思是說，有人看見曾根本被槍殺？』接下來，你還說了一句『若是這樣的話，那個持槍的男人，會不會其實是自殺前猶豫不決的曾根本？』」

「這有什麼不對……？」

「當然不對，甚至錯得離譜。」翡翠一邊搖動雙手，一邊笑著說道：「你仔細聽清楚了。當時阿真說的是『有人看見當時有個可疑男子，手上拿著手槍。』你聽清楚了嗎？是『有個可疑男子，手上拿著手槍』。正常來說，聽到這句話會想像那是什麼樣的情況？既然這個可疑男子會被看見，一般人當然會覺得他是走在夜晚的街道上。更何況在此之前，你們才剛談到『凶手可能帶走了另外一把手槍』。正常的情況下，普遍會認為是凶手帶著手槍離去時遭路人目擊。畢竟案發的地點可是公寓內，有誰會想到竟然被人從窗外的遠處，恰巧目擊了犯案過程？我只能說想到這個狀況的人，想像力實在太豐富了。」

雲野不禁愕然。

那時，原本的話題確實是「手槍是否被凶手帶走了？」如今回想起來，恐怕手槍上的指紋打從一開始就不是重點。對方只是故意把話題帶到「手槍可能被帶走」這一點上，接著才提出有目擊者，目的只是要測試自己會說出什麼樣的話來。

原本壓制著雲野的女人退向一旁，換另一名男刑警接手。

「你們不要誤會，我只是被這個女人騙了！」雲野對著壓在自己身上的刑警，辯解道：「雖然我剛剛開了槍，曾根本真的不是我殺的！」

「哎呀呀，到了這個地步，你還想嘴硬？你犯的重大錯誤，可不是只有這一點而已。」

不然還有什麼？

「你主動出擊，企圖改變目擊者的證詞，這也是一大錯誤。為什麼你會知道目擊者住在哪裡？這是只有凶手才知道的事情。」

「我、我到處查訪，剛好被我問到了……」

「那附近的住戶都說不曾有人登門拜訪。」

「我打從一開始就猜是那一棟，剛好被我猜中了……」

「案發的公寓附近就有很多的公寓，你為什麼特地跑到對岸去找？」

「對了……因為我事先向警界人士打聽了消息！我有很多門路，能夠知道警方辦案的最新進展，所以我才會知道目擊者是從窗外看見了凶手，也知道目擊者是住在這裡！」

「消息是向誰問來的？」

「江尻警視監！」

「因為他有把柄在你手上？」

「沒那回事！我們只是有些交情！」

「好吧！先不談這個。你說是警方高層告訴你目擊者住在這裡？」

「沒錯，這一點也不奇怪吧！我真的不是凶手！剛剛那把槍，我早就知道裡頭裝的是空包彈，只是想嚇嚇妳們而已！」

翡翠抬頭仰望天花板，露出哭笑不得的表情，嘆了口氣，聳了聳肩。

「阿真在說出『有目擊者』一事時……啊！這當然是我指示她這麼說的……當時你們都嚇了一跳，對吧？」

雲野沿著翡翠的視線望去，看見了當初那兩名刑警，兩人都同時點頭。

「雲野先生，你當時是不是心想，這個局外的小丫頭擅自洩漏最新調查進展，讓兩個刑警嚇了一跳？」

「……難道不是嗎……？」

「蝦名先生，請你告訴他，當時你們嚇一跳的理由。」

翡翠以優雅的動作朝著娃娃臉的刑警伸出手。

「呃……」蝦名順勢說道：「當時我們並不知道有目擊者這回事，還以為翡翠小姐是在虛張聲勢。」

雲野一聽，隨即恍然大悟。

不可能吧……難道……難道這女人……

「現在你明白了吧！警方根本不知道有目擊者這件事。」

翡翠說著蹲了下來，裙擺輕飄飄地鼓起，她像個小女孩一樣，以雙手捧著臉頰，小巧的臉蛋像鐘擺一樣搖晃，笑嘻嘻地看著被壓在地上的雲野。

「這……這怎麼可能……」

「真正的涼見梓小姐，在案件曝光後同樣沒有報警。由於連續好幾天睡眠不足的原故，白天的時候睡死了，完全沒有覺察附近的公寓外頭停了警車，也沒有發現那起案子。」

「若是這樣的話，妳是怎麼……」

「目擊者並沒有報警，是我自己把她找出來的。」

「怎麼可能……」

翠綠色雙眸綻放出異樣的神采，翡翠將雙手的手指合攏，擺出宛如膜拜一般的動作。

那動作令雲野感到似曾相識，倏然腦中靈光一閃，在夏洛克・福爾摩斯的小說中，不也有這樣的描述嗎？

「是因為襪子。當初我一看那案發現場，立刻便發現圓形曬衣架上什麼也沒吊。我仔細查看了屋裡各處，發現沙發底下有一隻襪子，我找遍了屋內，就是找不到與它成對的另一隻襪子。於是，我開始思考襪子被凶手帶走的可能性。如果襪子真的被凶手帶走了，為什麼凶手要做這種事？」

翡翠緩緩起身，踱步走了數回，纖手比著各種動作。

「我試著站在凶手的立場來思考。當我在進行案發現場的偽裝布置時，窗簾若一直是打開的狀態，應該會有點擔心，我可能會把窗簾拉上。想要把窗簾拉上的話，就必須先把曬衣架拿下來。在這樣的前提下，有什麼狀況是我必須將襪子帶走？我試著實際模擬凶手的行為，最後我猜想可能是凶手把曬衣架放在地上時，襪子的前端碰觸到了地板上的血跡。」

城塚翡翠以類似默劇的滑稽動作，重現了當時的狀況。

這個推測完全正確，當初雲野正是基於這個理由，必須把襪子帶走。

原來這個女人打從一開始就猜到了……

「我仔細檢查那個圓形曬衣架，發現握柄的部分上頭沒有任何指紋。兇手刻意將現場布置成自殺的狀況，甚至沒有留下『擦掉了指紋』的痕跡，唯獨這曬衣架是例外。這意味著凶手很可能是在不得已的狀況下，以沒有戴手套的手碰觸了這個曬衣架。但是有什麼理由，會讓凶手突然做這個決定呢？案發當天晚上，是可以看見獅子座流星雨的日子，凶手有沒有可能突然察覺到來自窗外的視線，趕緊將窗簾拉上？這個推測有加以求證的價值，由於缺乏必然性，我沒有請警方幫忙，而是自己獨自查訪，找出了梓小姐。」

「到處查訪的人是我，說得好像是妳的功勞一樣。」剛才壓制雲野的女人埋怨道。

「好像也有這種說法。」翡翠仰望天花板，嘟起了嘴。「總而言之，在你第一次來到這棟建築物之前，警方根本不知道目擊者的事。」

翡翠一臉平靜地低頭望著雲野，雙手的五指指尖合攏，朝著被壓在地上的雲野伸出，宛如在追究著雲野的罪責。

「換句話說，能夠馬上就找到這裡來的人，必定是親眼看見了目擊者的那個人，也就是凶手本人。」

雲野再也說不出一句話，腦中完全想不到可以為自己脫罪的藉口。

沒想到自己打從一開始就墜入了陷阱之中……

「妳一開始就打算要設計陷害我？」

「沒錯，只是苦於找不到證據，不能將你逮捕。為了避免這種情況，我故意引誘你槍殺城塚翡翠或涼見梓。當初你第一次與我所偽裝的涼見梓見面時，就對我起了殺意。你的那個反應，讓我確信要引誘你殺我並不困難。」

雲野豁然想起，當初涼見梓說出「**在電視廣告上看過**」之前，自己確實一度想要殺了她。沒想到臉上帶著傻乎乎表情的她，早已看穿了自己心中的殺意。

「我事先查好了手槍的種類，準備了空包彈，在你離開車子幫我買奶茶時，我將槍裡的子彈調包了。當初我故意讓阿真把罐裝咖啡掉在你的車子裡，從你說話的反應，猜到你一定是把不能被人發現的東西都藏在車上。我隨便一找，果然在座位底下找到了你的槍。」

雲野回想起來，那時自稱是翡翠的女人將手伸到座位底下，自己確實大叫了一聲。然而，那時因為自己察覺有警察在跟蹤，加上沒有用槍的計畫，其實手槍並沒有藏在車上。只不過事情發生得太過突然，自己還是反射性地喊了一聲。

「起初，我請刑警們在跟蹤你時故意被你發現；等到你對警方高層施壓，我才請刑警們跟蹤時要好好躲起來。果然不出我所料，當你以為已經沒有警察跟蹤之後，就把槍藏在車上，以便隨時可以殺死涼見梓。」

原來如此……。雲野不禁苦笑。**自己發現有警察在跟蹤，並不是因為自己特別厲害，而是警察刻意放水。**

「那真正的涼見梓呢……」

「我向她說明了事情的原委，幫她安排了一趟塞班島的旅行。說服別人的技巧，我可是比你高明得多。」

那個自稱城塚翡翠的女人來到公司時，雲野早已遭到了懷疑。雲野對目擊證詞的反應，讓對方確信雲野就是凶手，並且布下了天羅地網。

「妳把那個女人送到我公司裡時，就已經懷疑我是凶手了……？妳是怎麼辦到的？為什麼能這麼快就懷疑到我的頭上？」

「能夠將現場布置成那個樣子的人並不多。」城塚翡翠合攏雙手手指，淡然地說：「在魔術的世界裡，也有類似的理論。當現象與手法有著直接的關聯性，要複製出相同的現象，必然得使用類似的手法。以這次的案子來說，既然受害者不是自殺，那能夠將現場布置得像自殺的人，可說是寥寥無幾。你故意把門鎖上，將現場布置成密室，這等於向大家宣布自己就是凶手。如果現場並非密室，也沒有留下遺書的話，我反而沒有辦法在第一時間就懷疑你是凶手。」

「原來如此……」

打從一開始，自己就已徹底敗北。雲野發出了自嘲的笑聲。

雖然一敗塗地，胸中卻沒有一絲怒火，不知道為什麼，雲野甚至有種終於解脫的感覺。

真是太不可思議了，原來自己一直在對抗著如此可怕的敵人。

「我一直以為是我在利用妳，原來我才是被利用的那一方……看來妳逮捕連續殺人魔的傳聞，應該也是真的。」

「說起那個變態戀姊殺人魔……」翡翠眉心一顰，恨恨不已地說道：「那傢伙沒有人性，我費了很大一番功夫才抓到他的狐狸尾巴……跟他比起來，你只是個很普通的犯罪者，因為你有人性。」

「那是什麼意思？」

翡翠朝真使了個眼色，真隔著手帕捏起手錶，遞給翡翠。

「這是一隻很棒的手錶。你最大的敗因，就在於你還愛著你的妻子。」

雲野一聽，回想起在翡翠偽裝成涼見梓時，自己確實曾對她提過手錶的事。不僅如此，還曾提及自己因遺失了戒指而懊悔不已。

「原來如此……」

翡翠或許正是因為聽到雲野說了那些話，才推測他在犯案時很可能依然戴著手錶。為了不想像戒指一樣弄丟，隨時隨地都將手錶戴在身上，結果竟然成為自己的致命傷。

當然就算沒有手錶，這個可怕的對手或許還是可以找到其他的證物，只不過既然輸了，雲野寧願相信自己是輸於這種理由。

腦海裡浮現了亡妻的臉，或許正因為是以這種方式敗北，雲野的心中才沒有任何遺憾。

刑警們揪著雲野的手臂，將他拉了起來。

「城塚小姐……如果妳真的擁有通靈能力就好了。這麼一來，我就可以知道過世的妻子對現在的我作何感想。」

「沒有這個必要，你只要捫心自問就行了。」翡翠搖頭輕聲說道。

「嗯，她一定對我很失望吧！」雲野頹然地嘆了口氣。「時間雖然短暫，謝謝妳讓我做了一場美夢。我一度以為能夠與妳所偽裝的涼見梓一同迎接，當初與妻子失去的未來……我明知道不管再怎麼做，都不可能讓時間從頭來過。」

城塚翡翠的表情已失去與殺人凶手對峙的嚴峻，她沒有看著雲野，只是一味地垂著頭，心中不知想起了什麼。

「一個人想要走出死亡的陰霾，實在是太難了。」

雲野聽到這句話，心中明白了一件事：**或許自己一直在渴望著這樣的結果。**

沒有能夠保護的人、沒有能夠追求的目標，而這些都是在人生中不可或缺的要素。

自從知道自己的正義沒有辦法獲得回報之後，雲野的內心深處就一直期望，有一天能夠結束這一切。

如今這一天終於來臨……

「城塚小姐，希望妳的正義能夠獲得回報。」雲野抬頭由衷地說道。

雲野不敢肯定翡翠是否明白自己的意思。

翡翠目不轉睛地盯著雲野，好半晌後，微微地點了點頭。

「另外還有一件事，如果可以的話，我希望盡早取回我的手錶……」

「這是證物，我沒辦法擅自還給你。」翡翠露出為難的表情，微傾著頭說：「不過如果你願意坦承一切，讓審判盡早結束，就能讓手錶早點回到你手上，我會盡可能居中協調。」

雖然是不值得信任的女人，但這句話或許值得再信任一次。

翡翠嫣然一笑，那清澈的雙眸及溫柔的笑容，再度讓雲野想起了亡妻。

當然那可能只是他心中的幻想。

「我盡量。」雲野露出有氣無力的微笑。

「帶走吧！」

翡翠一聲令下，刑警們將雲野泰典帶出門外。

恰巧就在這時，翡翠手裡的手錶指著午夜十二點整。

"Unreliable Witness" ends.

and...again.

千和崎真不發一語，伸手將城塚翡翠推倒。

翡翠倒在沙發上，發出一點也不可愛的尖叫聲。

「妳給我說明清楚。」

真整個人撲了上去，以兩手手指將翡翠可愛的臉頰，往兩側拉撐。

「痛痛痛……」

「痛妳個頭，快給我一個交代！妳不是說過，這次的敵人很難對付嗎？」

「呵哈呼咪哈哈嘻哈……」翡翠的眼中泛著淚水。

真完全聽不懂她在說什麼，只好將手放開。

「嗚嗚，痛死我了啦……」翡翠摀著臉頰嘟囔道。

「誰叫妳不好好說明清楚！」

一切終於結束，兩個人回到了家中。

翡翠剛卸下了真所化的妝，除去刻意老化的臉妝之後，整個人看起來年輕得多。明明是未施脂粉的狀態，整個人卻美得像是上了妝一般。雖然沒什麼道理，還是讓真更加怒火中燒，看見翡翠哼著歌走進客廳，氣得衝上前將她推倒。

真偶爾會像這次一樣，裝扮成翡翠的模樣，代替翡翠執行任務。理由之一，是翡翠希望真靠自己的能力推理案情，磨練身為偵探的敏銳觀察力。真不知道翡翠到底有幾分認真？只是翡翠偶而會演出「向讀者挑戰」的戲碼，似乎也是訓練真的環節之一。

不過，以這次的案子來說，真代替翡翠執行任務，還有另一個更重要的理由——那就是翡翠恰逢生理期，身體不舒服。

案件的調查可說是分秒必爭，時間拖得越久，凶手湮滅證據的可能性就越高。犯罪者當然不可能等到偵探身體狀況良好時才犯案，因此當翡翠身體不舒服時，真有時會代替她在外拋頭露面。

翡翠會強迫真模仿她的髮型、服裝，以及她那獨特的說話口氣，理由是這些要素具有讓對手因煩躁而出錯的效果。當然真也很清楚，這確實是有效的做法。

真在學生時期曾參加話劇社，很擅長模仿他人。直到現在，真在模仿翡翠時依然會感到全身不對勁，甚至會對自己的言行舉止產生一股莫名的怒火。對於模仿翡翠這件事，真的態度向來是能避則避。

話雖如此，除了以偵探的身分執行任務之外，真還會在許多的場合模仿翡翠的舉止。例如，翡翠在擔任靈媒時，由於必須營造出神祕的形象，這時為了維持平衡，真就會刻意表現得開朗且平易近人。

這種陽光、和善可親的性格，其實也是源自於對翡翠的模仿。為了學會那做作的裝可愛態度，真甚至將翡翠的聲音也模仿得維妙維肖。雖然沒有必要模仿得完全正確，翡翠還是會常常糾正真所模仿的聲音及動作。例如，「阿真，能夠讓人心浮氣躁的聲音，不是『哇哇』，是『哇哇哇』；不是『哎呀』，是『哎呀呀』。」

在真的耳裡，聽來毫無不同。

真扮演翡翠時，真正的翡翠會躲在附近的車內，透過真所戴的耳機及眼鏡上的針孔攝影機，以無線電或網路傳輸的方式下達指示。推理的部分，有時是讓真背下事先寫好的劇本，大部分都是臨機應變，讓真說出翡翠即時傳送的臺詞。

翡翠告訴真，在聆聽較長的指示時，可以故意做出一些冒失的舉動來爭取時間。平常翡翠為了惹對手心煩，也會故意裝出想不起來的模樣，這可說是具有一石二鳥的效果。

一開始真使用的是新買的耳機，沒有辦法戴得很牢，導致真常常得把手放在臉頰上，以避免耳機脫落。事後檢討時，這是必須好好反省的一點。到了後半段，真用回原本的舊耳機，就不再需要做出這個不自然的動作。

警方在這一起案子上之所以將城塚翡翠請出馬，主要的原因在於，舉槍自殺的曾根本任職於雲野泰典的徵信社。在警界高層裡，對雲野心懷怨恚的人所在多有，儘管在案發的當下完全沒有任何證據，還是有很多人希望藉由這起案子，揪出雲野的狐狸尾巴。如果是他殺，就全力調查雲野是否為兇手，盡可能將他逮捕；就算真的是自殺，也可以趁機將雲野好好調查一番。

翡翠藉由「襪子可能被凶手帶走」的推論，找出了目擊者涼見梓，由此確定本案為一起他殺案件。凶手知道死者的智慧型手錶的密碼，而且還有機會複製他的住處鑰匙，足見凶手必定是死者的身邊之人；只要稍微一過濾，馬上就知道雲野泰典的嫌疑最大。這也正是為什麼翡翠聲稱，雲野只是微不足道的小角色。

在真與雲野的第一次接觸之後，翡翠便確信雲野是凶手。考量到雲野主動接觸目擊者的可能性，翡翠決定由自己偽裝成涼見梓。

不，嚴格來說，首先說出「雲野可能殺害涼見」這個疑慮的人是真。

翡翠原本還不以為然，認為雲野不可能做出如此冒險的舉動。直到真與雲野當面對峙過，深刻感受到雲野是個相當危險的人物。翡翠與真意見分歧，最後兩人決定打個賭，看看雲野是否會主動接近涼見，輸的人要請吃蛋糕。於是，翡翠以「可能有性命之憂」為理由，勸涼見梓暫時躲避，並由自己偽裝成涼見梓，等待雲野上門。

涼見梓是個相當現實的人，一聽到翡翠願意出錢請她到外國旅行，二話不說便答應了。不過，她臨走前還是不停咕噥，直說「原來自己遇上的不是有錢的帥哥，而是有錢的大小姐」。翡翠問梓為什麼這麼說，梓說出了星座占卜的事，翡翠便是靠著這些訊息，盡可能讓自己偽裝的梓，更貼近現實中真正的梓。

涼見梓是以本名從事插畫工作，年紀將近四十歲，也是在網路上的公開資訊。當真在為翡翠化妝時，會刻意化得相當老氣，讓翡翠的外貌貼近梓的真實年齡。

除此之外，翡翠還在網路上建立假的部落格，放上自己與認識作家合照的照片，釋放出自己就是涼見梓的假訊息。畢竟這次的對手也是一名偵探，偽裝的工作絕對不能馬虎。幸好真正的涼見梓名氣不大，過去在網路上也沒有公開任何照片，否則偽裝起來會困難得多。

為了討雲野歡心，翡翠特地找來雲野亡妻的照片，在化妝上刻意讓自己的形象貼近雲野的亡妻，連頭髮也染回了黑色。跟年近四旬的梓相比，翡翠的肌膚看起來太過年輕，因此真在化妝上費了不少功夫。

不過，翡翠告訴真重要的只是第一印象而已。

「第一次的接觸，只會站在門口說話。因為光線昏暗，就算化妝有些不自然，應該也看不出來。接下來每見面一次，就將臉妝的老化程度減少一分。如此一來，雲野反而會以為我是因為化妝的關係，看起來年輕美麗。」

例如，為了讓臉頰看起來豐腴圓潤，必須在嘴裡塞一些東西，不過這種狀況下無法進食。因此只在第一次見面時這麼做，第二次見面之後，就改為以髮型來遮掩臉部的輪廓。

以結果而言，雲野泰典確實主動嘗試與翡翠所扮演的梓接觸，賭注是由真獲得了勝利。

翡翠因為賭輸的關係，心情很不好，整天只是玩著「魯布・戈德堡機械」來排遣鬱悶的心情。就在這時，正在外國旅行的真正的涼見梓也打了電話來，聲稱她認為當時所目擊的人影，應該就是自殺者本人。

翡翠得知無法從重要的目擊者口中獲得有利證詞，心情也變得有些焦慮。正是因為翡翠那陣子看起來悶悶不樂的關係，讓真誤以為這次的敵人相當難對付。

真事後仔細回想，不禁懷疑那場蛋糕的賭注，其實也只是一場騙局。

或許翡翠打從一開始，就已經把雲野的性格與可能做出的舉動摸得一清二楚，真越想越覺得一定是如此。沒錯，如果只是為了保護涼見梓的安全，翡翠根本沒有必要偽裝成涼見梓，與雲野交往。追根究柢，當初翡翠以身體不舒服為由，讓真假扮她自己，也許打從一開始就是誘騙對手上當的陷阱。

真察覺自己也被蒙在鼓裡，不由得怒火中燒。

「我說這次的敵人很難對付，嚴格來說，是因為敵人沒有在現場留下任何證物。」

翡翠撫摸著被捏疼的臉頰，從真的底下逃走。

「什麼？」

「這是一種敘述性詭計*。縱使現場沒有留下任何證物，他的手錶、行動及言詞，都可以作為證據。」

「開什麼玩笑！」真不滿地斥責道：「為什麼最重要的部分故意瞞著我沒說？」

真拿起坐墊，在翡翠的頭上敲了一記，翡翠發出一點都不可愛的尖叫聲。

手槍的部分，真完全不知情。

做作的可愛裝扮，是翡翠的拿手好戲。每當真要假扮成翡翠時，基本上都是借用翡翠的服裝。今天真在出發前，翡翠把她叫到鏡子前，將一顆造型古怪的別針別在她的胸口處。真的心裡正感到納悶時，翡翠又將她臉上的眼鏡取下。

「今天我們不需要攝影機，就別戴眼鏡了吧！」翡翠看著鏡子裡的真，笑著說：「妳看，是不是很可愛？雖然跟我比，還是差了一些。」

當時真聽到這句話，不禁往翡翠的額頭敲了一記。如今回想起來，實在是敲得太輕了。

在雲野扣下扳機的那一瞬間，胸口的別針竟然噴出了鮮紅色的液體。

「吃不吃驚？意不意外？」翡翠吐了吐舌頭。

「妳以為是在變魔術嗎？」

真舉起坐墊，又朝著翡翠敲了一下，翡翠又發出了慘叫聲。

「什麼敘述性詭計！妳在耍我嗎？」

不久前，這丫頭才把「只將重點放在嚇人的推理小說」罵得一無是處，沒想到她自己也玩了相同的把戲。回想起當初被雲野拿槍指著的瞬間，真不知有多麼害怕。

真以坐墊蓋住翡翠的臉，心裡有股想讓她窒息而死的衝動。

＊注解：敘述性詭計，是推理小說界的用語，指作品中的敘述文字以各種方式，將讀者的認知誘導至錯誤方向的手法。

翡翠不停掙扎，真暗叫暢快，並不打算就這麼饒了她。沒想到真一個鬆懈，翡翠竟深吸一口氣，奮力將坐墊推開。

「我快死在妳手裡了！」

「這是我要說的話！那時我還以為死定了！」

事實上，在雲野開槍的前一刻，真已察覺就算挨這一槍也不會有事。

正當雲野舉著槍大談勝利感言時，真就看見站在雲野背後吐舌頭的翡翠。下一秒槍聲響起，真驚覺自己的胸口噴出鮮血，一時之間還以為真的中槍了，旋即明白這一切都是假的，當然沒忘記趴下來裝死。

原本翡翠告訴真的劇本，是梓想起了凶手的臉，接著翡翠取出手銬，逼迫雲野投降。沒想到真正上場時，扮演梓的翡翠卻開始迴護雲野，最後雲野還掏出了槍，完全沒有想要投降的意思，讓真著實嚇出了一身冷汗。

當翡翠一邊尖叫一邊逃走時，真更是完全被搞糊塗了，趕緊以耳機呼叫翡翠，卻沒有得到任何回應。不久之後，槍聲再度響起，真慌張地追趕兩人下樓。

事後仔細回想，真發現自己被翡翠擺了一道，不過說到底，真心裡早有不好的預感。

翡翠瞪著真，不停咳嗽，眼眶含著淚水。

「這次的對手可是退職刑警，非常擅長察言觀色。我故意讓他推翻妳的論點好幾次，他看見妳打從心底感到焦慮的模樣，才會輕忽大意。被他開槍擊中也是一樣，如果演技太差的話，很可能會遭到懷疑。就這層意義上來說，這次的對手確實相當難對付。」

「妳這臭丫頭……」真壓在翡翠的身上，垂首低喃道：「妳可知道我有多麼……」

自己真像個傻子，竟然一度擔心起這丫頭的安危。

那槍聲在真的心中引發的恐懼，再度浮現心頭。當時扮演梓的翡翠奔逃下樓，雲野追了下去，不一會就傳來槍響，完全被搞糊塗的真一度以為翡翠被槍殺了。

那一瞬間，真嚇得心臟差點停止。

沒想到自己只是遭到了戲弄……

「阿真……」翡翠侷促地說：「妳放心，我的安排絕對不會讓妳受到傷害的。」

真俯視著被自己壓在底下的翡翠。

「我在意的不是這個。」

真嘆了口氣，在翡翠的額頭敲了一下，翡翠痛呼出聲。

「算了。」真抬起了上半身，整個人倒在沙發上。

全身疲累不已，這丫頭實在是太瘋狂，就算再怎麼對她發脾氣，也只是對牛彈琴吧！

「這筆帳慢慢再算，我有好多不明白的點想要問妳。」

「不明白的點？」

翡翠一臉狐疑地仰頭看著倒坐在沙發上的真。

「當時在車上，妳的冷讀術*被雲野識破，他發現妳的通靈能力是假的……那該不會也是妳刻意安排的橋段吧？」

翡翠慢條斯理地坐起身，伸手梳理波浪捲的黑髮。

「那當然，那種程度的冷讀術，要是真正的冷讀術高手聽見了，一定會笑掉大牙吧！」

「我當時可是急得不得了，還以為妳透過攝影機看不清楚雲野的表情呢！」

翡翠合攏雙手手指，一臉得意洋洋。

「在冷讀術的眾多技巧之中，觀察表情只占了一小部分而已。所謂的冷讀術，真正的目的並非『看穿對手的底細』，而是讓對手『以為自己的底細被看穿』。只要我拿出真本事，不管是透過電話，還是透過書信，都不可能失敗。」

「那手錶呢？妳是什麼時候偷的？」

當初真所扮演的翡翠在脫下靴子時，一時失去平衡，抓住了雲野的手腕。雲野一定以為手錶是在那時被偷走的，但真只是在翡翠的指示下做出那個動作。實際上，真並不具有從他人身上偷取手錶的高明竊盜技術。

手錶是在翡翠扮演的梓在打開門時，按照原定計畫偷偷交給了真。

「我們看完了魔術表演，走回車子時，我故意勾著他的手臂，趁那時候偷走了手錶。」

翡翠撫摸著臉頰，似乎疼痛還沒有消褪。

「雲野竟然沒有發現……我知道妳偷錶的技術很高明，只是手錶長時間不在自己的手腕上，一般人應該都會察覺吧？」

「只要不斷吸引他的注意，讓他沒辦法分神想手錶的事情就行了。現在是冬天，手錶會被大衣的袖子蓋住，除非特別留意，否則很難察覺。況且我一直勾著他的手臂，他更不可能發現手錶不見了。」

＊注解：冷讀術（cold reading），是指利用觀察對象的一些言行舉止及細微特徵，來推測出其生平經歷或人格特質的特殊技術，大多數的占卜師或靈媒都會利用這種技術。

「那個魔術呢？什麼FBI的手法，全是假的吧？妳為什麼能在雲野說出牌面後，立刻知道那張牌的順序？就算是變魔術，也不可能有那麼厲害的技巧吧？」

「我把每一張牌的順序都記下來了。」翡翠莞爾一笑，說得輕描淡寫。

「妳全部記下來了？在那麼短的時間裡？」真愕然地反問。

「妳以為我是誰？我可是城塚翡翠。」翡翠露出令人惱怒的得意表情。

真是狂妄的丫頭。真憤恨地暗想。

平日翡翠在調查案子時，確實能夠將現場狀況的每個細節，以及相關人士的每一句證詞都鉅細靡遺地記在心中。而且翡翠也曾提過，世界上確實有這種看誰能夠清楚記下撲克牌順序的記憶力比賽。

神探城塚翡翠擁有這樣的能力，似乎也不是什麼不合理的事。

翡翠哼起了歌，那旋律與她在擺出拉小提琴動作時所哼的旋律相同。

那個拉小提琴的動作，似乎是模仿了夏洛克・福爾摩斯。書中的福爾摩斯，也是個記憶力超強的人物。

這丫頭果然是個怪物！真不禁同情起那些與她對峙的犯罪者。

「對了，妳為什麼不趁著看魔術表演的時候，把手槍裡的子彈換掉？」

翡翠擁有非常多的協助者，並非只是警察而已，有很多甚至連真也沒見過。據說翡翠竊取物品的技術，也是向協助者學來的。

翡翠為了讓真表現出真正的焦躁，當然不可能把換掉子彈的工作交給真處理，除了真之外，翡翠應該找得到其他人幫忙做這件事。例如，翡翠可以從雲野的大衣口袋偷出車鑰匙，在擁擠的表演會場裡交給協助者，讓協助者在兩人看魔術表演時，到車上把手槍裡的子彈偷換掉。這樣的做法，在時間上應該更加充裕才對。

「妳說得對，這麼做保險得多。」翡翠瞥了一眼天花板，朝自己的頭上輕敲一下。「我真是太糊塗了，完全沒有想到。」

竟然只是因為沒有想到可以這麼做！真感到錯愕。

翡翠忽然跳下沙發，輕輕伸了個懶腰。

「如果沒有其他要問的問題，我想去洗澡了。」

「去吧！」真吁了口氣，不耐地揮揮手，做出驅趕的動作。

翡翠嘟著嘴，橫睨了真一眼，轉身走向走廊。

真整個人橫躺在沙發上，不知為何感到疲累不堪，一股奇妙的空虛感在胸中擴散。

真心裡很清楚自己為何感到空虛？為了將殺人凶手繩之以法，城塚翡翠向來是無所不用其極。真雖然對這一點心知肚明，卻萬萬也沒想到翡翠為了欺騙凶手，竟然連自己也利用上了。這讓真感到相當不舒服，虧自己如此為她擔心，她竟然使出了這種手段。這樣的做法，遲早會讓翡翠自己陷入危險。

然而，真轉念一想，自己對翡翠幾乎可說是一無所知，她從來不曾吐露真實的心聲。不論任何時候的她，似乎都不是真正的她。真對她的認知，恐怕沒有一點是真實的。她什麼都不肯明說，這也意味著她從來不曾真正信任過自己，更不把自己當成華生。

真雖然越想越是氣憤，一股睡意卻湧了上來，眼皮越來越沉重。

「阿真……」

突如其來的聲音，讓真嚇得跳起來，翡翠從走廊探出了頭。

卸下心防時的翡翠，表情充滿了稚氣。或許是因為這個緣故，此時的翡翠看起來簡直就像是擔心會被父母責罵的孩子。

「什麼事？」

「那個……呃……對不起……」翡翠轉過了頭，將臉藏在門後，抓了抓頭髮。「我想到還沒有好好跟妳道歉。」

「咦？啊！嗯……」

「我安排這樣的計畫，是為了讓對手疏於防範。」翡翠侷促不安地朝真瞧了一眼。

「這妳說過了。」

「為了避免手銬上驗不出證據，我必須要讓他朝妳開槍。這當然在某種程度上會讓妳陷入危險，我也是逼不得已才這麼做……希望妳能諒解……」

「我明白。」真淡然地說道。

「真的很對不起。」翡翠一臉無奈，低著頭歉疚道。

真無言以對地搔搔頭。翡翠的態度，讓真的心中產生了一個推論。

剛剛真詢問：「為什麼不趁魔術表演期間換掉子彈？」翡翠朝天花板看了一眼。每當翡翠不知該如何回答，她就會做出這個動作，顯然她並不是真的忘了。

既然沒有忘，那她為什麼不這麼做呢？真想得到的理由只有一個，卻又有些懷疑這樣的推測只是自我感覺良好。或許這可能性很低吧！真在內心如此告訴自己。如果翡翠真的是基

於這個理由而沒有選擇那麼做，真認為自己可以原諒她。

話說回來，雖然翡翠表現出一副「一切都在掌控之中」的態度，也可能她只是在打腫臉充胖子而已。她或許只是找不到一個合適的對象，可以傾訴自己的煩惱與辛勞。

當初翡翠看起來鬱鬱寡歡，也許是因為不希望執行一項會讓他人陷入危險之中的計畫，這會令她承受良心的苛責。直到原本想要打退堂鼓的真宣布要幫忙到底之後，她才下定決心要執行那個計畫。

翡翠那沮喪的表情，令真不禁產生了這樣的推測。

如果真是如此，真由衷希望翡翠有一天能夠遇見，一個完全理解她且支持她的人。否則翡翠的正義將無法獲得回報……

「算了，別管這些了。」真嘆著氣，笑著說道：「好不容易解決了這起案子，等妳洗完澡，我們開葡萄酒慶祝吧！」

「好！」翡翠雙眸綻放出宛如孩子般的興奮神采。

翡翠哼著歌走向浴室，真目送翡翠離去，一會兒，再次躺倒在沙發上。

真是的，看了她那表情，就算心中有再多的怒火，也發洩不出來。

不，等等……那或許也不是真正的翡翠，搞不好一切都在她的算計之中，甚至內心可能正在竊笑：「**這女人真好騙。**」剛剛的推測，全是受到了她的暗示與誘導……

真越想越不對。沒錯，或許這才是真相。但是有沒有可能是自己太過小人之心？

在真的眼裡，翡翠是如此神祕，姓名、年齡、生平經歷，乃至於投入探案工作的理由，一切的一切都有可能在一瞬間翻轉，背離原本的現實。

到底哪一個才是城塚翡翠的真正面貌？抑或一切都只是假象？

構成城塚翡翠的一切要素，都存在於真與假的夾縫之間……

「果然是不值得信任的傢伙……」

再想下去也只是白費力氣。

真哼了一聲，閉上雙眼，任由意識緩緩進入夢鄉。

"invert" closed.

（全書完）

invert城塚翡翠倒敘集

作　　者　相澤沙呼 Sako Aizawa
譯　　者　李彥樺 Yanhua Lin
發 行 人　林隆奮 Frank Lin
社　　長　蘇國林 Green Su

出版團隊
總 編 輯　葉怡慧 Carol Yeh
日文主編　許世璇 Kylie Hsu
企劃編輯　許世璇 Kylie Hsu
責任行銷　鄧雅云 Elsa Deng
封面裝幀　許晉維 Jin We Hsu
版面構成　張語辰 Chang Chen

行銷統籌
業務處長　吳宗庭 Tim Wu
業務主任　蘇倍生 Benson Su
業務專員　鍾依娟 Irina Chung
業務秘書　陳曉琪 Angel Chen
　　　　　莊皓雯 Gia Chuang
行銷主任　朱韻淑 Vina Ju

發行公司　精誠資訊股份有限公司
　　　　　悅知文化
　　　　　105台北市松山區復興北路99號12樓
訂購專線　(02) 2719-8811
訂購傳真　(02) 2719-7980
專屬網址　http : //www.delightpress.com.tw
悅知客服　cs@delightpress.com.tw
ISBN : 978-986-510-229-6
建議售價　新台幣４２０元
首版五刷　２０２４年07月

國家圖書館出版品預行編目資料

invert 城塚翡翠倒敘集／相澤沙呼著；
李彥樺譯. -- 初版. -- 臺北市：
精誠資訊,2021.05　面；　公分
譯自：invert 城塚翡翠倒敘集
ISBN 978-986-510-151-0(平裝)

861.57　　110006814

建議分類｜文學小說・翻譯文學

※書封插畫設計：遠田志帆Shiho Enta